Im Leben von vier befreundeten Paaren scheint alles geordnet. Man ist in der Mitte des Lebens angekommen, Krisen sind gemeistert, der Wohlstand gesichert. Wäre ein gemeinsamer »Ring«-Besuch – viermal Dresden, viermal Semperoper, nicht eine schöne Gelegenheit, sich wieder einmal zu treffen? Als der erste Wagner-Sonntag kommt, wird debattiert, konkurriert und kokettiert. Doch Karin Nohr zieht in ihre Geschichte einen doppelten Boden ein; sie zeigt die Paare nicht nur im Zuschauerraum, sondern belauscht ihre Gespräche auf dem Heimweg und folgt ihnen in den kommenden Tagen. Die ungeahnte Dynamik, die diese Opernabende zur Folge haben, lässt das Leben aller Beteiligten zusehends aus den Fugen geraten.

Karin Nohr, geboren in Hamburg, studierte Literaturwissenschaft und Psychologie. Nach jahrelanger Therapietätigkeit entschied sie sich, ihre Zeit ganz dem Schreiben zu widmen. Karin Nohr hat eine Tochter und lebt in Berlin und im Wendland.

Karin Nohr bei btb

Herr Merse bricht auf (74693)

Karin Nohr

Vier Paare und ein Ring

Roman

btb

MIX
Papier aus verantwortungsvollen Quellen
FSC® C083411
FSC
www.fsc.org

Verlagsgruppe Random House FSC® N001967
Das für dieses Buch verwendete FSC®-zertifizierte
Papier *Lux Cream* liefert Stora Enso, Finnland.

1. Auflage
Genehmigte Taschenbuchausgabe Februar 2015
btb Verlag in der Verlagsgruppe Random House GmbH, München

Umschlaggestaltung: semper smile, München,
nach einem Umschlagentwurf von bürosüd°, München
Umschlagfoto: © Getty Images / Somos Images
Druck und Einband: CPI – Clausen & Bosse, Leck
MK · Herstellung: sc
Printed in Germany
ISBN 978-3-442-74827-3

www.btb-verlag.de
www.facebook.com/btbverlag
Besuchen Sie auch unseren LiteraturBlog www.transatlantik.de

Für meine Freunde vom grünen Hügel –
Anja, Beate, Helga, Ulrich

Prolog

Kurt.Schwemmers@gmx.de

Liebe Freunde und Kollegen,
der Sommer ist da! Gestern kamen gerade noch fünf Studenten – einer davon extra hinzitiert, also eigentlich nur vier – zu meiner Ringvorlesung. Kleist war dran, mehr gemurmelt als vorgetragen. Bei wieder einmal abgestellter Klimaanlage köchelte ich in der Hitze vor mich hin und hörte plötzlich meine Seele fragen: Kurt, was tust du hier? An diesem Ort? Mit seinen verrammelten Fenstern, öden Referenten, den immer zu vielen oder zu wenigen Studenten? Aber es steht doch das Ehrensymposium meines in Würde ergrauenden Kollegen Kröger an, flüsterte ich, samt Vorbereitung der Festschrift. Und dennoch ist Sommer!, kam es beharrlich zurück.
Sommer! Bloch sagt, im Mangel bleibt dem Menschen nur das Wegträumen. Also verschwand ich an einen kühlen Gebirgsbach, in dem das Wasser lebhaft vor sich hin strudelte, setzte mich auf einen Granitblock und ließ meine Füße samt Seele ins Wasser baumeln. Im hohen Gras erschienen braunbunte Kühe, die mich mit ihrem rupf – kau – rupf – kau in heiteres Eichendorff-Dösen lullten. Plötzlich: »Semper idem«. Zwei störende Worte. Bachfremd. Kuhfern. Semper idem? Wer hatte das um Gottes willen zu wem gesagt? Und wieso fiel mir es nicht auf Anhieb ein? Neulich Hölderlin falsch zitiert, dann auch noch die Fassungen

verwechselt, und nun das dumme Semper idem, aus dem parallel zu meinem dahinströmenden Vortragsbach herausgeplumpst: Schon wieder hatte es mich in einem »senior moment« erwischt, wie meine Schwiegermutter es nennt, wenn sie vergessen hat, wo sie die Brille ablegte.

Nun hat meine Schwiegermutter die zu solchen Momenten passende Gelassenheit. Ich nicht. Noch nicht. Vielleicht stellt sie sich ja nach meinem runden Geburtstag ein. Also erst im nächsten Sommer. Gestern jedenfalls holte mich das »semper idem« schlagartig in den Vorlesungssaal zurück und gab mir einen prächtigen Anlass, Evas Geburtstagsgeschenk aus der Tasche zu ziehen: ein nagelneues iPhone. Schwerfingrig – verglichen mit der geisterhaften Schnelligkeit meiner Studenten – tippte ich »semper idem« in das Maschinchen ein. Eigentlich nur »semper«. Denn bevor ich mich zum »idem« vorbuchstabiert hatte, erschien schon die Semperoper. Macht des Schicksals?! Warum nicht Oper? Siehe oben Bloch. Ich scrollte ein bisschen herum und stieß auf die Ankündigung, dass im Januar dort Wagners *Der Ring des Nibelungen* gegeben wird, in der berühmten Decker-Inszenierung, dieses eine letzte Mal noch und dann nimmermehr. Nun hatte ich gerade am Morgen – es beginnt ja bald die liebliche Zeit der Bayreuther Festspiele – über die *Ring*-Opern in der FAZ gelesen, sie zu besuchen sei die beste Möglichkeit für einen alten Europäer, sich einem schamanischen Viertagesritual auszuliefern, ohne nach Afrika reisen zu müssen. Ich schaute mir die Semper-Termine genauer an: Sie geben dort die vier *Ring*-Opern nicht hintereinanderweg, sondern (dosiert? altersgerecht?) jeden Sonntag eine. In meinem Kalender fand ich nichts Hinderliches außer dem Geburtstag oben erwähnter Schwiegermutter, zu dem wir aber nicht unbedingt hin müssen, und einer Tagung, die schon am Sonntag um elf

Uhr endet, so dass genug Zeit bleibt, sich auf einen Opernbesuch einzustellen.
Jetzt also meine Sommeridee zum Winter: Wer hätte Lust zu einem *Ring*-Projekt? Wir treffen uns jeden Sonntag gegen fünfzehn Uhr im Restaurant Elbschlösschen schräg gegenüber der Semperoper, direkt an der Elbe, essen gepflegt, tauschen unsere Wagner-Unkenntnisse, pardon: Kenntnisse! aus und besuchen dann die Vorstellung. Auf der Autobahn rollt man in knapp zwei Stunden von Berlin nach Dresden. Brigitte und Thomas, für Euch aus Halle ist es ja noch näher. Wer nach *Ring*-Abschluss noch ein Treffen zum Nachklingen haben möchte: gern. Bei uns dann. Zu Evas Geburtstag im Februar? Eva und ich hätten große Lust zu diesem Vorhaben. Es gab gestern Abend noch genau einhundertfünfundzwanzig Karten. Rechnet mit ungefähr zwei- bis fünfhundert Euro für alle vier Opern zusammen. Pro Nase. Die Karten gehen rasend schnell weg; als ich heute Morgen nachschaute, waren es noch achtundneunzig, es gilt also rasch zuzugreifen! Kein Zweifeln, kein Zaudern, kein Zagen. Um es im Wagner-Ton zu sagen.
Ich erhoffe bis spätestens übermorgen Abend Zusagen und nehme auch grolllos (ein Wort mit drei l, das wollte Eva beim Scrabble kürzlich erst nicht gelten lassen!) Absagen entgegen. (Ich habe vorsorglich Plätze reserviert.)
Aus der Ringvorlesung in den *Ring*!
Euer/Ihr
Kurt Schwemmers

PS: Sicherheitshalber: Cicero sagt lobend über Sokrates: Jure erat semper idem vultus, cum mentis, a qua is fingitur, nulla fieret mutatio. (»Mit Recht war der (Gesichts-) Ausdruck immer derselbe, weil der Geist, durch den er entsteht, unverändert blieb.«)

*

Kurt: Lies dir das bitte mal durch, Eva.

Eva: Was? Wo?

Kurt: Entschuldige. Hab ich dich aufgeschreckt? Ich wollte dich bitten, die Mail hier durchzulesen, ob ich sie so lassen kann. Ob du überhaupt einverstanden bist.

Eva: Mensch, jetzt bin ich doch tatsächlich über der Zeitung eingenickt. Oder besser unter. Gott, ist es warm. Einverstanden, womit? Zeig mal her ….«Eva und ich« – aber du hast mir ja noch gar nichts davon gesagt, Kurt! »*Ring*-Projekt!« Du immer mit deinen Projekten … Oh, Semperoper! Schöne Idee, da war ich noch nicht. Soll ja herrlich sein. Ist übrigens die bestbesuchte Oper Deutschlands, wusstest du das? Hab ich in der *Brigitte* gelesen.

Kurt: Ja, da buchen große Firmen. Betriebsausflug für ihre Belegschaften. Soll ich einen Kaffee aufsetzen? Dann wirst du ganz wach.

Eva: Nein, lass mal, ich will gleich noch raus zu den Pferden, ich trinke mit Annegret dann da Kaffee … Was soll das hier heißen, wir müssen nicht unbedingt zu Mutters Geburtstag? Du kannst doch nicht einfach für mich mitreden! Übrigens will ich zu ihrem Geburtstag, ich muss nicht … Und wieso lädst du zu meinem Geburtstag ein?

Kurt: Darum zeig ich dir den Text doch! Ich frag dich ja!

Eva: Fragen ist gut. »Eva und ich hätten große Lust zu diesem Vorhaben.« Kurt, das nenn ich vor vollendete Pläne stellen! Ich danke. Weißt du was? Jetzt ist Sommer, soweit geb ich deiner Seele recht, ich freu mich aufs Grüne: Mach's gut. Bis später!

Kurt: Eva, bitte! Zugegeben, es war ungeschickt von mir, dich erst mit der Mail zu fragen. Die Idee kam eben plötzlich, du hast geschlafen, ich hab geschrieben, und jetzt sind wir in Zeitdruck wegen der Karten. Nun komm, lass uns das doch zusammen planen.

Eva: Es ist einfach immer dasselbe: Du planst, ich soll mitmachen. Na gut. Also ich weiß nicht – vier Sonntage hintereinander Wagner? Viermal Puccini – schon eher. Aber Wagner? So lang. So laut. Und dann immer nach Dresden. So weit. Und wenn viel Schnee liegt, geht's nicht mit dem Auto. Dann müssen wir da womöglich übernachten.

Kurt: Über die neue Autobahn sind es noch nicht mal zwei Stunden. Die ist immer gestreut. Und außerdem verbringst du die Zeit nicht nur mit Wagner, sondern auch mit mir. Genauer gesagt: Erst mal mit mir – Pause. Dann mit Freunden. Und dann erst mit Wagner. In dem berühmten Opernhaus! Mit dieser einmaligen Inszenierung. Die dann für immer in der Versenkung verschwindet. Ist das nichts?

Eva: Schamanisch. Ich weiß nicht. Dafür bin ich zu nüchtern. Ich fand das damals mit dem Friedrich-*Ring* hier an der Deutschen Oper kein Vergnügen. Vier Vorstellungen lang nur Atombunker! Weißt du noch? *Götterdämmerung* nach Erstschlag. Stundenlanges Starren in den Betontunnel da auf der Bühne. So toll fand ich es nicht.

Kurt: In Dresden wird es ganz anders. Decker macht alles mit Stühlen. 'n Tunnel gibt's da nicht. Dass du den noch so genau vor Augen hast, spricht übrigens für Friedrich, oder?

Eva: Mit Stühlen? Wald mit Stühlen? Rhein mit Stühlen? Burg mit Stühlen? Ich weiß nicht. Warum muss immer alles so ausgefallen sein? Seit dem Chérau-*Ring* ist eh alles flach. Stand im *Tagesspiegel.* Aber gut – an wen dachtest du?

Kurt: Meine Frage ist: Wen wollen wir dabeihaben.

Eva: Ich höre immer WIR?

Kurt: Ja, wir. Komm, Eva, sei keine Spielverderberin. Ist doch 'ne klasse Idee. Wie findest du das übrigens mit »semper idem«? Hättest du auf Anhieb noch gewusst, dass es von Cicero ist?

Eva: Ja, hätte ich. Neun Jahre Latein auf dem Katharinäum haben sich eben verdient gemacht. Übrigens zitiert Cicero mit dem Satz Xanthippe, wenn ich mich recht erinnere. Sie soll über ihren Mann Sokrates gesagt haben, er komme abends mit immer derselben Miene heim, mit der er morgens fortgehe.

Kurt: Als Lob?

Eva: Na, wohl eher als Kritik. Außerdem wirbt Underberg mit dem Spruch.

Kurt: Dieser Magenbitter? Wer so was trinkt, der kann doch kein Latein!

Eva: Was hast du nur für Vorurteile. Es heißt seit Urzeiten »Semper idem Underberg«. Immer derselbe Verdauungsschluck, mit dem man dies und das wegtrinkt, was einem beim Essen oder im Leben so aufstößt. Meine Oma hat ihn eingenommen wie Medizin, dabei den Zeigefinger gehoben, und alle sagten im Chor: »Semper idem Underberg.«

Kurt: Bildung am Mittagstisch – das gabs bei uns nicht. Aber war doch gut, dass ich es nicht wusste, oder? Sonst wär ich nie auf die Nibelungen gekommen! Die unterm Berg das Gold schmieden! Passt einfach alles zusammen, ha!

Eva: Du kannst es dir leisten, Nichtwissen zuzugeben, weil du einen Lehrstuhl unterm Hintern hast. Aber ich gebe zu, es ist eine schöne Idee, sich dieses Opus mit anderen zusammen anzuschauen. Dann ist man dem Ganzen nicht so ausgeliefert. Hab ich eigentlich sofort gedacht, aber nicht gesagt: kleine Rache für deine Bevormundung. Und wegen Mutters Geburtstag. Aber sicher geht Olaf hin. Also Schwamm drüber. Ja, ich hätte Lust dazu! Zufrieden? So. Also: wen?

Kurt: Auf jeden Fall …

Eva: Auf keinen Fall …

Eva und Kurt: Blasius.

Eva: Eben den nicht! Kurt, warum muss es immer wieder Blasius sein? Jedes Mal wenn er und seine Frau hier waren, haben die mir, mit Verlaub, Blasen an den Arsch geödet. Wie er schon guckt!

Kurt: Wie guckt er denn?

Eva: Merkst du das nicht? Er guckt einem nie direkt in die Augen. Immer einen Millimeter daneben. Mit so einem harten Blick. Wie mit Glasaugen.

Kurt: Eva, du übertreibst. Das ist mir noch nie aufgefallen.

Eva: Vielleicht guckt er nur Frauen so an. Und dir redet er die ganze Zeit nach dem Mund. Selbst wenn er widerspricht: Erst lobt er das, was du vorher gesagt hast. Und seine Frau sagt nie was. Allerdings bringt sie immer ausgesucht schöne Blumen mit. Eine höfliche und erzlangweilige Pute. Politically overly correct.

Kurt: Sagt man das so? Overly? Aber einem Lateiner wie dir ist ja sprachlich alles zuzutrauen. Also, dann mach du den ersten Vorschlag.

Eva: Gleich. Aber sag doch mal. Was findest du bloß an Blasius?

Kurt: Wahrscheinlich habe ich mich an ihn gewöhnt, weil ich ihn täglich in der Uni sehe. Gott, sonderlich sympathisch ist er sicher nicht. Diese angestrengte Höflichkeit, das Bemühte, ja, das nervt. Aber ein Anpasser ist er nicht. Im Gegenteil, er eckt an, ist oft viel zu extrem in seinen Ansichten.

Eva: Wenn er bei uns ist, merkt man davon aber nichts.

Kurt: In den Kommissionen ist er für mich hilfreich. Setzt was durch, wo ich schon aufgebe. Außerdem nimmt er mir eine Menge Verwaltung ab. Kurz und gut, er ist nützlich. Zum Beispiel beim Symposium. Ohne ihn könnte ich so was gar nicht machen. Und dann wird er möglicherweise bald mein Kollege: wenn er seine Habilitation schnell fertigkriegt zu Krögers Emeritierung und wenn Blasius dann auch genommen wird, was natürlich in den Sternen steht. Also wenn, wenn, wenn. Und, ja, wo wir nun schon drüber reden, er tut mir irgendwie leid. Wahrscheinlich mache ich mir Vorwürfe, weil ich ihn nicht mag, obwohl ich oft von ihm profitiere. Und seine Frau, na Gott, sie hat schon damals als Studentin nie etwas gesagt, aber klug war sie, und schriftlich konnte die großartig formulieren. Hat glänzende Arbeiten geschrieben. Ich hätte sie gern akademisch gefördert, aber sie wollte ja unbedingt Bibliothekarin werden.

Eva: Blasius wird nie im Leben genommen. Du sagst doch immer, dass es Hausberufungen nicht mehr gibt. Na, lassen wir das. Ich schlage natürlich Annegret vor. Die wird bestimmt sofort zusagen. Sie geht oft ins Konzert. Ob sie allerdings auf Wagner anspringt, weiß ich nicht. Vielleicht ist ihr Oper überhaupt zu laut und zu bunt. Immerhin hat sie neulich erzählt, dass sie früher mit Alfred ein Opernabo hatte. Jetzt, so viel ich weiß, geht sie nur in die Philharmonie. Am liebsten zu Kammermusik. Sie ist immer noch nicht so richtig drüber weg.

Kurt: Das ist doch nun schon so lange her!

Eva: Sieben Jahre. Sie hatte kürzlich Jahrestag. Todestag, meine ich.

Kurt: Hat sie nicht langsam mal einen anderen? So 'ne attraktive Frau! Erfolgreiche Ärztin! Die wirklich was auf'm Kasten und dazu noch Knete hat. Ich versteh das nicht.

Eva: Musst du ja auch nicht. Manche brauchen eben länger. Jedenfalls würd ich sie gern dabeihaben. Seit sie so oft mit zu den Pferden rauskommt, ist sie mir richtig ans Herz gewachsen. Sie vertraut mir mehr und mehr an, vor allem von ihrer Lena. Scheint ein ziemlicher Feger zu sein. Der fehlen die väterlichen Machtworte! Überhaupt Annegret:

Ich muss gleich los, wir sind verabredet. Sie ist also meine erste Wahl.

Kurt: Ja, natürlich. War schon fest eingeplant. Gib mir bitte ihre Mail-Anschrift. Weiter. Diesterkamps doch auf jeden Fall. Mit Thomas zu reden ist für mich manchmal auch ein schamanisches Erlebnis. Psychoanalytiker sehen alles immer von einer Seite, auf die man nie gekommen wäre.

Eva: Thomas und Ulrike? Unbedingt. Wenn sie sich viermal hintereinander sonntags losmachen können. Das ist die Frage. Nico ist doch noch ziemlich klein.

Kurt: Wieso, ist der nicht gut drei jetzt? Und die haben doch die Oma in der Nähe.

Eva: Omas haben auch manchmal was vor. Aber klar, frag sie. Wie viele sollen es überhaupt werden? Auf eine Art Seminar habe ich keine Lust. Also höchstens noch einer. Dann wären wir sechs.

Kurt: Wir sollten mehr als sechs fragen. Es werden doch niemals alle zusagen.

Eva: Tja, und nachher sagen sie alle zu, und das sind mir dann zu viele.

Kurt: Was ist mit deinem Bruder Olaf? Den sehen wir immer nur zu hohen Feiertagen. Was schade ist.

Eva: Mein Bruder kommt nicht ohne Susanne. Und die muss ich nicht dabeihaben.

Kurt: Ach, Eva. Sie trägt doch als Musikerin Wertvolles bei! Und in einer etwas größeren Runde fällt sie gar nicht so auf.

Eva: Fällt nicht auf? Die kann gar nicht nicht auffallen. Im Elbschlösschen wird sie die Künstlerin rauskehren. Uns damit langweilen, wie Wagner zu spielen ist. Inszenierungen vergleichen, die kein Mensch je gehört und gesehen hat. Und ihr Intellektuellen verstummt dann. Nee, auf ewige Besserwisserei hab ich keine Lust. Andererseits – schreib sie ruhig an, das wirkt nett. Die kommen nämlich sowieso nicht, weil es ihnen zu teuer ist.

Kurt: Und wenn wir es ihnen zu Weihnachten schenken? Dann wär gleich das Geschenkethema abgehakt.

Eva: Was? So ein großes Geschenk? Das sehe ich nicht ein. Also dann schon lieber Blasius. Und was ist überhaupt mit deinem guten alten Otto? Den hast du lange nicht getroffen. Freundschaften muss man pflegen, weißt du.

Kurt: Otto lehnt Wagner aus politischen Gründen ab. Also Schluss – diese sechs. Ich tipp sie mal alle in den Empfänger ein, dann wissen sie gleich, wer mit von der Partie ist. Gib mir bitte noch die Mail-Anschrift von Annegret. Ach, weißt du, lass mich Olaf und Susanne doch mit einladen. Was hast du gegen ein Weihnachtsgeschenk für deinen Bruder?

Eva: Nichts. Aber wenn sie es annähmen, geht überhaupt keiner zu Mutter an ihrem Geburtstag.

Kurt: Dann schlagen wir Mutter vor, dass wir sie einen Tag vorher besuchen kommen. Am Samstag. Dann kann sie Sonntag ihre Damenrunde einladen. Ist doch gut, oder?

Eva: Ich bin dagegen.

Kurt: Ach, Eva, lass doch. Ich schick jetzt einfach mal die Mail los. Bin gespannt.

Von: annegretwinkler@axa.de
An: Kurt.Schwemmers@gmx.de

Liebe Eva, lieber Kurt,
ich bin dann mal spontan, wie gewünscht, und sage zu! Danke für die schöne Idee, passt mir prima! Vom Sommer aus gesehen ist der Januar doch der tristeste Monat mit Neujahrsernüchterung, übervoller Praxis, Abbuchungen der Versicherungen und ewiger Dunkelheit. Also hinein in den Opernbauch! Und vorher Leckeres in den eigenen Bauch! Herrlich. Bitte für mich nicht sparen an der Kultur, nehmt die besten Karten, die noch da sind. Wäre es euch recht, wenn Lena mitkommt? Sie macht gerade von der Schule aus ein Praktikum an der Deutschen Oper, durfte während der *Walküre* im Orchestergraben sitzen und begrüßt mich seither mit Hoijotoho! Im März steht bei ihr der MSA an (das heißt Mittlerer Schulabschluss, offenbar neue Pisa-Prüfung); dafür muss sie eine Präsentation machen. Als ich ihr von Eurer *Ring*-Einladung erzählte, kam ihr die Idee, die Decker-Inszenierung in Dresden mit dem damaligen Friedrich'schen *Ring* an »ihrer« Oper zu vergleichen, die sie sogleich auf DVD ausgeliehen hat. (Sie hat sich nämlich entschlossen, Musik als Leistungsfach zu wählen.)
Ich soll ausrichten, sie störe auch nicht. ☺
Beste Grüße und danke für die schöne Idee
Annegret

*

Von: d.blasius@t-online.de
An: Kurt.Schwemmers@gmx.de

Lieber Herr Schwemmers,
meine Frau und ich sind entzückt von Ihrer Idee: Semper idem! So sind Sie! Immer derselbe einfallsreiche Anreger. Meine Frau ist zwar sehr involviert in die Pflege ihres alten Vaters, aber sie meint, die vier Sonntage erübrigen zu können, wenn sie sich mit ihrer Schwester abspricht. Ich selbst muss mich dann in der Weihnachtspause ranhalten, dass ich mir den Freiraum für die Wagner-Opern auch wirklich genehmigen kann. Vielleicht komme ich den Dezember über besser mit der Habilitationsschrift voran, indem ich einige Weihnachtsfeiern vermeide, was ohnehin von Vorteil ist. Das Symposium ist übrigens schon sehr nachgefragt. Sie werden staunen.
Also erst einmal schnell unsere Zusage, damit es mit den Karten denn auch noch klappt!
Ihr
Dirk Blasius
Mit besten Grüßen an Ihre Frau!

*

Von: Diesterkamp@institut-für-psychotherapie.de
An: Kurt.Schwemmers@gmx.de

Liebe Eva, lieber Kurt,
eine wunderbare Idee, die uns mitten in einem Sommerloch erreicht: Nico fiebert, das Auto macht merkwürdige Geräusche und soll uns doch Samstag nach Amrum bringen… (Ulrike schaut mir gerade über die Schulter und sagt, ich soll nicht so episch

ausufern. Ihr wollt doch nur rasch wegen der Karten Bescheid wissen), aber Gott sei Dank bin ich ja nicht einer ihrer Schüler ☺ und schreibe so lang oder kurz wie ich will. Also:
Ulrike und ich würden furchtbar gerne zusagen, ich fast noch dringender als sie. Immer bin ich nämlich vor Wagner zurückgeschreckt, seit ich bei Sentas Lied im *Fliegenden Holländer* (meine bisher erste und einzige Wagner-Oper!) so weinen musste, dass es mich selbst (und wahrscheinlich auch alle um mich herum) überrascht hat. Was mich da übermannt hat, wollte ich schon immer enträtseln, bin aber bisher einfach noch nicht dazu gekommen. Und Ulrike, die manchmal Tristans »Alte Weise« für Nico zum Einschlafen auf ihrer Flöte spielt und überhaupt der Musik viel näher steht als ich, würde liebend gern mal wieder eine Wagner-Oper besuchen. Und dazu die wunderbare Idee mit dem Austausch vorher im Elbschlösschen! Also ganz viel Pro. (Ulrike hat vor den Ferien Erörterungen mit ihren Schülern durchgenommen, die Welt wird in Pro und Con eingeteilt, irgendwie hat das auf mich abgefärbt.)
Nun zum Con: Wenn Nico im Januar so fiebert wie jetzt, können wir ihn nicht allein lassen. Auf keinen Fall, sagt Ulrike. Und im Kindergarten geht natürlich immer was um, gerade im Winter. Wegen dieser Unwägbarkeit möchte sie sich lieber nicht festlegen. Auch angesichts der teuren Karten. Tja, aber ich sehe das anders, weil ich finde, wir können nicht immer unsere Bedürfnisse zurückstellen. Und damit haben wir ein Problem. Hatten. Denn nun der derzeitige Stand unserer Konfliktbearbeitung (!): Wir sind natürlich schon seit einiger Zeit miteinander im Gespräch darüber, wie wir uns nach unserer späten Nico-Bescherung, für die wir so dankbar sind, als Paar wieder mehr finden können. Was heißt Gespräch? Sagen wir einfach: Ich dränge,

dass WIR nach nun immerhin drei Jahren mal wieder mehr »dran« sind, und versuche Ulrike davon zu überzeugen, dass es für ein Kind nicht gut ist, immer im Mittelpunkt zu stehen. Eigentlich stimmt sie mir auch zu, aber loszulassen ist natürlich für sie als Mutter schwerer. Erfreulicherweise erhielt ich vor kurzem Verstärkung aus dem Radio: In Ulrikes Lieblingssendung traf eine Expertin die klare Aussage, für ein Kind sei es entwicklungsfördernd, die Eltern als Paar zu erleben, das Eigenes unternimmt. Frei nach Freud. Wasser auf meine Mühle. Aber den Ausschlag für eine (hoffentlich nachhaltige) Veränderung – den brachte nun Euer *Ring*-Vorschlag!

Wir sagen also zu! Denn Ulrike hat sich jetzt einen Ruck gegeben. Und was das Praktische betrifft, so werden wir versuchen, die Bindung Nicos an seine Oma zu verbessern; dann wird er mit der entwicklungsoptimierenden Opern-Eltern-Frustration schon klarkommen! Die Beziehung zwischen Oma und Enkel ist leider bisher noch nicht zur vollen Blüte gelangt, ganz vorsichtig ausgedrückt, aber das ist mehr was fürs Mündliche. Jedenfalls haben wir beschlossen, Nico regelmäßig sonntags von ihr betreuen zu lassen. Und sollte er im Januar wirklich krank werden, dann kann eben nur einer von uns fahren. Die Karte ließe sich doch sicherlich vor Ort noch verkaufen, oder? Die meisten Infekte sind ja in einer Woche ausgestanden, da fehlte dann schlimmstenfalls nur eine Oper.

So, nun hab ich alles vor Euch ausgebreitet. Bitte erschließt daraus Eure Bedeutung für unsere Kleinfamilie. Also, Ihr Lieben: Bestellt uns gern gute Karten. Wenn schon, denn schon. Auf jeden Fall wollen wir mit dem eigenen Auto fahren und nach der Oper schnell zurück (von uns in Halle aus ist es ja nur ein Katzensprung), denn ich fange montags um acht Uhr mit den Patienten an, und Ulrike macht Nico früh für den Kindergarten fertig und hat dann fünf Unterrichtsstunden zu geben. Montag ist ihr schwerster Tag. Sie will übrigens ihre Schüler sich an den *Ring*-Opern versuchen lassen! Im Januar stehen die langweiligen Inhaltsangaben auf dem Lehrplan. Opern wären mal ein ganz anderer Stoff, sagt sie. Na, die Armen!

Euer Thomas (Ulrike sitzt oben am Krankenbett und lässt herzlich grüßen.)

PS: In alledem schwingt auch der Stolz der Ossis mit, dass Ihr Euch für die Semperoper zu diesem Projekt entschieden habt. Wo Ihr doch drei Opern in Berlin habt und eine noch dazu mit Barenboim, den wir so verehren. Aber ehrlich, Kurt, das hast Du Dir doch länger überlegt, oder war die Idee wirklich so ein Zufallsprodukt?

*

Kurt: Eva, alle haben zugesagt. Annegret will Lena mitbringen.

Eva: Ach, das klappt sowieso nie. Lena will immer mal was, und dann dreht sie wieder ab. Was soll sie auch in unserer ältlichen Runde.

Kurt: »Ältliche Runde«, ha!

Eva: Von ihr aus betrachtet. Also ich schwör's dir, Kurt, die kommt einmal mit, langweilt sich, sagt die anderen Male ab, und wir müssen die Karte verkaufen.

Kurt: Wieso? Sie muss doch diese Pisa-Präsentation machen? Und aufs Geld kommt es bei Annegret nicht so an. Außerdem kann man mit der Karte eher noch ein Geschäft machen.

Eva: Geschäft. Wenn da ein gut aussehender Musikstudent ist, kriegt er die. Und zwar umsonst.

Kurt: Aha.

Eva: Dann sind wir also acht: Annegret und Lena, Ulrike und Thomas, die unvermeidlichen Blasii und wir. Passt doch gut um den runden Tisch im Elbschlösschen. Den sollten wir ganz rechtzeitig bestellen, dass uns den keiner wegschnappt. Hast du denn die Karten jetzt geordert?

Kurt: Ich wollte noch auf Olafs Antwort warten.

Eva: Du hast die beiden also doch mit angeschrieben?! Wir hatten klar vereinbart: Susanne nicht. Damit auch Olaf nicht. Wieso hältst du dich nicht an unsere Absprachen?

Kurt: Ich hatte dich so verstanden, dass ich sie ruhig mit anschreiben soll.

Eva: Du drehst dir immer alles so hin, wie du es haben willst! Wenn du jetzt noch nicht bestellen willst, tue ich es eben. Ich hab nun Gefallen gefunden an dem Ganzen und warte nicht mehr ab. Los, lass mich mal an den PC. Du kannst gerne inzwischen einen Kaffee aufsetzen. …

Kurt: So, hier. Pass auf, der Kaffee steht neben dir. Und? Hat's geklappt?

Eva: Ja, acht Karten, je vier und vier zusammenhängend in Reihe fünf und sechs. Direkt hintereinander, nur ein bisschen versetzt! Und gespart hab ich auch nicht an der Kultur!

Kurt: Wie viele Karten gab es denn überhaupt noch?

Eva: Siebenundzwanzig. Die meisten jetzt überall versprengt. Manchmal noch zwei und zwei zusammen.

Kurt: Lass mich mal ran. Das schreib ich schnell an Olaf. Er soll sich beeilen, wenn er mit will.

Eva: Bitte sehr. Nimm Platz auf deinem Regiestuhl. Unglaublich, wie du einfach immer Deines durchdrückst!

Kurt: Ach, Eva, ist doch oft so: Erst willst du nicht, hinterher bist du mir dankbar. Du wolltest damals nach der OP mit dem Reiten auch nicht anfangen, stimmt's? Ich hab dich einfach angemeldet, und heute kannst du nicht mehr ohne Pferd. Also wart's nur ab. Oh hier, sie haben ja schon geantwortet:

Von: Olaf.susanne@gmx.de
An: Kurt.Schwemmers@gmx.de

Hallo Kurt,
vielen Dank, das ist 'ne nette Idee, aber für uns viel zu teuer. Außerdem mag ich mich nicht gern so langfristig festlegen. Es wär einfach blöd, wenn Aufträge oder Mucken für Susanne reinkommen, die wir dann nicht wahrnehmen könnten. An dem einen Sonntag ist außerdem Mutters Geburtstag. Da wollte ich eigentlich hin oder auch wir, jetzt umso mehr, wenn Eva nicht kann. Dann kommt mal gut durch den Sommer, und vielleicht bis Weihnachten bei Mutter?
Gruß an mein Schwesterherz
Olaf

Kurt: Reg dich ab, sie machen nicht mit. Ich soll dein schwesterliches Herz grüßen. Olaf und Eva. Sigmund und Siglinde. (Singt) Winterstürme wichen dem Wonnemond…

Eva: Ach, hör doch auf. Das waren Zwillinge. Aber gut so. Ich bin froh, dass er zu Mutter geht. Mensch, Kurt, hurra! Das *Ring*-Projekt steht! Ich fürchte, du hast recht – erst mecker ich, dann freu ich mich.

Kurt: Siehste.

*

Von: Kurt.Schwemmers@gmx.de
An: d.blasius@t-online.de; annegretwinkler@axa.de; familiediesterkamp@freenet.de

Liebe Opernfreunde,
weihnachtlich winket uns Wagner! Eva und ich sprechen nur noch im Stabreim miteinander und sind überhaupt in jeder Weise auf den *Ring* eingestellt. Für mich lag das große Wagner-Handbuch auf dem Gabentisch, und ich habe bei Eva mit dem Loriot-Opernführer letzte Zweifel an Wagners Wert ausgeräumt. Seither kann ich leider am Frühstückstisch nicht mehr in Ruhe meine geliebte FAZ lesen, da mir ständig Trouvaillen aus dem herrlichen Werk vorgetragen werden. Außerdem habe ich Eva – übrigens mit Mühe – davon abbringen können, zu jeder *Ring*-Oper ein neues Outfit zusammenzustellen. Soweit der Stand unserer Vorbereitungen.
Ich habe im Elbschlösschen für den 3.1. um sechzehn Uhr einen Tisch bestellt. *Rheingold* beginnt um achtzehn Uhr. Es ist ja die kürzeste Oper, übrigens keine Pause, bitte darauf einstellen.

Wir müssen unsere Eindrücke, da alle hinterher nach Berlin (beziehungsweise Halle) zurückreisen wollen, in Ruhe allein oder paarweise verarbeiten und können uns dann am 10.1., wiederum im Elbschlösschen, darüber austauschen, vor der *Walküre*. Es sei denn, es ergeben sich Mitfahrgemeinschaften. Wir können zwei Plätze anbieten, ich fahre aber, wie Eva sich ausdrückt, schnarchig.
Wir freuen uns, Sie und Euch zu sehen, und wünschen allen einen angenehmen Jahresausklang.
Das alte Jahr rollt in den Rhein! Goldschimmernd grüßt uns das neue!
Euer/Ihr
Kurt Schwemmers

PS: Von mir, Eva Schwemmers:

Liebe *Ring*-Besucherinnen,
ich wehre mich entschieden gegen Kurts Entstellungen! Also: Ich habe von einer Bayreuther Wagnerianerin – nämlich der Boutiquebesitzerin Isa Stronzig (Chamissoplatz), die jedes Jahr nach Bayreuth fährt, aber ihre Kartenquelle nicht verrät, somit aus allererster Hand –, dass jede *Ring*-Oper von der Besucherin in puncto Kleidung eine andere Farbe verlangt: *Das Rheingold* blau, *Die Walküre* rot, *Siegfried* grün und *Die Götterdämmerung* schwarz. Ich weiß nicht, ob es ein Werbegag von ihr ist; aber sie hat so etwas eigentlich nicht nötig. Ich habe gegoogelt und nichts dazu gefunden. Das Wagner-Handbuch gibt natürlich für diese wahrhaft wichtigen Fragen nichts her. Und von Loriot wisst ihr ja, wie er das Thema sieht. (»Das Blaue oder das Grüne mit den Schößchen?« Oder war es umgekehrt?) Ich werde mich jedenfalls

an Isa Stronzigs Farbenlehre halten und lasse mich von Kurt davon nicht abbringen. Außerdem: Im Januar ist Winterschlussverkauf. So. Euch steht selbstverständlich alles frei.

Beste Nachweihnachtsgrüße

Eva Schwemmers

I

Rheingold

Erich-Hoepner-Oberschule Halle, Kl. 10 c, 2. Klassenarbeit. Wähle einer der beiden folgenden Aufgaben aus. Du hast eine Doppelstunde Zeit. Zähle zum Schluss die Wörter, und gib sie unten an. Vergiss nicht, Deinen Namen oben einzutragen. Viel Erfolg!

Aufgabe eins: Fertige eine Inhaltsangabe zu einem der vier Wagner-Texte an: *Das Rheingold*, *Die Walküre*, *Siegfried*, *Die Götterdämmerung*. Beachte: Präsens benutzen, einen einleitenden zusammenfassenden Satz schreiben, nicht in eine Nacherzählung mit unnötigen Einzelheiten geraten, jegliche Wertungen und Meinungsäußerungen vermeiden.

Aufgabe zwei: Forme einen der vier Wagner-Texte zu einem Märchen um. Benutze die im Unterricht erarbeiteten typischen Kennzeichen der Grimm'schen Märchen.

Milan Sukri, 10c
Aufgabe 1: *Das Rheingold* (Inhaltsangabe)

(Hallo Frau Diesterkamp, hab die anderen Texte auch gelesen, nicht dass Sie denken: Er hat nur den ersten gelesen. Aber ich finde Ihre Aufgabenstellung ungerecht: Wenn man einen von den hinteren Texten nimmt, muss man ja alles von vorne miterzählen.

Das ist ja quasi vierfach. Die anderen finden es auch ungerecht. Ich hätte lieber *Siegfried* genommen, aber nun nehm ich deswegen *Rheingold*, was ich überhaupt nicht mag.)

Der gesprochene Text von R. Wagner (den man auch singen kann) mit der Überschrift *Das Rheingold* handelt vom Gold. Am Anfang vom Text liegt dieses Gold mitten im Rhein. Wie es dahingekommen ist wird nicht gesagt. Vielleicht ein Schiffsunglück? Oder ein Reicher hat es da versenkt und wollte es später wieder holen, hat aber die Stelle nicht mehr gefunden. Also, das weiß man alles nicht. Der Text fängt mitten im Rhein an, also unter Wasser. Da schwimmen drei Mädels herum (ich weiß die Namen, aber sage sie nicht, wir sollen ja nichts Überflüssiges erwähnen, und ich finde diese Namen so albern, dass sie echt überflüssig sind). Zwei spielen Fangen im Wasser, und die dritte schimpft sie aus deswegen, weil sie nämlich auf das Gold aufpassen sollen. (Ich finde, bei *Siegfried* hat R. Wagner das besser gelöst, als er den riesigen Drachen den Schatz bewachen lässt. Das ist einfach nichts für Mädels.) Dann kommt plötzlich ein Herr Alberich dazu, der findet die Mädels niedlich, aber sie ihn nicht, sie lassen ihn ziemlich abfahren. (Ich versteh nicht: Die Mädels sind albern, aber der Mann, ein echter Nibelung, das ist doch ein richtiges Volk! Dass der Alberich genannt wird. Na. Das mit den Namen finde ich nicht gelungen von R. Wagner.) Er wird jedenfalls sauer, als sich das 'ne Weile hinzieht da im Fluss und er an keine rankommt, und dann sieht er plötzlich das Gold. Eine von den Mädels erzählt ihm – wie albern kann man sein, wo sie das Gold doch hüten sollen!! –, dass man aus dem Gold einen Ring machen kann, und wer den hat, wird der mächtigste Mann der Welt. So ähnlich wie in *Herr der Ringe*. Den klaut ihnen der Herr Alberich natürlich und haut damit ab, und danach ist man plötzlich nicht mehr im Rhein, sondern wie im Film – Schnitt – einfach ganz oben bei einer Burg auf einem Berg. Der Rhein fließt jetzt unten vorbei. (Wahrscheinlich hat Reiner Wagner gedacht, da der Text *Das Rheingold* heißt, muss man den Rhein immer sehen. Aber ich finde das Gold wichtiger als den Rhein.) Vor der Burg stehen Wotan und seine Frau Fricka. Das sind Götter oder Halbgötter, jedenfalls hat Wotan immer eine Augenklappe, er hat nur ein Auge, und darum denke ich, dass er nur ein Halbgott ist. Wotan hat sich eine tolle Burg bauen lassen, wie er sie schon immer gewollt hat. Er hat aber nicht selber gebaut, sondern zwei Riesen dafür eingestellt, die heißen Fafner und Fasolt. Wahrscheinlich Zwillinge. Die haben ihm die Burg nun fertiggebaut und wollen ihre Bezahlung. Klare Sache. Wotan hat aber kein Geld, und darum hat er den beiden Bauriesen einfach seine Schwägerin Freia angeboten. Also die Schwester von seiner Frau Fricka. So als Zweckheirat und quasi Bezahlung. Find ich keine gute Lösung. Beide sind total scharf auf Freia, und die hätte dann zwei Männer, was unter Göttern wohl vorkommt, aber ich würde natürlich meiner Freundin was husten, wenn sie noch einen anderen hätte. Freia will außerdem die Riesen gar nicht, das ist das Problem, und Wotans Frau, diese Fricka, will diese Zweckheirat auch nicht. Sie meckert so an Wotan herum, bis der nicht mehr weiß, was er machen soll und einen anderen Gott dazuholt; der heißt Loge und ist ein Feuergott. Kann alles mit Feuer. Wahrscheinlich sollte er Lohe heißen, und R. Wagner hat sich verschrieben, und dann ist es immer weiter falsch gedruckt worden. Und besonders listig ist der auch. Lügt wie gedruckt. Dieser Loge lässt die aber warten und kommt erst noch nicht. Freia hat so Äpfel, die kann nur sie pflücken, und davon leben die Halbgötter da. Die brauchen sie praktisch, wenn sie die nicht kriegen, gehen sie ein. Also werden dann alt, grau und sterben. Darum wär es eben auch blöd, wenn Wotan Freia mit den Wunderäpfeln verkaufen würde, da muss man Fricka schon recht geben, die würden ohne diese Freia und ihre Äpfel alle eingehen. Nun kommt Loge endlich und hat die rettende Idee: Er erzählt allen von dem Ring aus Rheingold, den Herr Alberich geklaut hat. Alle wollen sofort den Ring: Fricka als Schmuck, die Riesen, um sich an Herrn Alberich für irgendwas zu rächen, und Wotan, weil er der Mächtige sein will und sich nichts von Herrn Alberich sagen lassen will, der immer Zwerg genannt wird. Vielleicht ist er auch ein Zwerg, aber heute sagt man Kleinwüchsiger. Aber die Riesen sagen nun, dass sie lieber den Ring haben wollen und dafür Freia dann nicht. Das ist die Lösung. Allerdings ist es für Wotan blöd, der ja den Ring selber gern hätte, und für Fricka auch, die sich damit schmücken will, aber immer noch besser als ohne Äpfel eingehen. Die Götter werden nämlich schon ein bisschen blass und verschrumpelt und sind kurz vorm Abnibbeln. Loge hat dann die Idee, dass man dem Alberich den Ring einfach klaut. Der hat ihn ja auch geklaut. Also zurückklaut. Und das tun sie dann auch, Loge und Wotan tun das, also Wotan hält sich vornehm zurück, Loge macht alles. Er ist so ein untergebener Halbgott, vielleicht nur Viertelgott. Sie besuchen Alberich bei seinem Zwergenvolk, den Nibelungen, die leben ganz unten in einem Berg, und weil sie Nibelungen sind, heißt das da Nibelheim. Also erst ist man in diesem ganzen Text im Wasser, dann auf'm Berg und nun unten im Berg. Herr Alberich ist ein brutaler Typ, alle müssen tun, was er sagt. Wegen dem Ring, den er hat. Er zieht seinen Bruder, der heißt Mime, am Ohr, was sehr wehtut. Unser Vater zieht uns manchmal so am Haar, dreht die erst, das zwiebelt. Mime ist ein klasse Schmied und kann richtig was, anders als Herr Alberich, der einfach nur ein Kapitalist ist und Mime zum Beispiel zwingt, ihm aus dem ganzen Gold immer was Neues zu schmieden. Mime macht ihm einen Tarnhelm, genau wie in *Herr der Ringe*, da kommt auch so was vor. Wenn man den aufsetzt, ist man verschwunden. Wie in *Harry Potter* der Umhang, so. Nun kommen Loge und Wotan also dahin, und dann kommt auch Alberich und gibt voll an mit seinem Ring. Er ist jetzt genauso blöd wie die Mädels am Anfang, statt auf den Ring aufzupassen, gibt er an damit. Für so einen listigen Typen wie Loge ist es ganz easy, an den Ring heranzukommen, er macht es mit 'nem Rätsel. Alberich prahlt wie blöd, dass er sich mit dem Ring und Helm und den anderen Sachen in alles verwandeln kann. »Auch in eine Kröte?«, fragt ihn Loge. Wie dumm kann man sein! Als Alberich als Kröte rumhüpft, fangen sie ihn ein;

voll brutal stellt Wotan seinen Fuß auf die Kröte drauf, und Loge reißt der den Tarnhelm ab, und dann kommt Alberich als Zwerg wieder zum Vorschein, sie fesseln ihn und nehmen ihn mit auf den Platz vor der tollen Burg vom Wotan, die die Riesen gebaut haben. Alberich muss ihnen nun das ganze Gold und den Tarnhelm und zum Schluss auch den Ring geben. Dann lassen sie ihn frei. Er ist voll sauer, am Anfang erst kein Mädel, jetzt alles verloren durch eigene Dummheit. Na ja. Er stößt einen Fluch aus, dass keiner sich an dem geklauten Ring freuen soll, dass der nur Unheil bringt, wieder so ähnlich wie mit Mordor im *Herrn der Ringe*, und verschwindet. Wahrscheinlich wieder ab nach Nibelheim.

Nun bezahlt Wotan die Riesen mit dem Gold, die wollen aber auch den Ring, aber Wotan will ihn nicht hergeben. Auf gar keinen Fall. Wieso sind die Riesen auch nicht mit dem ganzen Gold zufrieden? Und Loge hat ihnen sogar noch den Tarnhelm auf den ganzen Schatz draufgelegt! Aber da taucht plötzlich 'ne uralte Frau aus der Erde auf. Die heißt darum wohl auch Erda. Oder es war wieder ein Druckfehler, und sie sollte Gerda heißen. Jedenfalls warnt sie Wotan. Er soll den Ring nicht behalten, ihn lieber den Riesen geben. Der Ring bringt kein Glück, sagt sie. Hatte ja Alberich auch schon gesagt. Ich finde Erda am besten von allen. Wie eine weise Großmutter, die den Durchblick hat. Und Wotan hört auch auf sie. Ja, er gibt den Riesen den Ring, Freia kommt mit den Äpfeln zurück, die Götter futtern, es geht ihnen sofort wieder gut, jetzt könnte das Ende sein, aber R. Wagner setzt noch einen drauf.

Die beiden Riesen streiten sich sofort um den Ring, und Fafner ermordet seinen Riesenbruder voll krass mit einem Pfahl, stopft den Ring und das ganze Gold in einen Sack und verschwindet. Die Götter sind entgeistert, aber auch froh. Denn jetzt ist der ganze Spuk vorbei, es gibt noch ein Gewitter und danach einen schönen Regenbogen, und den nutzen sie als Brücke und wandern darauf in die Burg hinein, die Wotan ja jetzt gehört, die er ja abbezahlt hat auf einen Schlag mit dem ganzen Gold. Das nennt man Kredit ablösen. Ich stell mir das gut vor, wie sie da über die Regenbogenbrücke gehen, Wotan mit seiner Frau Fricka ganz stolz voran, trotz Augenklappe, er immer mit seinem Speer als toller Hecht, die anderen hinterher, und er gibt jetzt seiner geliebten Burg einen Namen: Wahlhall. Vielleicht, weil er sie gewählt hat, die Burg und nicht den Ring. Das ist aber meine persönliche Interpretation. Damit könnte es nun wirklich aufhören, aber es kommt doch noch was: Loge ist nämlich miesepetrig drauf und guckt sich von Weitem an, wie sie über die Brücke gehen und sich freuen. Er findet die Götter dumm und sagt, dass sie blind ihrem Ende zugehen, aber schließlich ist Wotan nur halbblind, das eine Auge hat er ja noch, und die anderen sind auch noch da, und wieso Ende? Denen geht's doch wieder gut. Loge weiß nicht, was er will: Soll er mit denen gehen oder sich wieder als Feuerspuk herumtreiben? Aber damit ist es immer noch nicht ganz zu Ende. Von unten aus dem Rhein hört man die Rheintöchter jammern, ihr schönes Gold ist ja futsch, und Loge verhöhnt die noch. Sie sollen sich am Götter-

glanz erfreuen statt an ihrem eigenen Gold. Voll gemein so was. So von oben herab.
Eigene Meinung: Ich finde die Geschichte gut, aber das Ende blöde. Warum konnte es nicht damit aufhören, dass sie in die schöne Burg gehen? Ab und an mal nach unten einen Ausflug machen, die Mädels trösten? Ich finde Loge von allen am schlechtesten. Ich finde ihn schlechter als Alberich. Alberich hat einfach nur versucht, sich was zu holen, und war zu blöd, es zu behalten. Das kommt vor. Aber Loge, der hat gar nichts außer seinem Feuer und tut immer so, als ob er der Schlaueste von allen ist. Ist er vielleicht auch, aber mich hat er gestört.

(Hallo Frau Diesterkamp, hab jetzt so viel geschrieben, keine Zeit mehr durchzulesen und die Wörter zu zählen. Aber sagen Sie mir mal, wie die anderen von der *Götterdämmerung* 'ne Inhaltsangabe machen sollen, wenn dies hier schon so krass kompliziert war und denen das ja alles fehlt! Können wir vor den Ferien zusammen *Herr der Ringe* angucken? Ich hab das auf DVD.)

Blau

»Sag mal, Lena, hast du denn was schickes Blaues anzuziehen für Sonntag?« Annegret Winkler stand in ihrer frisch renovierten Küche und beklopfte rhythmisch zwei Schnitzel. »Wieso denn blau? Blödes Aufgemotze. Hab sowieso keine Lust mehr zu den Opern.« Annegret schaute zu ihrer Tochter hinüber, wie sie am Küchentisch hockte und gähnte. Sie war noch im Schlafanzug. »Nanu? Du wolltest doch unbedingt mit? Wegen des Referats! Wir haben schon Karten!« Keine Antwort. Annegret wischte die Hände an der Katzenschürze ab, die ihr Lena zu Weihnachten geschenkt hatte, und zog die Stirn leicht in Falten. »Blau, weil Eva aus zuverlässiger Quelle ermittelt hat, dass man zu jeder der vier *Ring*-Opern eine bestimmte Farbe trägt. Zu *Rheingold* eben blau.« »Warum nicht gold?« »Tja, das weiß ich auch nicht. Blauer Rhein? Oder weil gold übertrieben wirkt? Keine Ahnung.« »Find ich affig, hab nix Blaues und zieh auch nix Blaues an. Höchstens 'ne blaue Jeans. Hab mich außerdem umentschieden mit der Präsentation. Merle und ich wollen was zusammen machen; über die Rolle der Trompete im Swing oder so. War 'n Tipp von Merles Lehrerin.« »Kann man denn einfach ein neues Thema nehmen?«, fragte Annegret. Lena gähnte wieder: »Wann ist das Essen fertig?« »In zehn Minuten.

Deck doch schon mal den Tisch, bitte.« »Keine Lust.« Damit stand Lena auf und ging in ihr Zimmer.

Annegret seufzte. Warum musste das sogenannte schwierige Alter mit so viel Unhöflichkeit verbunden sein? Launenhaftigkeit? Hatte sie das verdient? Aber so durfte man wohl nicht denken. Sie zog die Schnitzel durch das Eigelb und panierte sie. Verflixt. Diese Schnitzel machte sie hauptsächlich für Lena, ihre fleischfressende Pflanze. Die das vermutlich gar nicht mitbekam. Wie hab ich mit fünfzehn damals diese schrecklichen Essen zu Hause still und leise hinuntergewürgt, dachte sie. Kohl mit Hammelfleisch. Eklig, wenn man auf das fette Fleisch biss. Sie wendete die Schnitzel. Nichts wie weg – das war ihre Devise gewesen –, raus aus der Familie, immer zur Freundin, mit sechzehn ins Ausland. Ein Jahr USA. Ja, sie hatte sich zurückgezogen und nicht mit ihren Eltern angelegt. Nie wie Lena eben einfach »keine Lust« gesagt. Da hätte sie eine geschallert gekriegt. Im Grunde hätte sie Lena eben auch zurechtweisen sollen. Wenigstens etwas. Annegret bückte sich und holte die Pfanne aus dem Schrank. Ach, andere Zeiten, andere Verhältnisse. Kann man gar nicht vergleichen. Letztlich gut so. Ihre Lena hielt sich gern zu Hause auf. Wollte erst später ins Ausland. Wurschtelte am liebsten in ihrem Zimmer herum, an ihrem schicken großen Mac. Aber sie chattete nicht nur, sondern übte gern und viel Trompete. Da war sie ehrgeizig, kam auch ab und an freiwillig mit in Konzerte. Ansonsten tat sie eben, wozu sie Lust hatte. War das nicht völlig in Ordnung in ihrem Alter? Reicht es nicht, dachte Annegret, wenn ich als Mutter nur bei groben Unverschämtheiten explodiere? Und Kleinigkeiten stillschweigend übergehe? Heute ist es mir eben einfach zu blöd gewesen. Nie mime die meckernde Mutter! Oh, der Wagner-Ton färbte ab! Sie kicherte. Sollte Lena doch andere mit ihren Zuständen nerven. Allerdings tat sie das wohl gar nicht. Anderswo war sie gut erzogen und höflich. Ach, war das nicht bei allen Jugendlichen so?

Ich drehe mich im Kreis, dachte sie. Schluss damit. Sie legte die Schnitzel in die Pfanne. Eine nagelneue Pfanne. Olle Töpfe mit braunen Ranzrändern kamen ihr nicht auf das neue, spiegelnde Ceranfeld. Mit Lena wird sich schon alles finden, sprach sie sich gut zu. Wahrscheinlich kam ihre Unsicherheit nur daher, dass sie keinen Mann mehr hatte, mit dem sie sich gemeinsam über ihre Tochter aufregen konnte und der dann zu ihr sagen würde: »Lass gut sein«, oder zu Lena: »Sei nicht so unhöflich deiner Mutter gegenüber.« Der mal was mit ihr alleine unternahm.

Annegret stellte das kleine Tivoli-Radio an, das für ihr Gefühl ideal in das Regal neben dem Herd passte. »Wirtschaft am Mittag«. Goldpreise auf neuem Hochstand. Na bitte. *Rheingold*! Ich zieh jedenfalls was Blaues an, dachte sie und schmunzelte. Ich find's lustig. Typisch Eva, dass sie diese Idee aufgriff. So war sie. Oder vielmehr – so war sie jetzt wieder. »Postoperative Depression« – so hatte sie sie spontan eingestuft, als Eva damals – wie lange war es jetzt her: zehn? Nein: zwölf Jahre! – in ihrer Praxis aufgetaucht war. Man hatte ihr nach einer Totaloperation mit fünfzig dringend geraten, sich wegen Bluthochdrucks behandeln und einmal jährlich »durchchecken« zu lassen. Extrem niedergeschlagen und elend hatte Eva auf sie gewirkt. Wenig später aber hatte sie ihre neue Patientin überraschend guter Dinge in einem Konzert angetroffen und in der Pause von ihr erfahren, dass Kurt ihr ein Pferd geschenkt hatte. Aufgeregt wie ein kleines Mädchen hatte Eva von Dragoner geschwärmt und Annegret mit ihrer Freude angesteckt. Ja, in dieser Konzertpause begann unsere Freundschaft, dachte sie und wendete die Schnitzel. Gut zureden musste ich ihr damals, wie einem lahmen Gaul. »In meinem Alter lernt man so was nicht mehr!« Evas ewiger Spruch! Aber das Reiten hatte tatsächlich ihr Selbstbewusstsein aufgemöbelt. Jedenfalls war es jetzt wieder voll da! Sie konnte sich richtig vorstellen, wie Kurt zu Eva sagte: »Muss das denn sein mit den Farben?« Aber insgeheim fand er es sicher auch lustig. Die beiden waren wirklich mal ein gutes Paar. Die hatten die großen Kämpfe hinter sich. Kabbelten sich nur noch zum Spaß.

Annegret nahm das Besteck aus der Schublade, zog eine zweite auf, gab beiden einen Schubs und genoss es, wie sie sich automatisch zurückzogen. »Meine Mutter ist in ihre neue Küche verliebt, weißt du?«, hatte Lena kürzlich zu Merle bemerkt. Auf der Einweihungsparty hatte Kurt bei ihrer Schubladenvorführung gesagt: »Die haben deinen Schwung. Bei dir geht auch alles wie von selbst.« Zu schade, dachte Annegret wie schon öfter, dass Kurt vergeben war. Er war wirklich ein interessanter Mann. Leider sah sie ihn selten. Wenn sie mit Eva nach Spandau in den Reitstall zu Dragoner hinausfuhr, war Kurt nie dabei. Annegret passten diese Fahrten gut, weil Alfred in Spandau nahe dem Reiterhof begraben lag. Während Eva das Pferd fertig machte, konnte sie zum Grab gehen, danach schaute sie Eva beim Reiten zu. Entspannend war das. Meist aßen sie zum Abschluss eine Kleinigkeit und unterhielten sich. Mit Kurt ging es nicht so geruhsam zu! Wenn sie sich zu dritt sahen, kam er geistsprühend auf sie zu und steckte sie mit seiner Lebenslust an, immer für eine Überraschung gut. Wirklich schön, dass beide sie zu dieser Wagner-Geschichte eingeladen hatten. Semper idem. Ja, Kurt war witzig. Außerdem groß. Annegret mochte große Männer. Er hatte ein markantes Gesicht und blaue Augen. Markant? Bis auf den Bart, fand sie. Der müsste weg. Also nur oben markant. Unten verhüllt. Hatte er was zu verbergen? Sie grinste etwas. Dann ballte sie plötzlich die Faust. Die guten Männer waren alle verheiratet. Oder tot. Und wenn Lena sich langweilt, soll sie doch hierbleiben. Punktum. Ich will von dem Opernevent was haben. Es kommen zwar wieder nur Paare, aber trotzdem. Sie war schließlich seit Alfreds Tod kein einziges Mal in der Oper gewesen. Fest des Lebens, fiel ihr plötzlich ein. Ja, daran wieder teilnehmen.

Mit schnellen Bewegungen begann sie den Tisch zu decken, und als sie beim Umdrehen zur Theke in der farbigen Verglasung ihr Gesicht sah, schüttelte sie spielerisch den Kopf, lächelte sich zu und freute sich, wie die Locken ihrer halblangen Haare um ihre Wangen flogen. Schwungvoll! Kurt hatte recht. Eine Freundin hatte ihr nach der Kücheneinweihung hinterbracht, dass ein Mann zu einem anderen gesagt hatte: »Die soll fünfundfünzig sein? Das sieht man ihr nicht an. Und ihre große Praxis mit dem ganzen Stress auch nicht.« Ja, sie achtete schon sehr auf ihr Äußeres, trug Kontaktlinsen, versuchte sich nicht zu überarbeiten, ließ sich einmal pro Woche Gesichtsmassagen machen, dazu Maniküre, Fußpflege, und sie ging oft in Konzerte. Sie war froh, dass sie all das wieder konnte, und betrachtete es dankbar als das Ergebnis ihrer Psychotherapie, die sie nach Alfreds frühem Krebstod gemacht hatte.

Annegret nahm einen langen Holzlöffel aus der Schublade, drehte sich zum Tisch um, zögerte einen Moment und begann sich dann zu einer imaginären Melodie zu bewegen. Neulich war sie, so müde sie nach ihrem langen Praxistag auch gewesen war, zum ersten Mal seit Alfreds Tod wieder zum Tango gegangen. Urplötzlich war dieser Impuls über sie gekommen, auf ihrer Wohnzimmercouch vor dem Fernseher, wohin sie sich mit einem von Lena fabrizierten, viel zu dicken kalten Eierpfannkuchen und einem dazu nicht passenden Glas Bier zum Entspannen gelegt hatte. Lena war am Nachmittag auf eine Probe ihrer Big Band gefahren und hatte ihr den Eierkuchen samt einem Zettel hinterlassen: »Sorry. Ein Dicki. Aber besser ein Dicki als gar keiner, oder? Bis später, liebe Mama!« Lena konnte auch sehr zugewandt sein. Besser ein Dicki als gar keiner? Darüber war Annegret ins Grübeln gekommen. Natürlich hatte sich der »Dicki« auf den Eierkuchen bezogen. Aber schwang noch mehr mit? Bisher hatte Lena die Idee, dass ihre Mutter einen anderen Mann als ihren Vater an sich heranlassen würde, strikt abgelehnt. Aber sie wurde älter. Vielleicht war sie nur noch pro forma ablehnend? Mit diesen Gedanken war schlagartig ein Freiheitsgefühl in Annegret aufgekommen. Wie nach dem Auszug aus dem Elternhaus, als Studentin, bevor sie Alfred kennengelernt hatte. Sie hatte sich rasend schnell umgezogen, mit ihrer Eile gegen eine Tendenz ankämpfend, die sie zu Hause halten wollte, wie eine kräftige Hand, die sie aufs Sofa zurückdrängte. Die alten Tangoschuhe drückten, als ob ihre Füße mit den Jahren größer geworden wären – was aber nicht stimmte. Äußerlich hatte sie sich nach ihrer eigenen Einschätzung kaum verändert. Sie war schlank und rank wie eh und je. Kein Dicki! Dann hatte sie sich bei ihrer Freundin Cora nach einem passenden Tangolokal erkundigt. Sie wollte nicht in die Etablissements zurück, die sie mit Alfred aufgesucht hatte. Und zu guter Letzt hatte sie noch einen Schnaps getrunken. In ihrer neuen Küche. Zur Aufmunterung. Was sie sonst nie tat. Er schmeckte scheußlich, aber geholfen hatte es!

Sie lächelte vor sich hin und tanzte mit dem Löffel durch die Küche. Ein Tangotänzer, Bankkaufmann, wie sich an der Bar herausgestellt hatte, war wie sie ohne Begleitung in das Lokal gekommen. Genauso früh wie sie. Weil er eben morgens auch zeitig hoch musste, offenbar anders als all die, die erst um Mitternacht eintrafen. Annegret wusste allerdings, dass diese Ähnlichkeiten in der Tangoszene gar nichts bedeuteten. Das war ja gerade das Gute. Hier zählte anderes. Nämlich die Körper. Und ihre Körper hatten sich unmittelbar verstanden. Der Mann war zwar nur unwesentlich größer als sie gewesen, ganz anders als der hochgewachsene Alfred, aber er hatte keine Probleme mit dem Führen gehabt. Alfred hatte sich das mühsam erarbeiten müssen, es war für Annegret immer ein Rest offen geblieben beim Tanzen. Aber dieser Mann, dessen Namen sie nicht verstanden hatte – Leo? Theo? –, hatte sie von Beginn an elektrisiert, allein schon damit, wie er wartete. Er tanzte nicht sofort los. Er setzte sich überhaupt nicht unter Druck, irgendetwas richtig oder falsch zu machen. Wie es Alfred immer getan hatte. Er stand einfach nur nah vor ihr und wartete. In diesem stummen Gegenüberstehen war sie vor Spannung ins

Schwitzen gekommen und hatte einen Moment gegen ihre Gefühle angekämpft. Aber dann war die Wolke entstanden, wie sie es für sich nannte. Die Wolke, die aus purer Anziehung bestand und alle anderen ausschloss. Sie kannte sie von früher. Selten, aber manchmal doch, war sie zwischen Alfred und ihr zustande gekommen. Es war der Höhepunkt an Intimität zwischen ihnen gewesen, intimer als der Sex. Immer leicht flüchtig war sie gewesen, diese Wolke. Mit Theo oder Leo war sie darin völlig aufgegangen, hatte den ganzen Abend darin getanzt. An der Bar waren sie aus der Wolke herausgetreten. Dann beim Tanzen wieder hineingeglitten. Beide hatten mit keinem anderen getanzt, obwohl zunehmend mehr Singles aufgetaucht waren. Am nächsten Tag hatten Annegret die Füße wehgetan, so dass sie in Birkenstocksandalen in die Praxis musste, was ihre beiden Arzthelferinnen mit hochgezogenen Augenbrauen, aber wortlos registriert hatten. Ihre schicke Frau Doktor!

»Was machst du denn da? Ist das Essen fertig?« Annegret drehte sich um und schaute ihre Tochter an. »Ich tanze Tango.« »Aha. Zu ›Wirtschaft am Mittag‹.« »Ja. Zu den schwankenden und fallenden Aktienkursen. Börsenmusik. Ich geh schließlich in *Rheingold*. Alberich ist ein Börsenhai, er flieht ins Edelmetall.« »Mama, du spinnst, aber macht nix.« Lena lachte: »Heißt der wirklich so? Alberich? Weil er albert?« »Nee, er ist ein Albe. Ein Schwarzalbe. Stand im Opernführer. Der Gegenspieler von Wotan. Der ist ein Weißalbe.« »Der mit dem einen Auge? Also der mit der Augenklappe und dem Spieß?« »Ja. Aber sag nicht Spieß. Bist du wahnsinnig? Sein heiliger Speer. Mit den Schicksalsrunen drauf.« »Schicksalsrunen? Ich glaub, ich komm doch mit. Klingt ja voll krass.« »Ach, à propos schwarz-weiß: Wollen wir nach dem Essen 'ne Runde Dame spielen?« »Wenn ich nicht abwaschen muss, ja.« »Nee, wir spielen erst. Und wer verliert, wäscht ab.« »O.k.« Geht doch, dachte Annegret und lächelte.

Fertilisation

Brigitte Blasius saß auf ihrer Seite des Ehebetts und starrte in den Kalender. Ich hab mich durchgesetzt, dachte sie. Einmal durchgesetzt. Und jetzt geht es wirklich los. Sie legte sich ins Bett, zog die schwarze Schlafmaske über die Augen, steckte sich Gummipfropfen in die Ohren und drehte sich auf die Seite. Mitten in der Nacht wachte sie auf, weil Dirk ins Bett gekommen war und begonnen hatte, sie zu streicheln. O nein, durchfuhr es sie. Doch nicht heute! Er weiß doch: Morgen die erste In-vitro-Sitzung in der Klinik. Da muss er was produzieren! Die haben extra gesagt: Vor dem Spermiogramm drei Tage Enthaltsamkeit.

Brigitte drehte Dirk in scheinbarem Tiefschlaf, innerlich hellwach, den Rücken zu. Bloß nicht reagieren! Einen Moment lang war Ruhe. Dann spürte sie, wie sich seine Hand von hinten zwischen ihre Schenkel zwängte. Mit den immer etwas zu langen Fingernägeln, die kleine Schmerzfurchen in ihre Haut gruben. Warum schnitt er sie nicht kurz? Ärger flammte in ihr auf. Sie hatte es doch oft genug gesagt. Nicht deutlich genug? Wahrscheinlich. Sie war ja nie deutlich genug. Wie nasser Nebel durchdrang sie die bekannte Resignation. Sie wollte und konnte seine schlechte Laune jetzt nicht gebrauchen, morgen schon gar nicht; womöglich entzog er sich noch der Behandlung, wenn sie nicht mitmachte.

Beim ersten Spermiogramm, damals beim Urologen, als Dirk endlich eingewilligt hatte, sich untersuchen zu lassen, war er mit einer typischen Dirk-Geschichte nach Hause gekommen. Der Urologe habe ihn väterlich aufgefordert, ein paar Tage »anzusammeln«, aber er habe gar nicht daran gedacht, tagelang Abstinenz zu üben, habe auch nicht in aller Privatheit zu Hause masturbieren wollen, wie es ihm angeboten worden war. Nein, stattdessen war er mit dem Plastikbehälter in der Hand quer durchs volle Wartezimmer aufs Klo geschritten (»Wenn die da keine Extrawichsbude haben!«) und fünf Minuten später mit dem Döschen wieder an den Tresen herangetreten, wo er es »hingerumst« habe. Seine triumphierende Stimme klang ihr noch im Ohr. Immerhin, damals hatte er hinreichend viele und lebendige Spermien produziert: »Siehste. An meiner Potenz liegt es nicht.« Das war ihm ja die Hauptsache. Brigitte öffnete die Beine und biss die Zähne zusammen.

Am nächsten Morgen deckte sie den Frühstückstisch ausgesucht reichhaltig: Sie hatte körnigen, angeblich eiweißproduzierenden Frischkäse in der Vollfettstufe gekauft und stellte das Töpfchen vor Dirks Teller. Ein Ei konnte sicher auch nicht schaden, überlegte sie. Dann holte sie die Zeitung hoch und weckte Dirk so liebevoll wie möglich. »Oh, ist was Besonderes?«, fragte er, als er in die Küche kam, duftend nach dem Aftershave, das sie ihm zu Weihnachten geschenkt hatte. »Na ja, unser erster Versuch heute in der Klinik«, sagte sie leise. »Was? Sprich doch mal lauter.« Er entfaltete raschelnd die Zeitung. »Unser erster Versuch«, sagte sie mit festerer Stimme und schluckte die aufsteigenden Tränen hinunter. Er hasste es, wenn sie weinte. »Ach ja, na ja. Wird ja wohl um elf fertig sein? Ich muss in die Drittmittelsitzung.« Das hängt von dir ab, wollte sie bissig sagen, aber unterdrückte es: »Bestimmt. Du hast ja nur die eine Aufgabe dabei. Was länger dauert, sind die Gespräche und Untersuchungen und so. Heute erläutern sie mir alles und beginnen mit der Downregulierung, aber da musst du nicht dabei sein. Auch später nicht bei der Punktion. Du musst wirklich nur zweimal was tun: heute fürs Spermiogramm und dann für … für das Eigentliche, so in zirka vierzehn Tagen. Da wird es dann ernst, da befruchten sie unsere Eizellen.« »Ja, ja. O.k.« Er blätterte die Zeitung um und schwieg. Dann räusperte er sich: »Brigitte, es ist das Äußerste, dass ich mitmache. Es fällt mir schwer. Du bist es, die unbedingt das Kind will. Aber ich kooperiere. Deinetwegen, o.k.? Ich kann wunderbar ohne Kind leben. Aber das hatten wir ja schon.« »Ja, das hatten wir schon.« Brigitte versuchte zu lächeln. »Ich bin dir dankbar«, sagte sie. »Wirklich.« Das »wirklich« überraschte sie selbst. Er sah auf und legte kurz seine Hand auf ihre. Sie schaute auf die Fingernägel.

Nach dem vormittäglichen Klinikbesuch legte sich Brigitte aufs Sofa, verschränkte die Hände hinter dem Kopf und schaute auf den jungen Apfelbaum, der vor dem Wohnzimmerfenster mitten auf dem Rasen stand. Sie hatte sich für den Beginn ihrer Schwangerschaftsgespräche einen Urlaubstag genommen. Auch mit dem Apfelbaum hab ich mich durchgesetzt, dachte sie und zog die dunklen, buschigen Augenbrauen zusammen, die in ihrem immer blassen Gesicht auffielen und die sie hasste, aber nicht auszupfte, weil man es einfach immer sah. Ebenso wie sie die schwarzen Härchen auf der Oberlippe stehenließ. Beides gab ihr ein ernstes, gedrücktes Aussehen, aber damit hatte sie sich abgefunden. Mit seiner typischen Verve hatte Dirk den Apfelbaum abgelehnt: »Obst und Gemüse, um Gottes willen. Macht nur Arbeit, alles wird auf einmal reif, man muss einkochen, fürchterlich.« »Ich kümmer mich drum«, hatte sie gesagt und das Bäumchen vor einigen Jahren alleine gekauft und gepflanzt. Es hatte allerdings im letzten Jahr keinen einzigen Apfel getragen, da es zur Blütezeit noch einmal gefroren hatte. Vor dem Haus ihrer Kindheit hatte auch ein Apfelbaum gestanden mit einer bizarren Form: Erst war der Stamm kerzengerade in die Höhe gewachsen und dann auf Mannshöhe fast im rechten Winkel abgebogen. Brigitte hatte den »eckigen Baum« normal gefunden und wunderte sich manchmal, dass der jetzige keine Anstalten zum Abbiegen machte. Als Kind hatte sie gern die Rinde berührt, war mit dem Zeigefinger in die rauen Unebenheiten gefahren, hatte das eine oder andere Stückchen abgehoben und manchmal in den Mund gesteckt, um zu probieren, ob auch der Stamm schon nach Apfel schmeckte. Dafür hatte sie von ihrer Mutter hören müssen: »Weil du immer alles in den Mund steckst, bist du krank geworden und warst so lange in der Klinik.« Brigitte hatte zwar keine Erinnerung an ihren Aufenthalt auf der verglasten Isolierstation, wusste aber, dass die Mutter sie nur einmal in all den Wochen besucht hatte. »Ist besser, wenn Sie nicht kommen«, hatte sie die Ärzte zitiert. »Wenn sie Sie nicht sieht, geht es ihr ganz gut, dann ist sie still und artig.«

»So werde ich zu meinem Kind nicht sein«, hörte sich

Brigitte laut und entschlossen sagen. Sie strich sich mit beiden Händen über den Unterleib. Still und artig! Ja, dazu war sie verdammt gewesen. Selbst heute war sie noch so. Dass man das nicht ablegen konnte! Aber so würde es nicht bleiben. Sie lächelte; auf ihren weißen Wangen bildeten sich rote Flecken. Jetzt fing etwas ganz Neues an. Leider mit Warten: Ob die Hormontherapie griff. Ob die Befruchtung im Reagenzglas klappte. Wenn ja, ob die in ihre Gebärmutter eingesetzten Eier anwuchsen. Sich eines davon gut entwickelte. Auf keinen Fall wollte sie Zwillinge. »Mehrlingsgeburten sind eine typische Komplikation bei IVF«, hatte man ihr gesagt. Brigitte vermied diese Abkürzung, weil »Fertilisation« sie an Kunstdünger erinnerte. Ein einziges gesundes Kind und keine Komplikation! Das war doch kein unfrommer Wunsch! Ein Kind, dem sie sich in aller Ruhe widmen würde. Sie hätte auch eines adoptiert, sogar eines aus der Dritten Welt. Aber eine Adoption hatte Dirk kategorisch abgelehnt: »Wenn schon, dann von mir.« Dafür musste er nun mitmachen. Das war der Deal. Nein, korrigierte sie sich stirnrunzelnd. Der eigentliche Deal ist: Ich helf ihm bei der Habilitation, und dafür macht er beim Kind mit.

Sie schaute auf das gelbe Reclam-Heftchen mit dem *Rheingold*-Text auf dem Tisch. Wahrscheinlich würde sie in der nächsten Zeit öfter zu dieser ungewohnten Stunde hier liegen, statt in der Bibliothek zu sein. »Ich bekomme ein starkes freches Kind, und wenn es ein Sohn wird, tritt er Dirk entgegen. Ein Siegfried.« Sie sprach mit lauter Stimme in den leeren Raum hinein und lächelte wieder. Am Sonntag würden sie nach Dresden in die schöne Oper fahren. Jetzt war mal ihre Schwester dran mit dem täglichen Besuch bei Vater. Da würde Elsbeth ja sehen, was Brigitte bisher still und artig übernommen hatte; wie schwierig es war mit dem schlecht gelaunten alten Mann. Ja, das Wagner-Projekt passte ideal zu ihrem Kind-Projekt: Mit Wagner konnte sie sich von ihrem Vater, mit dem Kind von Dirk abseilen. Allerdings war ihr mulmig dabei. Elsbeth würde den Vater widerwillig und lieblos versorgen. Aber dann war es eben einmal so. Sie warf den Kopf zurück. Später würde sie die Pflege ja wieder übernehmen. Solange sie konnte – damit strich sie wieder über den Bauch, stellte ihn sich dick und rund vor, mit einem kräftig strampelnden Kind darin.

Auf einem Foto aus der Zeit ihrer Klinikrückkehr stand ihr Vater mit ihr als kleinem Mädchen unter dem Apfelbaum und streichelte ihr liebevoll über den Kopf. Sie trug ein Kleidchen und hatte Zöpfe. Er hatte sich offenbar gefreut, dass sie wieder da war. Die Mutter nicht. Oder? Ein Kind mehr zu versorgen. Ach, weg mit diesen dunklen Gedanken. Eine klare Priorität setzen, und zwar auf sich, ihren Bauch und ihr Kind. Brigitte ergriff das Textbüchlein und begann zu lesen. Sie war bisher noch nie in einer *Ring*-Oper gewesen. Nach einer Weile ließ sie es sinken. Wie offen gierig dieser Alberich sich den drei Rheintöchtern näherte! Wagner hatte den Text ja selbst geschrieben. Dass zu seiner Zeit etwas so offen Lüsternes auf die Bühne kam! Gut, dass sie sich neben den Libretti noch ein dickes Buch über Wagner und seine Ehefrau Minna besorgt hatte. Da würde sie ja wohl erfahren, was los gewesen war in deren Ehe. Aber jetzt war der Operntext dran. Eines nach dem anderen.

Dirk fand ihre Vorbereitung auf das *Ring*-Projekt übertrieben: Der Text werde doch heutzutage in den Opern elektronisch angezeigt. Wahrscheinlich war er nur sauer, dass sie sich nicht ständig mit seiner Habilarbeit befasste. Oder dass sie besser vorbereitet war als er. Aber warum sollte sie sich in der Oper für die Texttafel den Hals verrenken, wo es auf der Bühne so viel zu sehen geben würde? Sie las den Beginn noch einmal. Im Anfang steckt immer alles drin, hatte sie früher in einer Vorlesung bei Schwemmers gehört und sich später sein Buch gekauft: *Die Kunst des Anfangens.* Schwemmers hatte grundsätzlich frei gesprochen und unzählige Texte auswendig zitiert, was sie bewunderte. Oh, hatte sie das richtig verstanden? Die Rheintöchter ließen sich ihr Gold rauben! Dabei hatte ihr Vater sie doch gewarnt! »Hütet das Gold«, las sie laut, »Vater warnte vor solchem Feind.« Wer war überhaupt der Vater der Rheintöchter? Wotan? Hatte der außer den Walküren auch Wasserwesen gezeugt? Hütet ihr das Gold, ich hüte das Kind, dachte sie schläfrig. Das Gold liegt im Rhein wie das Kind im Bauch. Weia-waga-woge-wiege. Das Lesen machte sie müde. War das schon eine Nebenwirkung der Downregulierung? Diesen Alberich als Goldräuber hasste sie jedenfalls. Erst hatte er ihr leidgetan, weil ihn die Rheintöchter so verhöhnten. So war es auch oft mit Dirk: Er tat ihr leid, obwohl auch er sie verhöhnte. Seltsam. Aber der stiehlt denen das Goldkind! So naiv wie die drei Nixen würde sie nicht sein, sie würde ab jetzt aufpassen. Hoffentlich hatte Dirk genug hervorgebracht heute Morgen. Was er sich wohl vorgestellt hatte? Beeinflusste die Art der Zeugung ein Kind? Glücklicher Sex – Glückskind? Schrecklicher Sex – schreckliches Kind? Wichssex – ja, was? Ach nein. Es kam doch dann in ihren Bauch, alles war da ganz natürlich und warm. Noch schwamm da kein Goldkind. Aber wenn es denn da war … Brigitte döste lächelnd vor sich hin.

Habilitation

Dirk Blasius fuhr von der Klinik direkt in die Uni und stellte das Auto auf dem für Kurt Schwemmers reservierten Parkplatz ab, wie es ihrer internen Regelung entsprach. Schwemmers benutzte ja sommers wie winters ein Fahrrad. Mit schnellen Schritten ging Dirk zu seinem Raum in der sogenannten Silberlaube, wo der Fachbereich Neuere Deutsche Literaturwissenschaft untergebracht war. Im Auto hatte er laut Popmusik gehört, sich »bedröhnt«, wie er es für sich nannte, wenn er Bilder oder Gedanken wegschieben wollte. Oder Worte. Downregulierung. Wie Brigitte am Morgen mit sanfter Selbstverständlichkeit davon gesprochen hatte! Seine Frau wurde von fremden Männern downreguliert. »Du musst nur zweimal was tun …« Wieder hörte er ihre Stimme. Diese blöde Pornoarie da. Bestimmt hatte sie befürchtet, er produziere nach der Nacht nicht genug. Von wegen. Er zog sich einen Kaffee, als er am Automaten vorbeikam, und betrat seinen kleinen Raum, in dem noch immer der Teppichbodenkleber ausdünstete. Die Fenster waren wegen der Klimaanlage nicht zu öffnen; er ließ die Tür so lange offen, wie der PC hochfuhr.

Kleine Schlucke aus dem Pappbecher schlürfend, überblickte er den Schreibtisch mit den Papier- und Bücherhaufen. Gott sei Dank hatte er heute keine Lehrveranstaltungen und konnte sich den Tag über seiner Habilitationsschrift widmen: *Der verrückte Held. Zur Darstellung von Geisteskrankheit und Perversion in der neuhochdeutschen Literatur.* Schwemmers war natürlich skeptisch gewesen, als er ihm das Thema vorgetragen hatte; er hielt es für eine medizinhistorische Fragestellung und hätte eine fächerübergreifende Kooperation für das Thema bevorzugt, was für eine Habilitation nicht ging. Aber schließlich hatte Dirk ihn anhand seiner sorgfältig ausgewählten Textbeispiele überzeugen können, dass man das Verrückte nicht Medizinern überlassen dürfe. Dirk nickte vor sich hin. Er war soweit mit dem Stand der Arbeit ganz zufrieden. Systematik und Aufbau hatte er fertig. Auch die Kapitel mit den Auffassungen von Schriftstellern verschiedener Epochen zur Verrücktheit waren weitgehend abgeschlossen; er saß jetzt an dem schwierigsten Teil, in dem er psychiatrische und psychologische Gesundheitsvorstellungen und Perversionsdefinitionen den literarisch ausgedrückten Auffassungen gegenüberstellte. Dieses Kapitel hatte er immer wieder vor sich hergeschoben, weil er sich außerhalb der Literatur unsicher fühlte. Vor ihm lag das Jahrbuch der Psychoanalyse Band zehn zum Thema »Perversion«.

Er vertiefte sich in den ersten Beitrag. Diese abgehobene Metaphorik! Am liebsten hätte er den Band in die Ecke gepfeffert. Wer konnte denn mit diesem geschraubten Vokabular etwas anfangen? Von dieser ganzen Psychoanalyse verstand er rein gar nichts, sie war ihm schlicht widerwärtig. Diese Zunft brachte doch nichts als Wortblasen hervor, die sich die Eingeweihten untereinander zuspielten. Um alle anderen herauszuhalten. Blasen, Blasen, dachte er. Blast mir doch alle einen. Soso! Na, was haben Sie denn für Wünsche?, könnte der Analytiker genüsslich dazu bemerken. Von seinem Platz hinter der Couch aus, auf dem er den ganzen Tag hockte. Auf seinem analytischen Hintern. Aalglatte Analticker. So viel zur freien Assoziation. Grimmig nahm Dirk einen Schluck Kaffee. Wie Brigitte ihn angesehen hatte, als er aus der Wichsbude kam! Und dann dieser Arzt, der sie so betont fürsorglich am Arm genommen und in sein Zimmer geführt hatte. Er hätte den fragen sollen, ob sie nicht zusammen eine Samenproduktionsgenossenschaft aufbauen wollten. Er biete sich an. Bisschen schocken, den Mann.

Und wenn es wirklich klappen würde? In Dirk tauchte ein nach Seifenblasen haschendes Kind auf. Es rannte in die Blumenrabatte, zertrampelte dies, zerknickte das, juchzte, wenn es die schillernden Kugeln berührte und zerplatzen ließ. Er runzelte die Stirn. Dass Brigitte in dem Kinderthema so hartnäckig war! Die Chancen waren zwar gering genug. Es klappte nur bei fünfundzwanzig Prozent, hatte er gelesen. O ja, er hatte mehr darüber gelesen, als sie wusste. Und wenn? Lieber eine Tochter. Bloß keinen Sohn. Aber wenn es Zwillinge würden? Drillinge? Unausdenkbar. Drei Rheintöchter, schnaubte er vor sich hin. Mein Gott, diese Dresdenfahrt stahl ihm das halbe Wochenende. Dazu das blöde Essen vorher. Und dann war noch ein Analytiker mit von der Partie! Dirk trommelte mit seinem Kugelschreiber heftig auf den Schreibtisch. Aber er hätte auf keinen Fall Nein sagen können. Dazu war sein Verhältnis zu Schwemmers zu kompliziert. Schwemmers wollte gebauchpinselt werden. Und er brauchte ihn. Aber nicht mehr allzu lange. Hoffentlich.

Mit leichtem Ekel trank er den bitteren Kaffeerest und

starrte auf den Bildschirm, dass ihm die Buchstaben vor den Augen verschwammen. Wenn Schwemmers sich doch früher pensionieren ließe! Dann hätte er bessere Chancen. Nächstes Jahr wurde Krögers Lehrstuhl frei, und Kurt Schwemmers sechzig. Wenn der sich früher zurückzöge, müssten auf einen Schlag zwei Lehrstühle besetzt werden. Dann hätte er mit einer Hausbewerbung gute Karten. Zumindest als Interimslösung. Die er bei anderen Bewerbungen später angeben konnte. Mit einer Vertretung könnte er punkten. Dirk rollte den Kugelschreiber zwischen Daumen und Mittelfinger. Diese Gedanken hatte er schon tausendmal hin und her gewendet. Aber jetzt, dachte er und stieß den Kuli auf die Tischplatte, jetzt könnte er an der Sache etwas drehen. Weil er den Dekan ja nun in der Hand hatte. Seit neulich.

Er lehnte sich zurück. Ein Lächeln huschte über sein Gesicht, das ihm von dem inzwischen dunklen Bildschirm vage zurückgeworfen wurde. Er betrachtete sich kurz: Merkwürdig, dass Brigitte und er von ähnlich weißem Fleisch waren. Ähnlich hellhäutig. Nur sie dunkelhaarig und er blond. Wer sich beim Kind wohl durchsetzen würde? Äußerlich? Dunkel war ja dominant. Er verscheuchte den Gedanken und begann einen kleinen Triumphmarsch auf die Schreibtischplatte zu tippen. Ja, er hatte Dombrowski erwischt. Als er ihn zufällig neulich am Bahnhof sah und ihn automatisch mit den Augen verfolgte, hatte er mitbekommen, wie der Dekan sich einen kleinen Strichjungen holte. Der höchstens elf war. Oder vierzehn, aber jünger aussah. Jedenfalls war es ein Stricher gewesen, eindeutig. Und wichtiger: Der Dekan hatte gesehen, dass Dirk ihn gesehen hatte. Und erkannt! Als pädophilen alten Knacker. Auf einen Schlag entlarvt. Wie der jetzt schwitzen muss, dachte Dirk. Er trommelte. Aber habilitiert musste er sein für die Bewerbung. Um die Habilitation führte einfach kein Weg herum. Die Arbeit musste fertig werden. Endlich. Seufzend wandte sich Dirk dem Jahrbuch zu.

Die Rose

Ulrike Diesterkamp parkte ihr Auto und durchquerte vorsichtig den weiten, kopfsteingepflasterten Hof. Bloß nicht ausrutschen, dachte sie, dann kann ich womöglich Sonntag nicht in die Oper. Sie wohnten gern hier in der neuen Siedlung, in die sie kurz vor Nicos Geburt gezogen waren. Die Häuser umstanden hufeisenförmig einen großen Platz, in dem Nico ungefährdet mit anderen Kindern spielen konnte. Thomas und sie blieben zwar meist für sich und mieden im Sommer die Grillabende im Hof, doch für Nico waren die anderen Kinder wichtig.

Beim Betreten des kleinen Hausflurs fiel ihr Blick auf eine hellrote Rose, die Thomas ihr neulich mitgebracht hatte. Die Blüte hatte sich nun ganz geöffnet. Schnell stellte sie die schwere Aktentasche ab, beugte sich vor und steckte die Nase in die kühlen Blütenblätter. Ein Hauch von Sommer mitten im Januar!

Sie hatte Kaffeedurst. Die beiden 10c-Kampfhähne Milan und Max hatten ihr heute Morgen mit ihrer ewigen Rechthaberei zugesetzt – jetzt erst mal entspannen! Sie drehte ihr altes italienisches Dampftöpfchen auseinander. Wenn Thomas da war, wurde neuerdings die teure Kaffeemaschine benutzt, die er ihnen beiden zu Weihnachten geschenkt hatte. Aber für sich allein fand sie sie zu aufwendig: Vielleicht ist sie mir doch eine Spur zu protzig, ging ihr durch den Sinn. Während der Espresso ins Blubbern kam, räumte sie ein paar Spielzeugautos vom Fliesenboden und nahm die Vase von dem hohen Bord, einem Schutzort vor Nico, der gern auf seinem roten Bobby-Car durch Flur und Zimmer sauste. Mit Vase und Mokkatasse betrat sie das Wohnzimmer, in das winterlich-schräges Vormittagslicht fiel, und setzte sich an den runden Glastisch. Jetzt frei! Sie musste Nico erst mittags vom Kindergarten abholen.

Es war etwas Neues, dass Ulrike die seltene Zeit des Alleinseins genießen konnte. Noch vor Kurzem hatte sie dann Erledigungslisten abgearbeitet, um dann ganz da zu sein für Nico. Kein Wunder, dass sie immer dünnhäutiger und gereizter geworden war. Die ständige Aufmerksamkeit auf andere: Nico, ihre Schüler, die Korrekturen und Vorbereitungen – das war schon energiezehrend. Thomas hatte sie ermuntert, den Dienstagvormittag für sich zu nutzen. Nur für sich. Er ist wirklich unterstützend, dachte sie mit einem warmen Gefühl. Ich habe so ein Glück mit ihm. Andere Männer machen Druck. Da ist er doch ganz anders. Sie rührte den Zucker ein. Gut, manchmal war er ein bisschen umständlich. Er dachte einfach zu viel und sah hinter allem etwas. Sie hätte vieles rascher entschieden. Als Lehrer würde er bestimmt nicht ankommen bei den Schülern. Zum Beispiel in ihrer 10c! Da würde er untergehen! Sie lächelte. Aber musste er ja nicht. Er war schon richtig auf seinem Platz hinter der Couch. Sie nippte an dem Espresso und verzog leicht das Gesicht; der Kaffee war ein bisschen stark geraten, aber tat gut, da sie nachts lange wach gelegen hatte. Thomas hatte ruhig geschlafen, aber aus Nicos Zimmer war ein leises Schnaufen gekommen. Nico hatte geschwollene Polypen, wahrscheinlich mussten die mal entfernt werden. Hauptsache, er wurde nicht krank bis zum Wochenende. Bis zu *Rheingold*.

Kurts *Ring*-Einladung hatte viel ausgelöst. Sie hatten tatsächlich versucht, Nico mehr an seine Oma zu gewöhnen, und ein bisschen war es auch gelungen. Aber nur ein bisschen. Nico wollte nach wie vor am liebsten mit Ulrike zusammen sein: »Nur Mama!«, war sein Schlachtruf. Warum hing das Kind so sehr an ihr? Sie verstand es einfach nicht. War es nun normal für dreieinhalbjährige Jungen oder nicht? Thomas war ein fabelhaft zugewandter und bemühter Vater. Ob es ihn kränkte? Bestimmt hier und da; aber er verbarg es vor ihr und versuchte beharrlich, Nico von ihr loszueisen, wo er konnte. Mit einer Engelsgeduld. Seit der *Ring*-Einladung aber hatte sich da etwas geändert. Er machte dezent, aber spürbar mehr Dampf, ließ immer wieder fallen, sie binde Nico zu sehr. Bloß wie? Sie merkte es gar nicht. Sollte sie denn Nico zurückweisen, wenn er mit seiner stürmischen Zuneigung auf sie zukam? Neulich war Thomas mit Nico in ein neues Mercedes-Center etwas außerhalb von Halle gefahren. Nico hatte gedrängelt, dass Ulrike mitkam. Aber sie musste Oberstufenklausuren korrigieren, die immer so viel Zeit verschlangen, weil sie alles doppelt absichern musste. Manche Schüler kamen mit englischen Texten aus dem Internet an und »bewiesen« ihr, dass sie ihnen fälschlicherweise Fehler angestrichen hatte. Nervig. Und die Deutsch-Aufsätze waren noch zeitintensiver. Ihr graute schon vor dem Stapel mit den Inhaltsangaben der Wagner-Opern. War letztlich ein zu schweres Thema gewesen, aber sie hatte es in ihrer Vorfreude einfach einmal ausprobieren wollen. Ja, aber wenn die Korrekturen sie nicht zu Hause gehalten hätten, wäre sie natürlich mitgefahren zu Mercedes. Vielleicht meinte Thomas das mit Loslassen. Nico dem Vater mal überlassen. Tatsächlich hatten die beiden sich königlich amüsiert mit den kleinen Elektroautos, in denen Kinder »auf richtigen Straßen« fahren konnten. Thomas hatte zig Bilder davon geknipst, Nico war stolzgeschwellt nach Hause gekommen. Sie schien ihm nicht eine Minute gefehlt zu haben. Und Thomas hatte gestrahlt. Ach, wahrscheinlich ist alles normal, dachte Ulrike und löffelte den Kaffeesatz mit dem Zucker aus der Tasse.

Wieder wanderten ihre Gedanken zur *Ring*-Einladung. Sie lehnte den Kopf zurück und begann zu »fantasieren«, wie sie ein inneres Mäandern bei sich nannte, das sie sonst unterdrückte. Von ihnen beiden war Thomas der Versponnene, der sich oft in seine Gedanken verlor; während sie sich als eine eher kontrollierte Frau empfand, die das Klassenzimmer mit dem Klingelzeichen betrat, fünf Minuten vor dem Weckerpiepen wach wurde und zu Thomas Seligkeit die Steuererklärung erledigte. Aber zur Belohnung für die Anstrengungen ihrer Gewissenhaftigkeit nahm sie sich eben ab und zu »frei«. Wenn es passte, wie jetzt.

Ulrike bezweifelte Kurts Semper-idem-Darstellung, die ihr von Anfang an komisch vorgekommen war. Die Einladung konnte nicht so spontan entstanden sein. Da steckte mehr dahinter! Seit ihrer heftigen Liebesgeschichte mit ihm vor fünf Jahren, von der weder Eva noch Thomas wussten und je wissen durften, hatte sich Ulrike mühsam von Kurt zurückzuziehen versucht; aber erst als Nico zwei Jahre später auf die Welt kam, war es ihr wirklich gelungen. Sie runzelte die Stirn. Gelungen? Die *Ring*-Einladung brachte alles wieder hoch, was sie so mühsam eingepackt und weggelegt hatte. Kurz nach ihrer Trennung hatten Thomas und Kurt sich als Teilnehmer einer Tagung zum Thema *Literatur und Psychoanalyse* am Hallenser Psychoanalytischen Institut zufällig kennengelernt. Zumindest hatte es ausgesehen wie ein Zufall. Genausogut konnte Kurt es aber auch eingefädelt haben. Thomas war während der Tagung gedämmert, dass Kurt jener Professor war, mit dem Ulrike vor Längerem schulisch zu tun gehabt hatte, und hatte ihr eine kleine Überraschung machen wollen, als er sagte: »Komm doch zur Abschlussveranstaltung. Das interessiert dich auch!« Während umgekehrt Kurt aus Beruf und Nachnamen genau wusste, dass Thomas Ulrikes Mann war, und in vollem Bewusstsein seine Teilnahme an der Tagung zugesagt oder eben sogar betrieben hatte. Wie vom Donner gerührt hatte Ulrike Kurt neben Thomas auf dem Abschlusspodium sitzen sehen. Ein unvergessliches Bild. Nach der Diskussion war Thomas freudig bewegt mit einer Einladung zu den Schwemmers auf sie zugekommen. Gott sei Dank hatte Kurt den Saal eilig verlassen, sonst hätte Thomas ihn sicher noch auf ein Glas Wein eingeladen! Ulrike schluckte bei der Erinnerung. Nur mühsam hatte sie ihre Fassung bewahrt und staunte heute noch, dass Thomas nichts gemerkt hatte. Wahrscheinlich hatte seine Begeisterung für Kurt ihn blind gemacht.

Natürlich war sie davon ausgegangen, Kurt nutze den Kontakt zu Thomas, um die Geschichte mit ihr doch weiterzuspinnen. Und wie hätte sie eine Einladung ablehnen sollen, über die sich Thomas so freute? Ulrike zog die Beine aufs Sofa und schlang die Arme um sie. Die würgende Aufregung vor dem ersten Treffen der beiden Paare in Berlin! Aber dann war Eva fast mütterlich auf sie zugekommen, hatte sie in die Küche gezogen, wo sie noch mit dem Salat beschäftigt gewesen war, und so konnte im gemeinsamen Tun ihre Anspannung etwas weichen. Dazu hatte auch Evas spröde-lakonische Art beigetragen, ihr trockener Humor. Natürlich war Ulrikes Befangenheit auf den nachfolgenden Treffen nie ganz verschwunden, ebenso wenig wie sich das Gefühl des schlechten Gewissens Eva und Thomas gegenüber je ganz gelegt hatte. Wie auch?, dachte Ulrike, lockerte die Arme und schnipste eine Fluse vom Rock.

Ja, sie schätzte Eva, die als Lektorin unendlich viel las, so dass sie schnell Gesprächsthemen gefunden hatten. Sie hatten das Gleiche studiert, aber Ulrike hatte immer gewusst, dass sie selbst unaufhaltsam auf den Lehrerberuf zutrieb, den sie insgeheim ablehnte. An ihrer Schule hatte sie zu Kolleginnen keine engeren Freundschaften aufgebaut; die anderen interessierten sich für Literatur als Unterrichtsstoff, man sprach über Methodisches, aber nicht über Bücher, während sie selbst als leidenschaftliche Leserin das Didaktische vernachlässigte. Dadurch die Schüler überforderte. Wie jetzt wieder ihre 10c. Ulrike seufzte. Viel lieber wäre sie wie Eva Lektorin geworden oder Kulturjournalistin, und hielt sich vor – früher mehr als jetzt, wo Nico da war –, dass sie einfach nicht den Biss dazu gehabt hatte. Sie empfand sich als zu perfektionistisch; hütete sich, spontan Gedanken zu äußern. Alles musste erst ihre innere Qualitätskontrolle durchlaufen haben. Lektorin – das lappte ja sehr ins Künstlerische, empfand sie. Da musste man genau, durfte aber nicht eng sein. Aber sie selbst war doch recht eng. Meistens. Sie konnte sich allerdings auch »frei nehmen« und lockern, und Evas lässige, manchmal flapsige Art hatte sehr dazu beigetragen. Mit ihr konnte sie ausgedehnt über Doris Lessing sprechen, ohne Angst zu bekommen, Eva langweile sich. Im Gegenteil; einmal hatte Eva sie sogar allein mit auf eine Lesung in Berlin genommen, während die beiden Männer in eine Ausstellung gegangen waren. Überhaupt hatten sich bei den gelegentlichen gegenseitigen Besuchen der beiden Paare immer Zweiergespräche ergeben: Kurt und Thomas, Eva und Ulrike. Das war ihr gerade recht gewesen. Nur so ging es überhaupt, nach allem, was gewesen war. Dass Eva Kurts Frau war, musste sie ausblenden. Wir verstehen uns als Leserinnen, dachte Ulrike. Alles andere bleibt draußen.

Ihr Blick fiel auf ein Kinderbild von Nico im Bücherregal gegenüber. Kurt und Eva hatten keine Kinder. Ob Eva Kinder vermisste? Über solche privaten Themen sprachen sie nie. Kurt und sie hatten damals praktisch überhaupt nicht gesprochen – es war eine wortlose Nähe gewesen, wie Ulrike sie noch nie erlebt hatte, etwas Sogartiges, unbegreiflich Verschmelzendes. Bloß nicht dahin denken! Schnell zu Eva zurück! Ja, andere alleinstehende Freundinnen ohne Kind hatten sich von ihr zurückgezogen, als Nico gekommen war. Eva nicht. Sie hatte angerufen, sich erkundigt und sogar als Babysitterin angeboten, was Ulrike aber aufgrund der Entfernung nicht angenommen hatte. Eigentlich bewunderte sie Eva. Wie sie Kurt Paroli bot und ihre Impulse lebte, egal, was er darüber dachte. Obwohl Eva in einem sehr kleinen Verlag arbeitete und Kurt der bekannte Literaturwissenschaftler war, begegnete sie ihm auf Augenhöhe. So schien es jedenfalls. Auch jetzt wieder. Mit den Kleiderfarben zu den *Ring*-Opern. Ulrike lächelte vor sich hin. Evas bunter Beitrag zu Kurts Projekt. Falls Eva von Kurts Status profitierte, schien das kein Unterlegenheitsgefühl in ihr auszulösen. Wenn die beiden ein Auto wären – Ulrike schmunzelte bei dem Gedanken –, wäre Eva der Motor und Kurt alles andere. Nur dass Kurt sicher insgeheim dachte, er sei das Auto und Eva der Anhänger.

Ich werte ihn ab, dachte sie plötzlich. Um ihn mir vom Leib zu halten! Sie hatte sich damals entschieden, ihre Affäre als etwas Schicksalhaftes zu betrachten, für das keiner konnte. Etwas Schicksalhaftes, wie es nur einmal im Leben passierte. Siehe Wälsungengeschwister. Nur mit dieser Idee hatte sie sich überhaupt auf die Paartreffen eingelassen. Leider waren Siegmund und Sieglinde Sonntag ja noch nicht dran. Eigentlich schade. *Die Walküre* war ihre Lieblingsoper. Die beiden Wälsungen konnten nichts für die gegenseitige Anziehung. Tristan und Isolde auch nicht. Der Zaubertrank war an allem schuld! Sie grinste etwas.

Ja, Kurt hatte sie verzaubert. Von Anfang an. Er beherrschte »Die Kunst des Anfangens«! Sie wanderte zu dem Beginn ihrer Geschichte, wie sie mit ihrem Leistungskurs Deutsch an einem Projekt teilgenommen hatte: »Schüler als Studenten«. Die Schüler sollten Universitätsluft schnuppern, wurden von ihr auf die Vorlesung bei Kurt über die deutsche Klassik vorbereitet, und dann war sie dreimal mit ihnen nach Berlin gefahren. Kurt war der einzige Professor gewesen, der auf ihre Anfrage zur Kooperation reagiert hatte; in Halle hatte man kein Interesse gezeigt. Bei dem vorbereitenden Gespräch, zu dem sie ihn in der FU-Silberlaube aufgesucht hatte, war sie nicht darauf gekommen, dass er der Professor war, der ihr geschrieben hatte, so jung und ungezwungen hatte er gewirkt. Darum hatte sie ihn für einen Assistenten gehalten und ihn nach Kurt Schwemmers gefragt. Kurt hatte einfach zurückgefragt: »Warum der? Warum nicht ich?« Beide hatten furchtbar gelacht, ohne dass sie wusste, warum. Ulrike musste lächeln bei der Erinnerung. Ja, warum er? Da war es schon geschehen. Nach dem Projekt hatten sie sich wie von Sinnen ein paar seltene Male in einer leer stehenden Wohnung getroffen, die Kurt kurz zuvor gekauft hatte. Einmal, als Thomas auf eine Fachtagung in den Harz gefahren war. Einmal ein paar Stunden an einem Tag, als Thomas von der Arbeit aus direkt ins Institut gegangen war. Und einmal hatte Ulrike einen Freundinnenbesuch in Berlin vorgetäuscht. In solchen kurzen, genau abgemessenen Zeiträumen hatten sie diese unerklärliche Liebe gelebt. Mit den schrecklichen Trennungen! Mit den Zugfahrten, die sie Meter um Meter von Kurt wegrissen. Wie hatte es nur sein können, dass Thomas ihr Kurt nicht ansah, dass er ihn nicht roch, ihn nicht auf ihrer Haut spürte? Aber in seinem unerschütterlichen Vertrauen zu ihr hatte Thomas nichts bemerkt. Und bevor aus diesem halsbrecherischen Drahtseilakt Leid entstehen konnte, hatte sie ihn beendet. Abrupt. Von sich aus. Es war ihr schwergefallen. Kurt war zutiefst getroffen gewesen. Nie würde sie sein Stöhnen vergessen: »Warum zerstörst du, was uns so glücklich macht?« Ach, hatte das wehgetan. Aber es war eine klare Entscheidung gewesen. Sie wollte einen Mann für alle Tage, ein wahrhaftiges, ungeteiltes Gegenüber, und das war Thomas. Seit nun zwanzig Jahren. Dass sie ein Jahr nach der Beendigung der großen Liebesgeschichte schwanger wurde, hatte sie als Zeichen gedeutet, dass ihre Entscheidung gut gewesen war. Nico war das Unterpfand einer ganz anderen Liebe. Und so war aus Thomas und ihr eine Familie geworden. Ein warmes Gefühl breitete sich in ihr aus, als sie es laut aussprach: »Eine Familie.«

Sie schaute auf die Rose, hob die Vase kurz hoch und wollte etwas Staub von dem Glastischchen wischen, blieb aber mit dem Finger kleben. Was für eine festsitzende Schmiere! Wahrscheinlich hatte Nico wieder mit Knetmasse auf dem Tisch gespielt. Sie wollte ein feuchtes Tuch holen, aber blieb doch noch sitzen. Es hielt sie etwas vom Aufstehen zurück. Die Unsicherheit, ob es wirklich ganz vorbei war mit Kurt. Dass sie sich mit Eva angefreundet hatte, dachte Ulrike wie schon oft, grenzte an ein Wunder. Kurt als ehemaligen Geliebten konnte sie aber nicht als Freund sehen. Im Grunde genommen vermied sie es bis heute, ihn überhaupt nur anzusehen. Ja, sie machte sich etwas vor. Ihr Herz hatte geklopft, als sie die Einladungsmail gelesen hatte. In einem Winkel dieses klopfenden Herzens hoffte sie doch, wenn sie ehrlich war, dass er sich das Ganze nur ihretwegen ausgedacht hatte. Ihre Geschichte war damals auch im Januar gewesen. Doch, bestimmt, dachte sie: Er hat es arrangiert. Kurt war raffiniert. Mit dem senior moment in seiner *Ring*-Vorlesung hatte er es harmlos eingetütet. Senior moment? Wie alt war er eigentlich? Fünfzehn Jahre älter als sie. Damals hatte sie das überhaupt nicht wahrgenommen. Mit dem Opernprojekt konnten sie sich viermal hintereinander völlig unverdächtig in

»ihrem Monat« sehen. Nicht im Viererrahmen, sondern in etwas größerer, aber nicht zu großer Gesellschaft. Wo man sich schon mal unauffällig anschauen konnte, dachte sie und spürte, wie ihr Puls schneller ging.

Eigentlich hatten die Schwemmers Thomas und ihr mit der *Ring*-Einladung geholfen. Thomas hatte richtig Auftrieb bekommen und sie etwas von ihrem Nico Nimmersatt weggelockt. Trotzdem, Kurt war kein Familienhelfer! Nein, er ließ einfach nicht locker, wollte sie sehen, sie aus der Eva-Ecke herausziehen, nicht aus der Nico-Ecke. Oder bildete sie sich das ein? Ach, Schluss jetzt mit alledem. Am besten, sie ließ das Fantasieren und tat etwas Nützliches.

Ulrike wischte die Schmiere vom Tisch, holte den Notenständer aus der Ecke und setzte die Querflöte zusammen. Es-Dur war dran. Sie übte systematisch eine Tonart pro Woche, jetzt Es-Dur, und zwar in allen gängigen Artikulationsformen: zwei gebunden – zwei gestoßen; drei gebunden – einer gestoßen; einer gestoßen – zwei gebunden; eine gestoßen – zwei gebunden – einer gestoßen und so weiter. Dieses Systematische hatte sie nach der Trennung von Kurt gerettet. Sie hatte damals wie verrückt geübt. *Rheingold* begann auch in Es-Dur, fiel ihr ein. In der Tiefe mit den Kontrabässen. Als ob der Rhein selbst tönte, so klang es. Sie kannte die Oper gut. Früher hatte sie eine Opernphase gehabt und schwärmte heute noch für gewisse Stimmen: »Deine Tenöre«, zog Thomas sie immer auf. Aber auch Frauenstimmen konnten ihr eine Gänsehaut machen. Allerdings nicht die raspelige von Eva, die sie plötzlich störend klar vor ihrem inneren Ohr hörte. Sie hatte sich noch nie eingestanden, dass sie Evas Stimme nicht mochte, und setzte die Flöte irritiert ab. Ja, Evas Stimme konnte sich unangenehm verengen, besonders, wenn sie sich gegen Kurt wandte. Weiter, dachte sie und nahm die Flöte hoch. Ich übe Es-Dur, weil es dran ist und nicht, weil ich in *Rheingold* gehe und in Kurts Nähe wundersame Musik höre. Sie stampfte mit dem Fuß auf. Und aus dem *Tristan* spiele ich schon gar nichts mehr, verflixt. Sie griff nach der *Hamburger Sonate* von Carl Philipp Emmanuel Bach. Bach-Vater erdete, und die Bach-Söhne waren unterschätzt, fand sie. Bach hatte seinen Söhnen vernünftige Namen gegeben, und alle waren bedeutende Komponisten geworden. Wagner dagegen hatte alle seine Kinder nach seinen Opernhelden genannt. Und was war aus ihnen geworden? Verwalter seines Erbes. Thomas und sie hatten lange nach einem gut klingenden Namen für ihren Sohn gesucht und Nico nicht nach irgendwem genannt. Wieder nahm Ulrike die Flöte vom Mund. Zum ersten Mal fiel ihr auf, dass in Nico das o von Thomas und das i von Ulrike steckte. Das wollte sie aber als gutes Zeichen nehmen: Beide gaben ihm etwas mit; daraus entstand Eigenes. Sie atmete auf. Nico würde sich ablösen können von ihr. Sie wollte ihn doch gar nicht vereinnahmen. Wenn er nur etwas weniger an ihr hängen würde!

Nach Hause

Noch ein Patient! Dann Feierabend. Thomas ging in die kleine Teeküche in der Praxis, die er mit zwei anderen Kollegen vom Institut teilte, und biss von dem Stück Kuchen ab, das er in der Pause zuvor herausgeholt hatte. Er war der Einzige, der zwischen den Stunden die Küche betrat, denn die beiden anderen »ackerten durch«. Nahmen sich nicht wie er die zehn Minuten Pause zwischen den analytischen Sitzungen, die seit Menschengedenken fünfzig Minuten dauerten.

Thomas war unruhig. Ihm stand seine letzte Stunde mit dem Neunzehnuhr-Patienten bevor, dem Ingenieur, dessen einziger Sohn an Hodenkrebs erkrankt war. Der Sohn von Herrn M. machte gerade Abitur, die Mutter war vor zwei Jahren an Krebs gestorben; seit dem Tod seiner Frau hatte Herr M. mit aller Kraft und Liebe den Jungen umsorgt, mit ihm gearbeitet, ihn abgehört, ihn bekocht – und nun das. Thomas war schon viel Schweres von seinen Patienten anvertraut worden. Er hatte es aufgenommen, ausgehalten, verdaut und die Patienten durch Anteilnahme und Verstehen aufgerichtet. Mit jedem anders. Sie wieder in Kontakt gebracht mit sich und dem Leben. Aber bei keinem hatte er je so eine würgende Ohnmacht und zugleich so ein tiefes Mitleid empfunden wie bei diesem Mann. Ob es daran lag, dass der sich als Homo Technicus verstand? So gedehnt formulierte, stockend sprach und dann in langes Schweigen verfiel, dass er ihn immer wieder ansprechen musste, fragen, wo er mit seinen Gedanken hinwandere, ob er ihn nicht teilhaben lassen könne. Der Ingenieur hatte einmal gesagt: »Nee, das kann man nicht« und ihn aus müden Augen angeblickt; dann hatte er ein Lächeln versucht und unerwartet gesagt: »Nehmen Sie es nicht persönlich.« Thomas hatte sich über die direkte Äußerung gefreut und gleich geantwortet: »Es geht hier nicht um mich, sondern um Sie! Was hindert Sie denn, sich mitzuteilen?« Schweigen. Viel zu schnell gefragt, hatte sich Thomas über sich selbst geärgert, er hätte zurückfragen sollen, ob Herr M. meine, Thomas fühle sich zurückgesetzt durch sein Schweigen. Thomas kannte viele Arten von Schweigen: gehemmtes, verstocktes, wütendes, schüchternes, trauriges, verlorenes. Aber nicht dieses. Es war ohne Aggression, ohne »Botschaft«. Es war das Schweigen selbst, wie in einem schallgeschützten, lichtleeren Gummiraum. Thomas erhob sich angespannt, als es klingelte. Da war er schon.

Die Sitzung verlief ohne Schweigepause, weil Herr M. ungewohnt beredt und voller Hoffnung von besseren Werten berichten konnte. Dem Sohn sei es besser gegangen, er habe sogar nach seiner Arbeit mit ihm in der Klinik Schach gespielt! Er berichtete von seinen Überlegungen dabei, ob er den Sohn gewinnen lassen solle oder nicht, und wie er sich darüber vertan habe und der Sohn ihn schachmatt gesetzt hatte. Was noch nie geschehen war! Als Thomas Herrn M. nachschaute, wie er mit schnellen Schritten aus der Praxis strebte, entschloss er sich unvermittelt, direkt nach Hause zu fahren und eine Sitzung im Institut abzusagen. Er hatte Sehnsucht nach Nico und wollte ihn überraschen. Zwar sagte er ungern Übernommenes ab und bemühte sich, in einer ausgefeilten SMS zu begründen, warum dies sein müsse. Je länger er herumtippte, desto ungeduldiger wurde er, löschte schließlich alles, entschied sich für »Ich muss leider für heute absagen« und verließ etwas fluchtartig die Praxis. Schneematsch am Straßenrand spritzte hoch auf, als er durch das unwirtliche Wetter heimfuhr. Gut, dass er jetzt Zeit für sich hatte, fühlte er erleichtert. Gleich ins Warme, Vertraute kommen würde. Er wurde ruhiger, umfuhr die Pfützen und freute sich auf zu Hause.

Leise öffnete er das Schnappschloss und zog den Mantel aus. »Thomas?«, hörte er Ulrikes Stimme. Freudige Überraschung schwang mit. Vom Flur aus konnte er Nico auf Ulrikes Schoß sitzen sehen; sie las ihm aus einem Märchenbuch vor. Ulrike lachte und wollte aufstehen, aber Nico umfasste sie mit beiden Armen: »Weiterlesen, Mama, weiter, weiter!« Thomas machte das Löwengeräusch. Im Allgemeinen kam er als Löwe bei Nico gut an, aber diesmal nicht. »Mama!«, rief der fast weinend. »Papa stört!« »Aber Nico!«, lächelte Ulrike. Thomas sah ihr zu, wie sie sich mit sanfter Gewalt losmachte und auf ihn zu trat. Er nahm sie in den Arm und genoss ihre schmale Weichheit, die Wärme ihres Gesichts an seiner Wange. »Hattest du nicht Kommission?« »Ja, aber ich hatte Sehnsucht nach euch«, murmelte er ihr ins Ohr. »Nico ist schon ziemlich müde«, sagte Ulrike auch leise an seiner Wange. »Ich bin überhaupt nicht müde! Gar nicht!«, hörte Thomas Nico protestieren; der Kleine drängte sich zwischen ihre Beine. »Nicht müde, was?!« Thomas nahm ihn hoch, wirbelte ihn einmal herum und wollte ihn auf seine Schultern setzen, aber Nico brüllte und riss ihn an den Haaren. »O.k., o.k., du bist nicht in Stimmung, na gut. Entschuldige.« Thomas setzte ihn ab. Dann wurde er schlagartig wütend. »Entschuldige, dass ich überhaupt lebe«, sagte er bitter. »Meine Güte, Thomas, was ist denn!« Ulrike klang schockiert. Aber Thomas verließ den Raum.

Er war sauer auf alles und auf sich. Warum konnte Nico nicht einfach mal auf ihn zulaufen? Mit diesem Wunsch war er ja eigentlich gekommen. Mit so einem Bild von seinem gesunden kleinen Jungen, der jauchzend auf ihn zuläuft und bis zum Himmel hochgeworfen werden will. Na ja, bis zur

Decke. Er betrat die Küche. Aber dass er so ausgerastet war! Und wieso? Da kriegt Nico ja Angst vor mir. Ach, er hätte sich anmelden sollen, dachte Thomas ärgerlich. So war er wirklich in die Märchenwelt der beiden hineingeplatzt und, ja, hatte gestört. Er knirschte etwas mit den Zähnen: Aber verdammt, war er denn als Vater und Löwe nicht eine gute Alternative zu einem Märchen? Unschlüssig stand er am Kühlschrank und starrte auf die Magneten von berühmten Bildern, die Ulrike und er gern von Museumsbesuchen mitbrachten. Sein Blick blieb an der Nofretete hängen. Er fand, dass Ulrike ihr ähnlich sah, mit ihren fein gezeichneten Augenbrauen, dem schlanken Hals und ihrer aufrechten Haltung.

Er hörte Ulrikes Schritt und spürte ihre Hand auf seiner Schulter. »Was ist denn«, fragte sie leise. »Hast du ’ne schwere Stunde gehabt?« Achzelzuckend öffnete er den Kühlschrank und griff nach dem Käse. »Wollen wir nicht gleich zusammen essen?«, fragte Ulrike. »Ich bring Nico schnell ins Bett, und dann …« »Schnell ins Bett. Da kann ich ja warten, bis ich schwarz bin …« Mein Gott! Wieso konnte er sich nicht bremsen? Die Galle musste offenbar heraus.

Ulrike wandte sich schweigend ab. Im Wohnzimmer hatte sich Nico inzwischen auf das Bobby-Car gesetzt; Thomas hörte ihn brummen und sich mit den Füßen vom Boden abstoßen. »Nico, komm, ich bring dich ins Bett. Es ist Zeit«, sagte Ulrike. »Liest du mir die Geschichte zu Ende?« Quengel, quengel, dachte Thomas. »Aber nur, wenn es schnell geht mit dem Zähneputzen. Komm. Ich mach mit. Wir drehen die Eieruhr um.« Nico parkte rückwärts zwischen Sessel und Tisch ein. »Stell das Auto in den Flur, Nico«, rief Ulrike.

Mit dem ganzen Oberkörper schwang sich Nico nach hinten und fuhr mit einem Kavalierstart los. Die Vase mit der Rose fiel um.

Thomas unterdrückte ein »Kannst du denn nicht aufpassen?« und sah Ulrike zu, die schnell neben dem weinenden Nico das Wasser aufwischte. Wie flink und elegant sie alles tat! Thomas kam sich wie ein Holzklotz vor, der im Weg stand. Die Vase war heil geblieben. Ulrike füllte sie neu und stellte die Rose wieder hinein. Schluss jetzt!, dachte Thomas, gab sich einen Ruck und ging zu Nico hinüber, nahm ihn an die Hand und führte ihn ins Badezimmer. Ohne weitere Aufforderung und mit ungewohntem Eifer putzte Nico die Zähne und fixierte dabei den durch die Eieruhr rinnenden Sand. Thomas lobte ihn für seine Gründlichkeit: »Heute bring ich dich ins Bett«, sagte er. »Wo ist dein Nachtzeug?« »Schon oben«, rief Ulrike von draußen. »Stell doch mal eben den Fernseher an«, rief ihr Thomas zu, »und schau mal, was sie zu den Wetteraussichten für Sonntag sagen.« Er hoffte, Ulrike würde den Wink, ihn mit Nico in Ruhe zu lassen, aufnehmen. Ja; da war schon der Tagesschau-Sprecher zu hören. »Hopp-Galopp, Nico! Ab nach oben!«, rief Thomas. »Aber Mama soll mich ins Bett bringen!« »Nein, ab heut wechseln wir uns ab! Hüh! Du bist das Pferd!« Tatsächlich. Nico galoppierte die Stufen hoch und zog sich den Schlafanzug über. »Liest du mir das Märchen zu Ende?«, fragte er. »Ich lese dir was anderes vor«, sagte Thomas. Er hatte keine Lust, das Märchenbuch von unten zu holen. Nico schlief ein, bevor Thomas mit der Geschichte durch war. »Morgen wieder Mama«, murmelte er noch einmal.

Als Thomas das Wohnzimmer betrat, schaltete Ulrike den

Fernseher aus. »Entschuldige«, sagte er. Ulrike sah müde aus, und er selbst fühlte sich ebenfalls erschöpft. »Ich muss noch was vorbereiten«, sagte Ulrike. »Ach, komm doch mal her.« Er nahm sie in die Arme und zog sie aufs Sofa. »Du bist so zart, aber du arbeitest viel mehr als ich und hältst mehr aus als ich.« Ulrike strich ihm über den Kopf. Thomas wusste, dass sie seinen runden Kopf und die dazu passenden runden, festen Schultern liebte, und wartete auf eine entsprechende Bemerkung. Aber sie kuschelte sich nur an ihn und legte ihren Kopf in seinen Schoß. »Mach mal *Rheingold* an«, sagte sie. »Brauchst bloß auf die Fernbedienung zu drücken. Ist schon drin.« Eine Weile lauschten sie ruhig den dunklen Anfangsakkorden. Thomas entspannte sich: Die Musik floss ein und löste alles. Er spürte seine Augen feucht werden. »Es ist die ödipale Phase bei Nico«, hörte er Ulrike wie tröstend sagen. Er lachte. »Was erzählst du mir über ödipale Phasen?« »Stimmt doch«, sagte sie. »Weißt du, warum ich mich auf den *Ring* freue?«, fragte Thomas. »Na?« »Weil ich da weinen werde. Und darf. Da ist die dunkle Oper. Es ist warm. Alle Frauen riechen gut. Von vorne kommt die Musik. Umhüllt einen. Dann kommen die Stimmen. Man verschmilzt so langsam mit allem, man darf weinen, alles löst sich, weißt du?« »Du darfst doch jetzt auch weinen«, kam es etwas unsicher von Ulrike. »Was hast du denn?« Sie richtete sich auf und drehte die Lautstärke herab. »Nein, eben nicht«, sagte Thomas mit Bestimmtheit und zog sie wieder an sich. »Es hat nichts mit dir zu tun«, fügte er hinzu. »Nimm es nicht persönlich.« Er dachte an den Ingenieur. »Es hat mit einem Schweigen zu tun.« »Einem Schweigen?« »Einem luftleeren Raum. In mir. Zwischen mir und anderen. Zwischen Nico und mir. Ich weiß nicht.« »Zwischen uns auch?« Sie setzte sich auf. »Wo denn, wann empfindest du das?« Ihre Fragen klangen beunruhigt. »Es ist nichts Konkretes«, sagte Thomas. »Ich kann dir kein Beispiel geben, wo ich es zwischen uns mal erlebt habe. Aber trotzdem ist ein Anflug davon manchmal da. Und bei dem einen Patienten – da ist es mehr als ein Anflug. Aber ich glaube, wenn ich weinen könnte, verändert es sich.« »Aber Thomas, wenn dich was so bedrückt, wenn du weinen willst – wäre es dann nicht besser, du machst noch mal 'ne Therapie? Was soll da die Oper? Außerdem sind wir doch nicht alleine da. Ich meine – ist es gut, da zu weinen?« Ulrike verstummte. Es war Thomas unangenehm, dass er sie verunsicherte, andererseits dachte er verwundert: Hat sie Angst, dass wir auffallen? Aus dem Rahmen fallen? Vor wem – vor Kurt vielleicht? Er wischte den Gedanken weg. Von oben tönte ein leichtes Geräusch. »Nico hat Polypen«, sagte Ulrike. »Geh du an deine Vorbereitungen, Ulrike, bitte mach dir keine Sorgen. Ich komme schon klar. Wirklich. Ich setz mich ein bisschen in Nicos Zimmer. An sein Bett. Ich liebe sein kleines Schnarchen.« Thomas erhob sich und zog Ulrike an sich. Einen Moment standen sie in fester Umarmung. Alles war gut. »O.k.«, sagte Ulrike.

Uns?

Kurt: Eva, bist du soweit?

Eva: Schon lange. Ich such nur die neue blaue Handtasche.

Kurt: Übertreibst du es nicht ein bisschen mit den Farben?

Eva: Kannst du mal was anderes zu meinem Outfit sagen?

Kurt: Wow!

Eva: Danke.

Kurt: Willst du fahren?

Eva: Nein, fahr du lieber. Weißt du, auf wen ich mich am meisten freue?

Kurt. Auf die Blasii.

Eva: Falsche Endung. Blasios. Akkusativ Plural. Nein, auf Ulrike.

Kurt: Aha. Nicht Annegret?

Eva: Ja, auf Annegret natürlich auch, aber die sehe ich ja öfter. Nein, auf Ulrike freue ich mich fast noch mehr. Ich bin gespannt, wie sie in diesem Rahmen so ist. Sie hat so was Stilles, sehr Überlegtes. Weißt du noch, wann war das gleich – als wir die beiden in Halle nach diesem Marionettentheater da zum Essen trafen? Da war sie die stumme Schöne. Wenn wir zu zweit sind, ist sie offener, direkter. Ich bilde mir ein, das liegt an mir. Oder vielmehr an dir.

Kurt: An mir?

Eva: Pass auf! Das war knapp. Hier können Laster überholen. Die scheren einfach aus!

Kurt: An mir?

Eva: Puh. Ja, wahrscheinlich meint sie, wenn du dabei bist, muss sie was Besonderes sagen. Aber wenn wir beiden Frauen über Bücher sprechen, geht sie ohne Getue direkt drauf zu. Wie was auf sie gewirkt, welche Figur was bei ihr ausgelöst hat. Sie faselt nicht gelehrt herum, und dabei ist sie viel intellektueller als andere. Geistvoll. Eigentlich wie du manchmal bist, aber einfacher, falls du verstehst, was ich meine.

Kurt: Mhm.

Eva: Annegret – natürlich, die ist einfach wahnsinnig nett, dazu witzig. Und tüchtig. Steht im Leben! Was sie mir manchmal von Franzi und Gundi erzählt, ihren Arzthelferinnen. Zum Schreien!

Kurt: Gundi und Franzi. Wie Fafner und Fasolt!

Eva: Na ja, diese beiden Recken finde ich nun nicht gerade lustig. Annegret ist übrigens auch ein bisschen zurückhaltend hinter ihrer Witzigkeit.

Kurt: Auch?

Eva: Hab ich »auch« gesagt? Na ja, vielleicht wie du. Schnell nahe kommt man ihr nicht. Jedenfalls nicht in Gesellschaft. Von Frau zu Frau schon eher, aber...Pass doch auf, Kurt. Warum fährst du denn heute so rasant?

Kurt: Ich fahre rasend defensiv, und daher hab ich auch kein Problem damit, wenn einer ohne Blinken plötzlich rüberkommt. Wie eben. Ja? Du kennst dich mit einer Pferdestärke aus. Ich nicht. Aber mit den hundertfünfzig hier kenn ich mich aus. Ich habe den Schadensfreiheitsrabatt von fünfunddreißig Prozent, o.k.? Anders als gewisse andere hier im Auto, die den eigenen Zaun mitgenommen haben.

Eva: Ach, hör doch auf. Das war damals eine Fehlleistung.

Kurt: Hat aber zur Hochstufung geführt.

Eva: Ja…Na? Siehst du, wie du jetzt bremsen musst? Du rechnest nicht damit!

Kurt: Ich rechne damit, ich bremse, es ist alles in Ordnung. Oder willst du fahren?

Eva: Nein.

Kurt: Weiter. Also von Frau zu Frau anders.

Eva: Ich wollte gar nicht über Annegret reden, sondern über Ulrike. Wie findest du sie eigentlich? Du bist bei ihr ungewöhnlich zurückhaltend. Dein loses Mundwerk kommt da gar nicht zur Geltung.

Kurt: Na, vielleicht ist es das Zarte, was du meinst. Da bin ich eben zurückhaltend.

Eva: Zart? Hab ich zwar gar nicht gesagt, aber mhm, stimmt. Ihr gegenüber komm ich mir schon regelrecht bollerig vor. Wie alt sie wohl ist? Mitte vierzig? Auf jeden Fall deutlich jünger als Thomas. Sie hat Nico spät gekriegt. Im Grunde kennen wir sie nicht gut, ich meine so im Persönlichen. Natürlich, wenn man sich über Bücher austauscht, kommt man sich näher, aber… Du sprichst ja immer mit Thomas. Was magst du eigentlich an ihm? Ich finde ihn recht unzugänglich. Fast unnahbar. Ihn umgibt so eine analytische Aura, und an der pralle ich ab. Vor lauter »Was denkt er jetzt über mich?« oder »Hilfe, gleich entlarvt er mich« sag ich dann lieber gar nichts.

Kurt: Mir geht es genau umgekehrt. Ich finde Ulrike unnahbar. Thomas nicht. Außerdem analysiert der nur seine Patienten, uns nicht. Der ist ganz normal, sagen wir mal:

normal wie du und ich. Ich mag ihn, weil er ein Selbstdenker ist. Er tendiert zwar ins Grüblerische, aber als unabhängiger Geist; eröffnet immer überraschende Perspektiven, auf die ich nie gekommen wäre. Zum Beispiel, wenn er jetzt hier säße, könnte er sagen: »Das war keine Fehlleistung, dass du die Semperoper gegoogelt hast. Du hast einem unbewussten Impuls nachgegeben.« Und dann würde ich sagen: »Unbewusste Impulse? Gibt's so was überhaupt?« Und dann wären wir im dicksten Gespräch. So läuft es immer, und das mag ich an ihm.

Eva: Hast du ihm darum so schnell das Du angeboten? Tust du sonst ja nicht.

Kurt: Weiß nicht. Ja, stimmt. Vielleicht weil er mir wirklich sympathisch ist. Er kommt mir vor wie ein jüngerer Bruder, der aber einen ganz anderen Weg gegangen ist. Vielleicht erinnert er mich wirklich an … an … Du weißt schon. Übrigens schau mal, wie frei alles ist. Hab ich doch gesagt: Kaum sind wir aus Berlin raus, läuft es wie von selber. Wir werden viel zu früh da sein.

Eva: Macht nichts. Ich finds schön, Zeit zu haben. Und? War es ein unbewusster Impuls?

Kurt: Was?

Eva: Das mit der Semperoper? Ich meine, warum machen wir das *Ring*-Projekt eigentlich? Du hast doch immer was in der Hinterhand.

Kurt: Ich hab gar nichts in der Hinterhand. Wirklich. Ich hab Lust auf Wagner.

Eva: Ich bitte dich, verkauf mich nicht für blöd. Wenn bisher Wagner bei uns auf dem Abo erschienen ist, hast du eher gestöhnt. So lang! Find ich ja auch. Diese *Meistersänger* damals, die waren einfach überlang. Ich hab dich bis jetzt nicht gefragt – aber nun verrate mal, was willst du eigentlich mit diesem Projekt?

Kurt: Also gut. Ich will mich überwältigen lassen. Ich bin in dem Alter, wo das dran ist.

Eva: Wie bitte?

Kurt: Ich glaub, mir geht's wie Thomas, der will weinen; nur dass ich nicht weinen kann wie er. Wir sprachen kürzlich darüber.

Eva: Worüber willst du denn weinen? Und was hat es mit den Sechzig zu tun?

Kurt: Ich meine gar nicht unbedingt nur das Weinen. Ich … ich sehne mich nach etwas.

Eva: Sehnen? Kurt!

Kurt: Ja. Lass mich mal. Früher fand ich es in der Literatur, aber nun nicht mehr. Dieses ewige Sprechen über Literatur. Ich hab es satt. Dieses ewige Lesen …ich kann kein Papier mehr riechen!!

Eva: Ja, gut, das kenne ich auch. Das ist mal so eine Phase. Natürlich ist es was anderes als Lesen, wenn man in die Oper geht! Werd bitte nicht allgemein. Was hat dieses Opernprojekt mit Sehnsucht zu tun, möchte ich gern wissen. Jetzt weich nicht aus.

Kurt: Wie soll ich sagen …

Eva: Du tust dich auffallend schwer.

Kurt: Verehrte Frau Kommissarin, dann mal anders: Vielleicht will ich mich einem besonderen Lebenswerk aussetzen. Der Mann Wagner war ein wandelndes Gesamtkunstwerk! Baut in genau meinem Alter ein Opernhaus. Stampft auf der grünen Wiese praktisch mittellos einen bis heute dauernden internationalen Festspielbetrieb aus dem Boden! Findet Geldgeber. Führt da seine Werke auf. Schafft was Bleibendes. Für sich, für andere. Und was sind das für Werke? Davor hab ich bisher dichtgemacht!

Eva: Ist nicht jeder ein Gesamtkunstwerk?

Kurt: Mehr oder weniger. Meist aber weniger, oder? Ich will jedenfalls erleben, was mit mir passiert, wenn ich mich in seines hineinziehen lasse.

Eva: Dass man hineingezogen wird in ein größeres Ganzes hast du beim Lesen auch. Nimm Murakamis Romane! Ich hab darin richtig gelebt! In dieser Welt unter den zwei Monden!

Kurt: Eva, bitte nicht schon wieder die zwei Monde! Ja, beim Lesen gerät man auch in eine andere Welt, aber man handelt dann nicht.

Eva: Handelt?!

Kurt: Ja. Ich erwarte, dass ich so reingezogen werde in den *Ring*-Kosmos, dass ich gleichsam »mithandle«. So wie sie jetzt festgestellt haben – stand in der wissenschaftlichen Beilage von der FAZ –, dass im Gehirn, wenn wir träumen oder uns was vorstellen, genau dieselben Hirnareale aktiviert werden wie bei der entsprechenden wirklichen Aktivität. So wie auch Zuhörer in einem Vortrag, ohne dass sie es merken, innerlich immer mitreden mit dem Vortragenden. Das nennt man funktionellen Nachvollzug.

Eva: Na, du willst hoffentlich nicht mitsingen auf dem Semper-Samtsessel! »Funktioneller Nachvollzug« im Goldrand.

Kurt: Sei nicht so ironisch.

Eva: Ich bin nicht ironisch. Jedenfalls nicht sehr. Ich verstehe es einfach noch nicht.

Kurt: Gut, ich versuch's mal anders. Als ich diesen grausigen Text gelesen hab:

»Stör ich euer Spiel,/ wenn staunend ich still hier steh'?/ Mit euch tollte,/Tauchtet ihr nieder,/und neckte der Niblung sich gern!«

Eva: Wer sagt das? Dass du sowas behalten kannst!

Kurt: Alberich sagt das zu den Wellnessheidis. Den Gundis und Franzis.

Eva: Sprichst du von den Rheintöchtern mit den ehrbaren Namen Woglinde, Wellgunde und Floßhilde?

Kurt: Ja. Namen und Text sind so blöd, da zieht man beim Lesen nur die Augenbrauen hoch und empfindet gar nichts, oder? Außer man heißt Schopenhauer. Der hat Wagner zum Text gratuliert und fand die Musik schaurig.

Eva: Ja? Wahrscheinlich, weil er sie nicht auf seiner Flöte spielen konnte. Ich fand den Text ungewollt komisch. In seiner gestelzten Altertümlichkeit. Manchmal aber auch kraftvoll.

Kurt: Gut. Wenn aber der Text im Ganzen aufgeht, nervt er nicht mehr. Erstaunliche Metamorphosen passieren: Du bist mitten im Rhein, empörst dich mit dem verhöhnten Alberich ...

Eva: Oder mit den Mädels! Die er eine nach der anderen durchprobieren will!

Kurt: Ja. Oder mit den Mädels. Die Musik schluckt jedenfalls die unbeholfenen Worte und verwandelt alles in menschliche Grundszenen: Anmache; Ablehnung, Wut, Hoffnung ...

Eva: Ist Anmache nicht eher eine männliche Grundsituation?

Kurt: Es waren nur Beispiele. Und deswegen hab ich beschlossen, mich diesmal reinsaugen zu lassen in das Geschehen. Das hab ich nämlich früher nicht getan. Stattdessen habe ich dem Sog der Musik tapfer widerstanden und mich deshalb gelangweilt, dass es nur so krachte. Bin innerlich meine Vorlesung durchgegangen. Erledigungen. Weil ich mich eben dagegen gewehrt hab! Das tu ich diesmal nicht. Und diesen Tipp hab ich von Thomas. Und wenn ich drin bin, mich als Teil aufgelöst habe im Ganzen: Na, dann merke ich ja, in was für »Handlungen« es mich zieht. Welche menschlichen Grundsituationen mich sozusagen rufen. Wie sie zu meinem Leben passen. Vielleicht sogar: ob.

Eva: Klingt wie 'ne Visionssuche. Oder 'ne Nachhilfestunde für »unbewusste Impulse«.

Kurt: Ungelebte vielleicht.

Eva: Noch schlimmer. Und wenn sie nun nicht passen?

Kurt: Dann verändere ich mein Leben.

Eva: Na, großartig. Ich sag es ja: Thomas färbt auf dich ab. Analytiker wollen auch immer alle verändern.

Kurt: Nicht alle. Das unterstellst du ihm nur. Die Patienten gehen hin, weil sie sich verändern müssen. Weil's sonst nicht weitergeht bei ihnen.

Eva: Meinst du, eine Oper verändert dich? Und warum nicht auch das Lesen? Das kann doch genauso intensiv sein! Ehrlich gesagt finde ich sogar die Musik oft störend. Gerade bei Wagner. Wie er alles so ewig hinzieht! Aber vielleicht ist das mit dem Sichüberwältigenlassen nichts für Frauen.

Kurt: Ach?

Eva: Oder, vorsichtiger gesagt, nichts für mich. Aber wer weiß? Ja, wer weiß. Mal sehen, wo es uns hinzieht.

Kurt: Uns?

Eva: Wenn ich dieses »Handeln« ein bisschen mitmache. Also wohin es dich zieht und wohin mich. Dich und mich ergibt letztlich zusammen uns, oder?

Kurt: Ja … Unbedingt. Uns. Ich finde dein Outfit übrigens wirklich schön. Ein dunkles strahlendes Blau. Steht dir gut. Nur die Perlenkette passt nicht dazu. Perlen sind so bieder. Machen außerdem alt.

Eva: Machen alt?! Das sagst du nur, weil die Kette von meiner Mutter ist und nicht von dir. Perlen sind Tränen. Sagt man so. An jeder hat eine Muschel fünf Jahre gebrütet. Oder fünfzig. Das können Frauen anders würdigen. Außerdem hab ich die schönen Ohrstecker dazu von dir, es passt doch wunderbar.

Kurt: Kette und Stecker passen zusammen, ja, aber das Blau verlangt nach Gold. Der Kontrast blau – weiß ist zu hart.

Eva: Ja, ich hab auch erst die goldenen Ohrringe anprobiert, aber meine Goldkette ist einfach zu dünn dazu.

Kurt: Die ich dir zum Fünfzigsten geschenkt hab?

Kurt: Ja, die. Die ist zwar sehr schön, aber zu dünn.

Kurt: Ich schenk dir 'ne dickere. Komm, wir sind früher da. Wir kaufen eine.

Eva: Was ist denn los mit dir? Kurt!

Kurt: Willst du nicht? Wo ich mal meine Spendierhosen anhab?

Eva: Ich bin ein bisschen sprachlos …

Kurt: Ein eher seltener Zustand …

Eva: Aber ich sag natürlich nicht Nein! Wow!… Nur ich hab jetzt die Ohrringe nicht dabei, und außerdem ist heute Sonntag.

Kurt: Heut ist der erste Sonntag im neuen Jahr, da haben die Geschäfte auf. Alle tauschen ihre Geschenke um. Los, ich kauf dir 'ne richtig schöne dicke Goldkette, so 'ne gewundene, ich hab da was vor Augen, und als Ohrringe nimmst du eben Modeschmuck dazu.

Eva: Das sieht doch nicht aus! Das sieht man doch! Nein, das geht gar nicht!

Kurt: Gut. Ich gebe Gas. Ohrringe auch. Alles aus reinem Gold. Siehst du, ich »handle« schon, und die Oper hat noch nicht mal angefangen.

*

*

Rückfahrt mit Radio

Brigitte folgte Dirk, der mit langen Schritten zum Auto vorauseilte. In der Oper war es warm gewesen, hier draußen empfing sie ein schneidend kalter Wind. Der Gang zum Parkplatz auf Stöckelschuhen kam ihr weit vor, und sie fror erbärmlich in ihrer Müdigkeit. Wahrscheinlich war Dirk schon wieder ungeduldig, dass sie so lange brauchte, dachte sie. Tatsächlich fuhr er los, kaum dass sie die Tür geschlossen hatte. Brigitte rückte sich zurecht und drückte auf den Knopf, der die Sitzheizung anstellte. Als die Wärme aus dem Polster quoll, entspannte sie sich langsam, legte den Kopf zurück und seufzte leicht, während Dirk das Auto vom Parkplatz auf die Hauptstraße bugsierte, die zur Autobahn führte. Er hatte automatisch das Radio angedreht, gab Gas und wechselte rasant die Spuren.

»Dirk, bitte.« Oh, war sie es leid! Er reagierte nicht. »Dirk, bitte nimm doch Rücksicht. Es macht mir Angst, wenn du so fährst. Das haben wir doch schon tausendmal besprochen.« »Jetzt kann ich noch!«, tönte es zurück. »Noch kräht hier kein Kindchen im Kindersitz. Siehst du, ich fang auch schon an, im Stabreim zu quatschen. Im Stabreim zu stanzen, besser gesagt.«

Brigitte drehte das Radio leiser. Es auszumachen traute sie sich nicht. »Warum bist du so aggressiv?«, fragte sie und legte Dirk ihre Hand auf den Arm, doch er schüttelte sie ab. »Ich bin nicht aggressiv«, sagte er. »Ich bin genervt. Mich nervt dieser Analytiker mit seinem geschwollenen Gerede. Hast du gesehen, wie Schwemmers ihn anstrahlt? Hofiert? Ihm geradezu in den Arsch kriecht? So einem Hänfling!«

Wenn sie Dirk jetzt nicht recht gab, wusste Brigitte, würde tagelang Krieg herrschen. »Ja, stimmt wirklich. Ist mir auch aufgefallen.« Sie schwieg einen Moment und starrte ins Dunkel. Absurd! Thomas Diesterkamp war doch kein Hänfling. Im Gegenteil. Er war genauso groß wie Dirk, hatte aber breitere Schultern. Einen ganz leichten Bauchansatz. Wahrscheinlich vom vielen Sitzen hinter der Couch. Trotzdem. Er war stattlich. Mit seinem runden Kopf wirkte er römisch auf sie. »Und wie fandest du nun die Oper?«, fragte sie Dirk. Es war ein Versuch. Wenn sie ihn von Diesterkamp wegbekam, würde es besser werden.

Dirk drehte das Radio lauter auf als zuvor. Brigittes Ablenkmanöver hatte seine Laune nicht verbessert. Bloß endlich das ganze Geschnulze und Gewoge und die allgegenwärtigen Stimmen übertönen jetzt! Musik gegen Musik!, dachte er. Außerdem würde das Brigitte ärgern. Sie wollte bestimmt den »Klängen noch nachspüren«. Wie er solche Formulierungen hasste: dieses Normative darin, dass man nach einer Oper Klängen nachspüren soll! Ätzend. Und dass Brigitte sich solchen Normen anpasste. Noch ätzender. Oh, ihre Anpasserei! Er schnaubte.

»Wie bitte? Dirk, wie fandest du die Inszenierung?«, kam es vom Beifahrersitz herüber. Diese leise, immer gleichbleibende, unnatürlich neutrale Stimme! Wenn sie wenigstens nörgelig wäre, mit einem Hauch von Vorwurf oder Ärger! Aber immer höflich floss sie aus seiner ruhigen, in ein korrektes schwarzes Kleid gehüllten, hellhäutigen Frau. Mit genau dieser Stimme machte sie die Bibliotheksbenutzer darauf aufmerksam, dass die Leihfrist überschritten war. »Warum hast du eigentlich kein blaues Kleid angezogen?«, fragte er abrupt. »Wieso? Wir haben doch drüber gesprochen. Du wolltest nicht, dass ich diesen Kleiderrummel mitmache. Ich hätte eines kaufen müssen. Ich hab kein blaues Kleid.« Dirk hörte eine Spur Empörung. Sie hatte recht, was ihn nur noch mehr aufbrachte. »Eva Schwemmers sah gut aus in ihrem blauen Kleid. Für ihr Alter wirklich gut. Sie hat 'ne frische

Gesichtsfarbe, ohne sich zu schminken. Kommt wahrscheinlich von der ewigen Reiterei. Hast du die Goldkette gesehen? Hat Schwemmers ihr ja heute gekauft. Hab ich aufgeschnappt. Und dann diese Annegret Winkler, also Annegret – wieso haben wir uns bloß auf das blöde Geduze eingelassen? Ich hasse es …« »Ja, was ist mit Annegret?« »Die war auch in Blau. Auch mit Gold. Verdammt.« »Na, und?«, kam es unerwartet spitz von Brigitte zurück. »Ich hab mich trotzdem wohlgefühlt und bin auch von keinem geschnitten worden deswegen.« Aus dem Augenwinkel sah er, dass sie die Hand auf ihren Bauch legte: »Eva fand sogar, ich sähe sehr gut aus!«

Was für ein elender Sonntag. Dirk fühlte sich plötzlich schwach. Brigitte als nettes Mauerblümchen zwischen den drei schicken Frauen. Mit ihrer biederen Perlenkette. Dann dieser Diesterkamp. Der verwegene Thesen aufgestellt hatte im Elbschlösschen. Vom *Ring* als Illustration der seelischen Entwicklungsgeschichte jedes Einzelnen faselte. Dirk hatte ja erst ganz gut dagegen gehalten: Die Friedrich'sche Inszenierung damals in Berlin, die die Götter als Übriggebliebene nach dem selbst verantworteten atomaren Schlag zeigte, die habe ja wohl eher einen Endpunkt menschlicher Entwicklungsmöglichkeit dargestellt. Und wenn Decker hier in Dresden mit seinen Stühlen eine Art Reise nach Jerusalem aufführe, dann würde man jetzt zusehen, wie einer nach dem anderen rausfliege. Abwicklung, nicht Entwicklung! Da hatten alle gelacht. Da hatte er gepunktet. Aber warum hatte er sich hinreißen lassen, Alberich als potenziellen Perversen hinzustellen? Als gescheiterten Sadofreak, der am liebsten den Rheintöchtern den Hintern versohlt hätte? Zu dumm.

Zu viel Angriffsfläche. Da konnte Diesterkamp, also Thomas – Dirk stöhnte – für Alberich dann ganz tiefsinnig mit dem Lebensgefühl des Abgewiesenen daherkommen, der nur aus seiner Kränkung und Zurückweisung heraus nach Rache dürstet. Natürlich nicht aus Lust. Ein Hoffnungsloser, hatte diese Kardiologin noch hinzugefügt, diese Annegret. Ein vom Schicksal Benachteiligter, hatte die Frau vom Diesterkamp noch eins draufgesetzt und zu allgemeinem Nicken auf seine Kleinwüchsigkeit hingewiesen. Die doch das Schlimmste sei für einen Mann. Und dann seine Brigitte, o Brigitte, to top it all: Mit dem man Mitleid haben müsste. Mitleid! Wieder stöhnte er. Nur Schwemmers hatte Dirks These gewürdigt. Allerdings dann widerlegt. Er kannte den tückisch vieldeutigen Text wieder bis ins Letzte. Aufbau durch Untergang oder so ähnlich. War auf Dirks Reise-nach-Jerusalem-Idee zurückgekommen und hatte was Besseres draus gemacht. Dirk biss die Zähne zusammen und wechselte wieder die Spur. Der wird sie noch alle Mores lehren, dieser Alberich, dachte er finster.

Brigitte hatte sich inzwischen ihre Ohropax in die Gehörgänge gesteckt. An der Radiofront hatte sie längst aufgegeben. Vielleicht braucht er es, dachte sie. Er kann nichts nachklingen lassen, weil er zu wütend ist. Und diese Fixierung auf Kurt Schwemmers! Von der sie zwar wusste, aber die sie nun in situ miterlebte. Dass die so heftig war! Wobei Schwemmers seinerseits sehr nett zu Dirk gewesen war – oder jovial? – und zweimal dessen Thesen weiterentwickelt und so gewürdigt hatte; sogar die Perversionsidee. Schwemmers – Brigitte tat sich schwer, ihren ehemaligen akademischen Lehrer zu duzen, merkte sie – hatte eine *Parsifal-*

Inszenierung ins Spiel gebracht, wo Klingsor überzeugend als perverser Sadist inszeniert worden war. Dann allerdings Dirks These ganz locker widerlegt und eine neue aufgestellt, der alle zustimmten: Alberich sei ein im Selbstgefühl Versehrter, dem es nur um Macht gehe, weil er zu viel Ohnmacht erlebt habe. Er hatte dazu eine Textstelle lang und breit aus dem Kopf zitiert. Eine Niederlage für Dirk, dachte Brigitte. Die er aber selber heraufbeschworen hatte! Was hält er nicht den Mund. Und immer lässt er es dann an mir aus.

Brigitte hatte die Oper gefallen. Am meisten berührt hatte sie die Verkaufsszene, in der Wotan den Riesen die helle Lebensgöttin Freia anbietet, um seine Burg zu bezahlen. Typisch Mann, ohne ausreichende Mittel und ohne zu überlegen was viel zu Großes bauen zu lassen und dann dumm dazustehen. Walhall! So ein Männer-Auftrumpf-Ding! Wie die Göttin so klein und verloren auf der fast leeren Bühne auf einem Stuhl gestanden hatte, während ihre Götterverwandten alle an der Seite aufgereiht saßen und reglos zuließen, wie die tölpelhaften Riesenmänner in Zuhälterart Freia nach hinten wegrissen. Ihr Stuhl war krachend umgefallen und liegengeblieben; wie ein Stück von ihr. Die Sängerin hatte hilfesuchend zu den anderen Frauen geschaut, aber keine hatte auch nur einen Finger gerührt. Ja, Wotan war ebenso kindisch auf sein Walhall fixiert wie Dirk auf einen Lehrstuhl, ging es ihr durch den Sinn. Gedankenverloren schaute sie auf die roten Schlusslichter vor ihnen. Sie hatte sich fest vorgenommen, alles auszuhalten, bis Dirk die Habilitation geschafft hätte. Aber opfern wie Freia würde sie sich nicht. Wenn es sich mit ihm nach der Habilitation nicht merklich bessern würde, dann würde sie Schluss machen.

Wie hatte er sich verändert! Als Student hatte er sie angesteckt mit seiner Lebensgier, seiner Reiselust, seinen Feierekstasen. Aber mit den ersten Prüfungen bereits begann die Verbiesterung. Dazu hatte sicher auch der Neid auf sie beigetragen, der die Prüfungen immer leichtfielen. Und die eine gute Stelle gefunden hatte und damit zufrieden war. Vermutlich war es ein frommer Wunsch, dachte Brigitte, dass die Habil ihn aus seiner Verhärtung erlösen könnte. Höchstens ein Lehrstuhl! Aber wollte sie wirklich so lange warten? Das konnte dauern. Die Hausberufung war doch ein Luftschloss. Ein Walhall eben. Die Schwangerschaft ging jetzt vor, und wenn ein Kind da wäre, würde sie keine Rücksichten mehr nehmen. Wieder tauchte das Bild der hellen Göttin auf. Freia verkörperte die Lebendigkeit. Ohne sie und ihre Äpfel vergingen die Götter. Dirk war genauso blind wie Wotan. Dirk konnte doch gar nicht ohne sie. Aber sie ohne ihn. Wenn das Kind da wäre. Ob eine Vaterschaft ihn verändern würde? Sie schaute zu ihm hinüber. Hatte er von der Oper wirklich gar nichts gehabt?

»Du hast noch nichts zur Oper gesagt«, sprach sie laut und langsam zu ihm hinüber. Ich rede mit ihm wie mit einem Kind, dachte sie irritiert. »Zur Inszenierung. Wie fandest du die Szene mit Freia?« Sie nahm die Stöpsel aus den Ohren und drehte das Wummern leiser. »Hat's dir denn überhaupt nicht gefallen?« Dirk antwortete überraschend sachlich. »Nee, das ist nichts für mich. Ich denk mir lieber eigene Sachen aus, als mir aus allen Kanälen was aufdrängen zu lassen.« Wahrscheinlich war er in Gedanken bei einem Argumentationsstrang seiner Arbeit. Brigitte wusste, dass er gern beim Autofahren daran herumbastelte. Es beruhigte ihn wohl. Seine Wut schien verflogen. »Ja, vielleicht kannst du dich für die anderen Sonntage dann entschuldigen und lässt es einfach mit den übrigen Opern?«, schlug sie vor. In ihr regte sich die Hoffnung, dann mit den Schwemmers oder Annegret fahren und alles ohne ihren explosiven Mann genießen zu können. »Bist du wahnsinnig?«, entgegnete Dirk brüsk. »Schwemmers ist verliebt in seine Ideen. Du kapierst nicht, in welchem Verhältnis ich zu ihm stehe. Außerdem war es sauteuer, wir haben uns wegen dieser Opernarie nichts zu Weihnachten geschenkt.« »Doch. Du hast den Mont-Blanc-Stift bekommen.« »Der ist gebraucht! Vorgezogenes Demenzerbe von deinem Vater! Du hast ihn mir nur geschenkt, weil er ihn sonst in die Nase steckt oder anbeißt.« »So what!«, entgegnete Brigitte für sie selbst unerwartet. »Außerdem war er kaum benutzt.« Offenbar verlieh ihr allein die berechtigte Aussicht auf ein Kind mehr Power gegen Dirk; sie bemerkte, wie er sie überrascht von der Seite ansah. »So what, so what«, äffte er sie nach. »Na, wir haben doch gute Entschuldigungen mit meinem Vater«, beharrte Brigitte. »Dann geht es dem eben schlechter. Und du kümmerst dich um ihn. Und kannst nicht mitkommen. Das versteht Schwemmers. Ganz sicher. Auf jeden Fall für eine der Opern.« Sie verachtete sich, als sie das sagte. Als ob sie ihren Vater Dirk zum Fraß vorwarf.

Eine Weile fuhren sie schweigend dahin. Dirk überlegte. Brigitte hatte recht. Das Menschliche überzeugte Kurt Schwemmers immer. Er war so verdammt menschlich. »Es wäre aber nicht überzeugend«, meinte er schließlich. »Wenn es deinem Vater schlecht geht, würdest du doch zu Hause bleiben, nicht ich. Nein, in die nächste Oper komme ich auf jeden Fall mit«, sagte er. »In die *Walküre*. Die ist außerdem besser als dieser langatmige Anfang. Dramatischer. Wusstest du, dass die Amis im Zweiten Weltkrieg ihren Piloten die *Walküren*-Musik in die Ohren gespielt haben? Um sie anzufeuern? Damit sie die Atombomben im rechten Moment fallen ließen?«

Rückfahrt mit Pause

Ulrike nahm ihr Handy aus der Handtasche und schaute nach, ob ihre Mutter eine SMS geschickt hatte. Nichts. Dann war ja alles gut gegangen. Schnell simste sie: »Fahren jetzt los, sind in 'ner knappen Stunde zurück.« Von Dresden nach Halle um diese Zeit – vielleicht waren sie sogar noch schneller da. »Keine Nachricht«, sagte sie zu Thomas. »Alles in Ordnung mit Nico.« Thomas schaute sie kurz an und wischte dann mit dem Unterarm an der Innenseite der beschlagenen Fenster herum. War er manchmal unbeholfen! »Doch nicht mit dem schwarzen Anzug!«, sagte sie spielerisch lehrerinnenhaft, zog das Antibeschlagtuch aus der Seitentasche und half ihm.

»Was fandest du am besten?«, begann sie. »Fang du mal an«, kam Thomas Antwort. »Ich muss mich erst sortieren. Ich fühl mich wie früher, wenn ich vom Kettenkarussell gestiegen bin. In meinem Duhnkopf höre ich jedenfalls immer wieder Wotan mit seinem gewaltigen Bass – wie heißt der Sänger noch? Von allen Eindrücken ist das der stärkste.« Ulrike blätterte im Programm, aber die Namen waren zu klein geschrieben. »Nicht so wichtig«, hörte sie Thomas.

»Können wir später nachlesen. Aber hat der 'ne Stimme! Wie fandest du sie?« »Toll«, sagte Ulrike. »Energiegeladen, frei, offen, nicht forciert. Manchmal etwas zu gleichbleibend. Während Alberich ja was Schwarzes in die Stimme kriegte. Oder? Metallisch. In der Höhe ein bisschen eng. Außerdem spielt er überzeugender. Wotan war mir manchmal etwas zu unbeteiligt.« »Unbeteiligt? Fand ich gar nicht. Nee. Für meinen Geschmack agierte Alberich etwas übertrieben. Wotans Ruhe – gerade das sprach mich an. Durchsetzungskraft ohne Gewalt.«

Ulrike sah zu Thomas hinüber, wie er neben ihr saß, die Hände locker ums Steuerrad gelegt, sicher und ruhig. Durchsetzungskraft ohne Gewalt, das würde auch auf ihn zutreffen, dachte sie und berührte ihn kurz am Arm. Zum ersten Mal seit Langem waren sie allein. Das hatte sie den ganzen Abend über gedacht, hatte versucht, jede Sekunde bewusst zu genießen, den Duft der teuren Parfüms, das Orchester, den Gesang, die Gesellschaft der anderen. Aber erst jetzt ging sie ganz auf in dem Gefühl: Wir sind für uns allein. Im Elbschlösschen und mehrfach während der Vorstellung hatte sie innerlich zu viel mit Kurt zu tun gehabt. Während der Unterhaltungen hatte sie seinen Blick vermieden, aber ihn dann von hinten einmal genau betrachtet, als er mit Eva über den weiten Hof vom Restaurant zur Oper hinüberging. Ich muss die beiden jetzt endlich als Paar verinnerlichen, hatte sie sich vorgenommen. Verinnerlichen war ein Lieblingswort von Thomas, das hier wirklich gut passte, fand sie. Aber mitten in der Vorstellung war ihr plötzlich ein Schauer über den Rücken gelaufen. Kurt saß direkt hinter ihr, hatte sich wohl zurechtgerückt auf seinem Platz, dabei vorgebeugt, und sie hatte kurz seinen

Atem im Nacken gespürt. War ihr heiß geworden! Nächstes Mal würde sie sich anders setzen. Ganz klar. Er sollte ihr nicht seine Nähe aufdrängen. Denn dann kam alles ins Wanken. Zu Hause, als sie losfuhren, war sie noch so sicher gewesen, dass alles gut gehen würde: Nico hatte ihnen, ungewohnt manierlich an der Hand der Oma, von der Tür aus nachgewunken. Erst hatte er sich, wie befürchtet, an Ulrike geklammert; während sie sich fertig machte, sie als Hund mit krauser Nase von allen Seiten umschnüffelt. Als er bellend unter ihr langes, metallisch blau-grün changierendes, weit ausgestelltes Kleid gekrochen war und ihre Beine ableckte, hatte sie Angst bekommen um ihre teuren, selbsthaftenden Nylonstrümpfe, aber dann war Thomas eingeschritten. Wie er es ja jetzt öfter tat. »Nico, nun aber Schluss damit! Mama und ich müssen los!« »Nico ist euer kleiner Hund und kommt mit. Wau wau …« Da hatte Thomas ihn gestreichelt, mit ruhiger Energie zur Oma getragen und nachdrücklich gesagt: »Jetzt gehen Mama und Papa in die Oper.« Dann hatte er Ulrike den Mantel hingehalten, ihr betont gentlemanartig hineingeholfen, den Arm um die Schulter gelegt und sie aus der Haustür geführt. Merkwürdigerweise hatte Nico nicht protestiert und der Aufforderung seiner Oma: »Komm, wir winken ihnen, und dann gehen wir nach oben ins Kinderzimmer zum Fenster und schauen zu, wie sie ins Auto steigen!« dankbar Folge geleistet und so den Abschied, wie Ulrike fand, »mit Anstand« zelebriert. Winkend waren sie durch Vorgarten und Hof gegangen. Mit jedem Schritt von Zuhause weg, hatte sie ihre tiefe Verbindung mit Thomas gespürt, seiner wahrhaftigen, ernsten Art. Von Kurt war da innerlich keine Spur gewesen. Und so sollte es bleiben.

»Ich liebe dich«, sagte sie plötzlich halblaut zu Thomas hinüber. Er schaute zu ihr hin und legte ihr seine Hand auf den Oberschenkel. Ulrike drückte sie leicht. Wo höre ich auf, wo fängt er an?, dachte sie plötzlich wie verwirrt. Spüre ich seine Hand oder mein Bein? »Was ist?«, sagte Thomas leise und zog langsam die Hand zurück, da er das Gebläse herunterstellen wollte. Und dann: »Ich dich auch.« Eine Weile fuhren sie schweigend über den schwarzen Asphalt, selten geblendet von einem entgegenkommenden Fahrzeug. Die Autobahn war kaum befahren an diesem Winterabend. Es herrschte klirrende Kälte, aber Gott sei Dank war kein Schnee gefallen, sie hatten freie Fahrt.

»Wie findest du eigentlich Kurt?«, sagte Thomas plötzlich. »Du hast im Elbschlösschen zwischen ihm und Eva gesessen und sahst so jung aus. Da ist mir aufgefallen, wie lange ich dich nicht mehr allein mit anderen Erwachsenen gesehen hab. Immer mit Nico; höchstens mal mit ner Freundin oder mit deiner Mutter. Du bist so sehr zur Mutter geworden dadurch. Auf einmal hab ich wieder gesehen, dass du eine Frau bist.« Ulrike wollte etwas einwenden. »Eine schöne Frau«, fuhr Thomas unbeirrt fort. »Du warst die Schönste heute.« »Nein!«, protestierte sie lachend. »Ich finde Annegret Winkler war die Schönste. Sie ist anmutig und hat 'ne tolle Figur. Hatte außerdem das schickste Kleid an. Sie tanzt übrigens Tango. Ich finde, das merkt man. Tangotänzer haben alle 'ne gute Haltung. Und Reiterinnen auch. Eva auch.« Sie musste unbedingt von Kurt ablenken, und das gelang.

»Schickste Kleid? Na, ich weiß nicht. Für mich warst du die Schönste. Freia unter den Göttinnen! Natürlich bist du auch die Jüngste«, räumte er ein. »Nee, Brigitte Blasius ist, glaube ich, genauso alt wie ich«, sagte Ulrike, erleichtert über die Gesprächswendung. »So alt wie du? Kann sein. Aber sie hat so dunkle Züge. Ich wette, die ist unglücklich. Kein Wunder. Wie hält sie es bloß aus mit diesem Mann? Der schiebt eine solche Woge von Aggressivität vor sich her.« »Ja, aber doch vielleicht nicht immer«, wandte Ulrike ein. »Ich glaub, der interessiert sich gar nicht für Opern. Vielleicht wollte sie unbedingt das Projekt mitmachen, und er wollte nicht und hatte schlechte Laune.« »Nee, nee, oder besser: teils teils. Bestimmt fühlt er sich Kurt verpflichtet. Aber auf keinen Fall tut der, was seine Frau will. Die ist doch viel zu schwach für den. Zu gehemmt. Aber egal, wo seine Ambivalenz herkommt: Ich mag den nicht.« »Ja, das merkt man.« Ulrike lachte. »Vor allem mag ich nicht, wie er dich ansieht.« »Mich? Der hat mich doch gar nicht angesehen. Der guckt immer nur auf die beiden Schwemmers.« Sie vermied es, Kurt und Eva zu sagen. »Doch, der schaut auf dich mit seinem perversen Blick.« »Wie meinst du das? Ich finde es übrigens gemein, dass ihr ihn so mit seinem Arbeitsthema identifiziert. Der hat doch auch sehr kluge Gedanken geäußert.« »Nimm ihn noch in Schutz.« »Du und Annegret Winkler – ihr habt ihn ganz schön in die Mangel genommen mit seiner Alberich-These. Aber stimmt, seine Frau wirkt schwach. Sie tut mir irgendwie leid. Mit diesen seltsam zusammengewachsenen Augenbrauen. Sieht aus, als ob sie immer die Stirn runzelt.« »Weil sie in der Bibliothek am PC sitzt und feststellt, welche Bücher geklaut wurden.« »Ach, Thomas, jetzt hör aber auf. Was bist du bissig heut Abend. Komisch, ich hab vergessen, wie sie heißt.« »Brigitte.« »Sie ist so zurückhaltend, hat kaum was gesagt. Man kann sie einfach noch nicht einschätzen. Im Gegensatz zu ihrem Mann. Ach doch, als wir zur Oper rübergingen, hat sie mich nach Nico gefragt. Vielleicht ist sie schwanger. Ich hab dann nämlich zurückgefragt, ob sie auch Kinder hätten, und sie hat mich so vielsagend angesehen, aber den Kopf geschüttelt. Hast du das mitbekommen?«

Thomas schwieg. Er wäre am liebsten immer so weitergefahren, in dem ruhigen Plaudern. Er genoss Ulrikes Stimme und wie sie mal den einen, mal die andere besprachen und ruhig den vielen Eindrücken nachhingen. Immer weiter weiter. Weia waga wala, wogte es in ihm. Wotan schwang vor der aus Stühlen aufgetürmten Burg seinen Speer und stieß ihn mit dumpfem Hall auf den Holzboden nieder, wozu das mächtige Leitmotiv aus der Blechbläserabteilung von oben nach unten durch den ganzen Raum schallte. Es hatte ihm eine Gänsehaut über den Rücken gejagt. Abenteuerlich agierend, größenwahnsinnig alles für sein Walhall aufs Spiel setzend, mächtig und doch unfrei, irgendwie armselig – das alles war Wotan. Warum ging ihm seine Stimme so im Kopf herum? Sie war wie eingedrungen in sein Inneres. Liebe und Macht, dachte er. »Liebe macht blind«, murmelte er, »und Macht macht auch blind. Wotan ist halb blind. Komisch. Sag mal«, wandte er sich an Ulrike, »wie hat Wotan eigentlich sein eines Auge verloren? Du musst es doch wissen, hast doch mit deinen Schülern alles durchgenommen.« Er war nicht dazu gekommen, sein *Ring*-Vorbereitungsbuch zu lesen, in dem, nach Aussagen eines Kollegen am Institut, »alles« erklärt wurde. Ulrike antwortete überlegend: »Musste er das nicht opfern, weil er den Speer aus dem Holz der Weltesche geschnitzt hatte? Diesem riesigen Baum, der in der Unterwelt anfängt und bis in den Himmel ragt? Er brach der Weltesche den Ast ab, und die Zweige stachen ihm dafür das Auge aus. Ich bin aber nicht mehr ganz sicher. So auge- um zahnmäßig.«

»Aha. Mhm. Weißt du, Wotan kommt mir vor wie ein Kind«, fuhr Thomas gedankenversunken fort. »Wie ein großer Nico. Er liebt seine eigene Größe und will ihr ein Schloss bauen. Aber er…« Thomas stockte. Er begriff etwas nicht und suchte angestrengt danach. Wieder spürte er leicht Ulrikes Hand auf seinem Arm. Die Berührung ihrer Hand holte ihn aus dem Grübeln zurück. Er griff vorsichtig zu ihr hinüber und legte seine Hand auf ihren Oberschenkel, umfasste ihn unter dem dünnen Stoff und begann ihn zu streicheln. Wie warm Ulrike war! Er umfasste plötzlich ihren schmalen Arm und führte ihre Hand an der Innenseite seines Beins entlang bis hoch zu seinem Geschlecht. Ulrike machte mit, und Thomas fühlte, wie die Erregung in ihm aufstieg und er eine Erektion bekam wie lange nicht. Stumm genoss er sein Begehren; Ulrike schien es angenehm zu finden, denn sie hörte nicht auf, ihn zu streicheln. Beide starrten durch die Windschutzscheibe. Innen und außen schwarz, dachte Thomas vage. Wie beim Vorspiel vorhin in der Oper. Nur fühlen. Nicht grübeln. So kann es weitergehen. Kein rotes Rücklicht war mehr zu sehen, sie hatten die Autobahn für sich.

So soll es ewig weitergehen, wünschte Ulrike. Thomas soll weiterfahren. Nichts machen, nur fühlen. Oft kam sie nicht ins Gefühl mit Thomas. Oder brauchte sehr lange dafür. Es war irgendwie sehr störanfällig, schnell weg. Ganz anders als damals mit Kurt, wo sie unerklärlicherweise NUR GEFÜHL gewesen war. Weg damit, dachte sie schnell. Wie schön es ist,

Thomas einfach nur zu berühren. Sie rollten eine Weile dahin, bis Ulrike wahrnahm, dass Thomas die Fahrt verlangsamte.

Thomas hatte einen Parkplatzhinweis gesehen. Wie ein Wink von oben kam es ihm vor. Er drosselte die Geschwindigkeit. Mit jedem Stundenkilometer weniger stieg sein Zögern: Passt es? Will sie? Er fuhr mit etwas zu hoher Geschwindigkeit auf den Parkplatz. Die Reifen quietschten. »Was ist, Thomas? Musst du mal?«, hörte er Ulrike halb neckisch, halb verhalten. Sie sah auf die Uhr. Sicher dachte sie an die wartende Mutter. Trotzdem: Einen Versuch war es wert! Er ließ die Zündung samt Heizung an, wandte sich Ulrike zu und nahm sie über dem Mitteltunnel in die Arme. Ulrike hatte ihren Mantel noch an, er fuhr mit einer Hand darunter und streichelte ihren Hals, ihre eine Brust. Ulrike trug ein tief ausgeschnittenes, oben eng anliegendes Kleid, das nach unten weit auffiel. Es stand ihr gut in ihrer Schlankheit, eine andere Frau hätte es dick gemacht, dachte er. »Du bis immer noch so schmal«, murmelte er an ihrem Hals und glitt langsam mit seiner Hand unter das Körbchen ihres BHs. »Andere Frauen werden nach der Geburt dick.« Er spürte, wie Ulrike ihm langsam entgegenkam. Sie küssten sich, und seine Begierde flammte heftig auf. »Warte, ich komm rüber, pass auf, ich mach den Sitz zurück und lass ihn runter«, brachte er leise hervor. Er rührte sich aber kaum. Mochte sich nicht lösen. Es war still im Auto. Wieder das Schweigen?, dachte er. Ich will es nicht. Er spannte seine Muskeln an, griff nach unten und schob Ulrikes Sitz so weit zurück, wie es ging. Wenn ich jetzt aussteige, dachte er, könnte es bei ihr vorbei sein. Verdammt. Immer bin ich der rücksichtsvolle Thomas! Damit muss doch mal Schluss sein! Seit Nico da war, schliefen sie weniger miteinander. Das ganze erste Jahr hatte der Kleine bei ihnen im Schlafzimmer sein Bettchen gehabt. Da hatte es gelegentlichen Schweigesex gegeben. Oft, nicht immer, hatte Thomas dabei das Gefühl gehabt, Ulrike gar nicht zu erreichen, weil sie ihr Ohr auf den Sohn gerichtet hatte. Er hatte begonnen, dieses »Mutterohr«, wie er es nannte, zu hassen, und darauf gedrungen, dass Nico in seinem eigenen Zimmer schlief. Aber heute sind wir allein, dachte er. Und sie will. Ich merke es doch. Und plötzlich schob sich der Satz vor: Und wenn sie nicht will, ich will. Wieder sah er Wotan den Speer auf die Bühnenbretter stoßen.

Er zog sich zurück, stieg aus dem Auto und machte draußen in der Kälte, die er gar nicht spürte, die Hose auf. Tatsächlich, Ulrike kippte den Sitz nach hinten und wand sich aus dem Mantel, machte ihm sogar die Tür auf und lag in dem ausgeschnittenen Kleid im Halbdunkel vor ihm. Thomas stieg vorsichtig seitlich ein und legte sich auf sie. Der Parkplatz war durch ein paar Bogenlampen erleuchtet, die durch das Fenster ihr kaltes Licht verbreiteten; Ulrike hielt ihre Augen geschlossen. Das Licht ließ ihre Haut kalkweiß erscheinen. Einen Moment lag Thomas regungslos da. Er fühlte sich unsicher. »Bin ich zu schwer?«, fragte er. Ulrike öffnete die Augen und lächelte ihn an. »Das fragst du immer!«, sagte sie. Ihre Augen glänzten. Auf einmal war die Kalkfarbe weg. Ihre Haut an Hals und Ausschnitt begann zu schimmern. Er schaute in ihre Augen und begann ihren Körper durch den dünnen Stoff zu spüren.

Ulrike spürte, dass Thomas sie spürte. Sie sah ihn an und sah, dass er sie sah – auch ihre Bedenken? Und dass sie diese Bedenken loswerden wollte? Dazu brauchte sie ihn. Sie schloss die Augen nicht, wie sonst meist. Sah ihn weiter an. Es gefiel ihr. Sie spürte an seiner Erektion, dass sein Begehren zurückkam, und entzündete sich daran. Eine Liebe zündet die andere an, diesen Satz hatte sie irgendwo gelesen, er kam ihr urplötzlich in den Sinn. Damit überließ sie sich dem körperlichen Geschehen. Thomas erhob sich ein wenig, seitlich auf die Unterarme gestützt, sie zog ihr Kleid hoch. Egal. Zerknittert oder nicht. Sie würde es eben waschen und bügeln. Sie schob den Slip zurück. Es war alles einfach; wie gut, dass sie sich die selbsthaftenden Nylonstrümpfe gegönnt hatte. Eine Strumpfhose wär jetzt unpraktisch gewesen. Thomas stöhnte, als er ihr Entgegenkommen merkte, und ließ sich los. Kein langes Vorspiel. Nichts. Er hörte die Es-Dur-Akkorde, sie stiegen unaufhaltsam hoch. Ulrike legte ihre Hände um seine Hoden, während er in sie eindrang. Thomas fühlte das lustvolle Ziehen im Samenstrang, und als er Ulrikes Schmalheit ganz ausfüllte, hörte er ihr lautes Stöhnen. Laut! Kein Schweigesex! Für Sekundenbruchteile schoss ihm das Bild durch den Kopf, wie sie bei der Geburt geschrien hatte, ihr Gesicht zu einer nie gesehenen Schmerzfratze verzerrt. Er hatte hilflose Schuldgefühle bekommen damals, für das, was Männer Frauen antaten, aber jetzt dachte er: Frauen halten was aus, den kleinen Nico hat sie ausgehalten, jetzt bin ich dran. Schon stieg es in ihm hoch, und er verströmte sich in einer gewaltigen Erschütterung.

Eine Weile lagen beide tief atmend da. Still. Mein Gott, er hatte nichts mehr von ihr mitbekommen. Wieso vergaß man sich so? Unbeholfen fragte er: »War es o.k. für dich?«

Er spürte ihre Hände auf dem Rücken, hörte sie leise prusten: »Und wie!« Dann ernster: »Du machst mich wieder zur Frau.« »Das war aber auch mal dran!« Beide lachten und lachten, Thomas rollten Tränen aus den Augen. »Oben und unten nass!«, sagte Ulrike, fummelte ein Taschentuch aus ihrer Manteltasche und begann mit den notwendigsten Säuberungen, während Thomas noch auf ihr lag. »O. k., ich steh jetzt auf«, sagte er. Er hatte vergessen, wie unbequem ein Liebesakt im Auto sein konnte. Beide kicherten, während er sich mühsam aus der Wagentür wand, ohne Ulrike zu sehr zu quetschen und ohne sich zu stoßen. Draußen reckte und streckte er sich, sah zum Sternenhimmel hoch und hob lachend beide Fäuste. Wotan und … und … Fricka? Das passte irgendwie nicht. Er richtete seine Hose und fragte Ulrike einsteigend: »Wer ist eigentlich Wotans Geliebte?«

»Schwierige Frage«, sagte sie. »Ich glaube, er schwankt zwischen seiner Walkürentochter Brünnhilde, der Urmutter Erda und seiner Frau Fricka. Mehr so ein Multiliebhaber.« Sie kicherte wieder. Thomas sah sie von der Seite an. Wie jung und schön sie aussah! Wie seit Langem nicht. Er war gleichzeitig baff und gerührt. Sie schaute auf ihr Handy. Ihre Mutter hatte angerufen. »Wo bleibt ihr denn?«, tönte es laut von der Mailbox. »Sag ihr, wir hatten Stau.« Herumalbernd und leicht wie zwei Teenies fuhren sie nach Halle zurück.

Allein zurück

Annegret setzte sich in ihren blauen BMW. Uff – war das eine Veranstaltung gewesen! Gut, dass Lena nicht mitgekommen war. So konnte sie jetzt in Ruhe ihren Gedanken nachhängen. Sie ließ sich von ihrer Navigationsstimme aus Dresden heraus auf die Autobahn führen. Eva hatte im Vorfeld angefragt, ob sie nicht zusammen hinfahren wollten, aber Annegret hatte mit einer Ausrede abgesagt. Aus einem vagen Bedürfnis nach Unabhängigkeit heraus. Jetzt war sie froh über die knappen zwei Stunden Alleinsein.

Auf der Autobahn angekommen, stellte sie den Tempomat an und nippte an dem heißen schwarzen Tee, den sie sich gegen die Müdigkeit mitgebracht hatte. Was war denn das bloß gewesen? Bildete sie sich alles nur ein, oder hatte es tatsächlich stattgefunden? Sie umkreiste mehrere Szenen: die eine im Elbschlösschen. Sie hatten sich alle lebhaft über die Oper unterhalten, und bis dahin war ja alles ganz normal gewesen. Man kannte sich unterschiedlich gut, die Unvertrauteren tasteten sich gegenseitig ab. Auf Anhieb hatte sie Ulrike Diesterkamp bemerkenswert gefunden, die ja wohl Querflöte spielte und einiges von Musik verstand. Wie sie so ruhig in der sich schnell erhitzenden Debatte gemeint hatte, man müsse doch erst einmal den ganzen *Ring*-Kosmos auf sich einwirken lassen und könne nicht nach der ersten Oper schon die Inszenierung beurteilen. Jeder könne sich doch ruhig aus dem ungeheuren Werk das Seine herauspicken. Sinngemäß. Tja, aber so beschaulich ging es eben nicht ab! Es kam zu einer Art Wettkampf, in dem sich alle – außer Ulrike und dieser Frau von Blasius, die einfach gar nichts sagte – an Witzigkeit und Kenntnisreichtum überboten und Kurt schließlich die verrückte Perversionsthese von Dirk Blasius zu Fall brachte. Und damit ihn, fand Annegret. Und sie selbst hatte kräftig mitgemacht. Und Kurts Anerkennung genossen. Das war es, dachte sie. Eigentlich war es ein Kampf um Kurt, um dessen Anerkennung. Alle buhlten um ihn, und sie selbst hatte das Gefühl, gewonnen zu haben. Oder täuschte sie sich? Halt: Diesterkamp buhlte nicht. Der entwickelte unangestrengt seine Thesen. Der schien in sich zu ruhen.

Und was war das da am Spiegel gewesen? Eva und sie waren nach der Diskussion aufs Klo gegangen, und Annegret hatte gebührend die neue goldene Kette bewundert. Wirklich, der Schmuck war schön, dachte sie auch jetzt und nickte am Steuer vor sich hin. Eva hatte sich wie ein Mädchen mehrfach freudig vorgebeugt, um im Spiegel die Wirkung zu betrachten. Da hatten sie nebeneinander gestanden, zwei Frauen, die eine älter aussehend, als sie war, die andere jünger. Was Annegret plötzlich wie eine Kluft empfunden hatte. Ihr eigenes Spiegelbild hatte sich zu wohl und zu weich neben Evas hagerem ausgenommen; das war ihr fast peinlich gewesen. Wieso? Und was tat so weh an Evas harmloser Freude?

Annegret überließ sich dem schmerzenden Gefühl, das in ihr aufkam, schob es nicht weg. Das hatte sie gelernt in den Jahren nach Alfreds Tod. Gegenankämpfen, wegstecken, in Arbeit vergessen – damit hatte sie es zuerst versucht, und das hatte alles nicht geholfen. Es hatte sie abgelenkt, ja. Sich den Gefühlen überlassen, wie sie kamen – das tat zwar oft weh, aber es half. Sie weinte und fasste sich an den Hals, um den ebenfalls eine goldene Kette lag, eine klassisch schlichte, die ihr Alfred zum vierzigsten Geburtstag geschenkt hatte. Beim Anziehen für die Oper war ihr klar geworden, dass sie in Alfreds Schmuck ging, sich seither kein einziges neues Stück gekauft hatte und dass er sie nie mehr darin sehen würde. Er würde auch nicht miterleben, wie diese Kette um ihren Hals liegen würde, wenn er so faltig wäre wie der von Eva. Sie musste allein altern. Anders als Eva. Ja, das war das Trennende zwischen ihnen beiden. Das Schmerzliche am Spiegelmoment. Annegret war überzeugt, sie würde keinen neuen Mann finden, nicht weil sie nicht wollte – o doch, sie wollte, nickte sie entschieden –, sondern weil sie fürchtete, dass es keinen Passenden für sie gab. Sie konnte so schwer ihre innere Gewissheit verändern: Der einzig Passende für sie war Alfred gewesen.

Langsam ebbte der Schmerz ab, und Annegret kehrte mit ihren Gedanken ins Elbschlösschen zurück. Und die Sache mit dem Mantel? Kurt hatte erst Eva, dann ihr in den Mantel geholfen. Fast als fühlte er sich für sie mit zuständig. Dabei hätte einer der beiden anderen Männer es genauso tun können. Es hätte auch überhaupt keiner tun müssen. Aber die anderen beiden Männer hatten sich nur um ihre jeweiligen Frauen gekümmert. Lag es am Alter? War Kurt einfach aufmerksamer? Ach, auf dieses ganze Knigge-Getue musste man gar nichts geben.

Annegret machte die CD mit den Leitmotiven vom *Ring* an, die sie auf der Herfahrt zur Einstimmung gehört hatte. Da, das war das Motiv von Loge. Sie erkannte es wieder. Loge, der Feuergott. Sie hörte eine Weile aufmerksam zu.

Dann stellte sie wieder aus. Es reichte. In der Oper hatten Dirk Blasius und seine Frau und die Diesterkamps schräg vor ihr gesessen. Auf ihren Wunsch hin hatten Dirk und diese – wie hieß sie gleich? Brigitte – die Plätze gewechselt, weil sie schwer an Dirks Kopf vorbeischauen konnte. Er war groß, dieser Blasius. Überhaupt ein komischer Typ. Schaute einen nie direkt an. Als ob er haarscharf in den Augenwinkel guckte statt in die Pupille. Eine Art Winkelgucker. Unsympathisch. Sie runzelte die Stirn. Am liebsten hätte sie sich neben Eva gesetzt, aber Eva hatte vorgeschlagen, Kurt in die Mitte zu nehmen. So war sie neben Kurt geraten, und rechts von ihr hatte der junge Mann Platz genommen, an den sie Lenas Karte verkauft hatte. Er roch so aufdringlich nach einem billigen Aftershave, dass sie unwillkürlich etwas von ihm ab- und näher an Kurt herangerückt war. Und auch weil der ganze Beginn mit den Rheintöchtern links auf der Bühne stattfand. Damit hatte es begonnen.

Aber was? Annegret trank noch einen Schluck Tee und lehnte den Kopf an die Nackenstütze. Oder hatte gar nichts begonnen? Als sie ihren linken Arm auf die Sitzlehne stützen wollte, hatte sie unabsichtlich Kurts Ellbogen berührt und automatisch ihren Arm etwas zurückgezogen. Kurt hatte sofort reagiert und gestisch angedeutet, sie solle sich nicht einschränken seinetwegen. Das war ja einfach nur höflich. Gentleman, der er war. Aber sie hatte ihn von dem Moment an körperlich gespürt. Im Elbschlösschen hatte er sie von oben bis unten mit seinen Blicken anerkennend begrüßt, als sie in ihrem blauen Outfit hereingekommen war. Natürlich minimal übertrieben dabei, dass es auch als Karikatur von Machoverhalten durchgehen konnte. Durch seine Ironie war er einfach schwer zu fassen. Aber dann in der Oper mit ihrem Dunkel, der Wärme, der Musik, den Gerüchen, der Bühnenhandlung mit allem Drum und Dran – es hatte sie wie weichgespült. Bin ich denn so frustriert?, dachte sie plötzlich. Auch der Tangotänzer kam ihr ja wieder und wieder in den Kopf. Zu Unzeiten, mitten bei Untersuchungen in ihrer Praxis. Und jetzt ließen sich die Momente mit Kurt nicht verscheuchen.

Ohne Alfred bin ich Freiwild, dachte sie plötzlich bitter. Sie sagte es mehrere Male hintereinander laut ins Auto hinein. Freiwild wie Freia. Die an die zwei Riesen verkauft wurde. Die Riesen waren in der Dresdner Inszenierung zwei normal große Männer gewesen; nur im Bühnenhintergrund sah man ihre gigantischen Schatten als »Riesen«. Sie waren als Zuhälter dargestellt worden, die Freia als Edelnutte für ihr Bordell bekamen. Im Elbschlösschen hatte Eva diesen Regieeinfall schon vorher als abwegig kritisiert, und Annegret hatte sich sogar angeschlossen. Aber es ist eigentlich doch eine gute Idee, dachte sie jetzt. Wotan verkauft Freia, und dann muss Freia sich verkaufen. Alle wollen Liebe, Ansehen und Lebendigkeit kaufen, und darüber verlieren sich Liebe und Lebendigkeit. Eigentlich eher tragisch als verwerflich. Sie hatte sich so darum bemüht, nach Alfreds Tod lebendig zu bleiben. War sie in dieser Mühe erstarrt, ohne es zu merken?

Jeden Tag hatte sie Alfred mit Lena im Hospiz besucht. Wie er da am Fenster saß – das war ihr Abschiedsbild von ihm. Nicht wie er im Bett lag. Lena hatte meist nicht mit gewollt, was ja nur natürlich war für ein Kind. Sagten zumindest ihre Freunde immer, denn sie selbst hatte unsäglich darunter gelitten, in dieser Situation auch noch zwischen beiden hin- und hergerissen zu sein. »Wir spielen wieder mit den Tieren.« Damit hatte sie Lena aber herumgekriegt. »Und Papa guckt zu. Das mag er gern.« »Dann will ich aber ein neues Schleich-Tier.« Die naturgetreu nachgebildeten Plastiktiere der Marke Schleich waren Lenas Lieblingsspielzeug gewesen. »Noch einen Fuchs. Noch einen Löwen. Oder einen Igel. Ich hab noch keinen Igel.« Wenn sie zu Hause waren, ließ Annegret Lena allein mit den Tieren spielen, aber im Hospiz spielte sie mit ihr.

Die Füchsin war immer die Bestimmerin gewesen. Nicht der Löwe. Nicht Wotan, sondern wer – Fricka? Erda?, dachte Annegret lächelnd. Sie hatte nie herausgefunden, wie die Füchsin zu ihrer Stellung gekommen war, weil sie Lenas Spielideen einfach hinnahm. Es ging immer um irgendwelche »Böse«, die Tiere holen, quälen und töten wollten. Und dann dachte sich Lena aus, wie die Tiere sich schützen konnten, dass sie entkamen und am Leben blieben. Das war das Spiel. Dabei hatte die Füchsin die besten Ideen. Manchmal musste Lena das ganze Arrangement: »Hier ist der Wald. Da das Bauernhaus …« erst aufbauen. Wenn sie sich ins Aufbauen vertiefte, hatte sich Annegret neben Alfred gesetzt; zusammen hatten sie Lena zugeschaut. Als Alfred nur noch liegen konnte, spielten sie auf seiner Bettdecke. »Papa riecht komisch«, hatte Lena gesagt. »Lass uns woandershin.« Aber sie hatte doch weitergespielt. In der Sterbezeit war eine riesige Sammlung von Schleich-Tieren entstanden, die mehrere Regale in Lenas Zimmer füllte und erst kürzlich in einer Kiste verschwunden war.

Eigentlich hatten sie Alfred das Leben vorgespielt. Genau wie die Sänger es heute in der Oper für sie getan hatten. Mit Bösen und Guten, Schlauen und Dummen. Wie es wohl für Alfred gewesen war? Der Hirntumor hatte sich derart schnell ausgebreitet, dass er gar nicht hinterherkam mit dem Verstehen, was mit ihm passierte. Einmal hatte er gesagt: »Spielt doch wieder.« Und da hatte Lena gefragt: »Was denn?« »Mit den Tieren.« »Papa, was ist dein Lieblingstier?«, hatte da Lena gefragt. Es war das letzte Mal gewesen, das sie ihn offen und direkt angeredet hatte. Danach hatte sie immer zu Annegret hingesprochen, auch wenn sie ihren Vater meinte. Alfred hatte etwas geantwortet wie »Öer«. Das Wort wollte sich nicht richtig formen. »Mama, was meint er?« »Ich glaube König. Also der Löwe.« »Nein, dann meint er die Füchsin. Die ist die Königin.« Annegret merkte, wie ihr die Tränen herunterrollten. Alfreds mageres Gesicht. Wie jung er ausgesehen hatte zum Schluss. Wie auf einem Bild, das er ihr mal gezeigt hatte. Wo jemand ihn als Neunzehnjährigen beim Lesen fotografiert hatte. Mit scharf geschnittenen, schönen Gesichtszügen. Wie wütend er gewesen war über den Tumor. Als er noch wütend sein konnte.

Sie fummelte eine CD mit Klaviersonaten von Mozart hervor. Als die Töne das Auto erfüllten, atmete sie durch. Wäre Alfred überhaupt mitgekommen in den Wagner-*Ring*? Wenn ich ein bisschen Druck gemacht hätte, sicher, dachte sie. Von sich aus hatte er mehr zur Klassik geneigt. War am liebsten in Kammerkonzerte gegangen. Dennoch hatten sie sich irgendwann für ein Opernabo entschieden, und die erste Oper im Abo war ausgerechnet *Die Walküre* gewesen. Sie musste lächeln bei dieser Erinnerung. Im zweiten Akt hatte sie gemeint, von Alfred ein Schnarchen zu hören, und hatte ihn vorsichtig angestoßen. Hinterher sagte er ihr, er habe nicht geschnarcht, sondern tief geatmet und mit den Gefühlen gekämpft, die ihn übermannen wollten. Also wäre er wohl doch gern nach Dresden mitgekommen. Er hätte neben ihr gesessen, kluge Dinge gesagt, angenehm gerochen und gut ausgesehen in seinem schwarzen Anzug; sie hätte sich auf seine Armlehne gestützt, er hätte seine Hand auf ihre gelegt, und alles wäre gut gewesen.

Und so war es eben jetzt nicht. Annegret runzelte die Stirn. Sie war Freiwild, und keiner konnte was dafür, und auch Kurt hatte sicher gar nichts Böses gewollt, als er einmal in seiner Bewegtheit ihre Hand gestreift und dann seinen Arm auf der schmalen Lehne so neben ihren gelegt hatte, dass sich ihre Unterarme berührten. Annegret hatte es zugelassen, die Berührung zunehmend genossen und gedacht: So. Jetzt entsteht die Wolke. Warum nicht. Sie war hineingetaucht wie in ein warmes Bad. Als das Licht anging, hatten beide die Arme zurückgezogen. Ob Eva es gesehen hatte? Nein, unmöglich. Und wenn? Ein Trotz kam plötzlich in ihr auf: Und wenn? Einen Vorteil hatte sie als Freiwild: Sie war frei. Eva nicht.

Unpässlich zurück

Kurt: Eva, bitte fahr du zurück.

Eva: Wieso? Was ist?

Kurt: Weiß nicht. Vielleicht bekomm ich einen Infekt. Ich fühl mich nicht.

Eva: Was? Nach diesem gelungenen *Ring*-Auftakt? Nach deinem wunderbaren *Rheingold*-Geschenk? Es war doch alles so schön! Auch im Elbschlösschen. Alle sind begeistert, es war so unerhört anregend; bestimmt, alle sind dir dankbar für die Idee. Was ist denn mit dir? Auf der Herfahrt ging's dir doch noch bestens.

Kurt: Irgendwann fängt immer was an. Bitte fahr du.

Eva: O.k. Natürlich. Wenn du mich nicht kritisierst.

Kurt: Tu ich nicht.

Eva: Dann wirst du wirklich krank.

Kurt: …

Eva: Kurt, entschuldige, aber ich muss noch mal fragen: Nimmt dich was mit? War was? Mit deinem Dich-hineinziehen-Lassen? Deinem »Handeln«? Du hast ja übrigens ganz still gesessen.

Kurt: …

Eva: Also wenn es was Gesundheitliches ist, solltest du mal zu Annegret gehen. Dich durchchecken lassen.

Kurt: Eva, die ist Herzspezialistin. Da geh ich doch nicht mit irgendeinem Feld-Wald-und-Wiesen-Infekt hin. Aber vielleicht war es ein Fehler, dass ich im Herbst nicht zu Lubitsch gegangen bin wegen der Grippeschutzimpfung.

Eva: Hab ich dir ja gesagt. Aber du weißt doch gar nicht, ob es nur ein Infekt ist. Es kann sonst was sein, das Herz, was weiß ich. In deinem Alter muss man auch an so was denken. Übrigens kann man sich auch im Januar noch impfen lassen.

Hab ich neulich im Radio gehört. Geh doch zu Annegret. Was hängst du an dem alten Lubitsch. Lass ein EKG machen und dir von ihr die Schutzimpfung geben.

Kurt: Ich bin zwei Jahre jünger als du. Und du hast auch keine.

Eva: Wie charmant von dir! Ja, ja, die Sechzig ist für jeden eine Schwelle. Und wie recht du hast: Ich bin schon drüber. Ich lass mich aber seit zehn Jahren von Annegret durchchecken und hab übrigens sehr wohl die Grippeschutzimpfung von ihr machen lassen. Das gibt einem ein sicheres Gefühl! Meine Güte, Lubitsch ist inzwischen doch ein Fossil. Ich hab die ganzen letzten Jahre gebetet, dass er überhaupt deinen Arm trifft, so zittert er. Weißt du noch letztes Mal? Wo er das Desinfektionsmittel nicht fand? Mich fragte, ob ich Parfüm dabeihätte? Und dann mit Chanel Nr. 5 auf dem Arm herumschmierte? Hab ich übrigens Annegret erzählt, die hat sich gekugelt vor Lachen. Bei der geht alles so fix. Bei ihr ist alles praktisch, hell und freundlich, sie geht auf Fortbildungen, kennt die neuesten Entwicklungen … Kurt?

Kurt: Ja.

Eva: Hörst du überhaupt zu? Du sagst gar nichts.

Kurt: Ich bin erschöpft. Eva, bitte. Es tut mir leid. Ich möchte einfach nur vor mich hindösen. Ich glaub, ich schlaf gleich ein. Ist es in Ordnung? Du kannst dir gerne das Radio anmachen, wenn du willst. Das stört mich nicht.

Eva: Nee, nach so viel Musik brauch ich keine Musik. Schade. Wo ich so gern mit dir jetzt über alles geredet hätte.

Aber ruh dich aus, Kurt, zu Hause gehst du gleich ins Bett. Lass uns Fieber messen. Tut dir denn auch was weh?

Kurt: Nein, Mama. Ich bin nur maßlos erschöpft.

Eva: Herrgott, was bist du empfindlich! Na, lass uns nicht streiten. Versuch zu schlafen, das ist immer das Beste. Dumm, dass Annegret nicht mit uns gefahren ist. Aber wahrscheinlich braust die in ihrem BMW dahin und wollte sich unsere Spießer C-Klasse nicht antun. Ich glaub, sie kann ganz schön aufdrehen. Turbolady.

Kurt: Wieso aufdrehen?

Eva: Schlaf du mal. Ich murmle nur so vor mich hin. Mir hats jedenfalls gefallen. Sogar die Inszenierung. Ich hätte gar nicht gedacht, dass man mit Stühlen so viel Atmosphäre hinkriegt! War viel gefälliger als mit dem schrecklichen Tunnel damals. Offener. Auch symbolisch interessant. Und der Rhein war hier in Dresden auch viel schöner mit den blauen Laken. Einfach, aber wirksam. Und Blasius hast du elegant einen auf den Deckel gegeben. Ich freu mich schon auf nächsten Sonntag. Bis dahin bist du wieder aufm Damm, und dann können wir alles durchhecheln hinterher. Kurt?

II

Walküre

Nina Wollsauer, 10c, Das Märchen von der Walküre

Es waren einmal ein überaus mächtiger König und seine Frau. Sie hießen Wotan und Fricka und hatten einander sehr lieb. Weil sie aber bedauerlicherweise keine Kinder bekamen, zeugte Wotan mit einer freundlichen anderen Frau, Erda, außerehelich acht Kinder. Alles Mädchen! Wotan nahm sie zu sich und erzog sie zu wilden Amazonen. Wenn er Kriege führte, begleiteten sie ihn und führten die gefallenen Ritter auf seine große Burg, Walhall. Sie nannten sich Walküren. Eine war schöner und wilder als die andere, aber die liebste unter allen war ihm Brünnhilde. Ihr Haar wogte wellig, ihre Augen glänzten und funkelten schwarz wie Ebenholz, ihre Haut war schneeweiß und ihr Mund dunkelrot wie eine reife Kirsche. Sie war von allen die kühnste und stürmte auf ihrem Pferd Grane immer genau dahin, wo auch ihr Vater ritt. Sie war seine Freude, sein Trost und seine Vertraute.
Aber ihre Stiefmutter Fricka hasste Brünnhilde und trachtete danach, das gute Vater-Tochter-Verhältnis zu vergiften. Nun wusste sie, dass Wotan auch mit einer anderen, einfachen und unbekannten Frau aus dem Volke Kinder gezeugt hatte, ein Zwillingspaar, Siegmund

und Sieglinde. Die Zwillinge wurden schon gleich nach der Geburt auseinandergerissen, weil wilde Stämme das Haus überfielen und die Mutter töteten. Sieglinde musste als Frau einen kalten, harten Mann heiraten, Hunding; ihr Bruder Siegmund irrte als namenloser Ritter durch die Lande. So kam er nach vielen Jahren, verletzt von einem Kampf, zu Hundings Haus. Sieglinde öffnete ihm, pflegte ihn, verband seine Wunden, gab ihm zu essen und zu trinken. Natürlich erkannten sie sich nicht. Erst. Sie gefielen einander über alle Maßen und verfielen einander von Stund an. Wotan schaute sich das aus seiner Burg Walhall wohlgefällig an, weil er hoffte, dass aus dieser besonderen Liebe ein besonderer Sohn hervorgehen würde, der ihm einen über und über wertvollen Ring zurückerobern könnte. Wotan hatte diesen Ring einst Riesen zum Lohn gegeben, die seine Burg gebaut hatten. Der eine Riese hatte sich in einen großen Lindwurm verwandelt und bewachte den Ring, der in einer tiefen, tiefen Höhle im finsteren Walde versteckt lag.
Als Fricka erfuhr, dass die Zwillingsgeschwister einander wie Mann und Frau liebten, ward sie überaus zornig. Ihre Augen blitzten, sie rief ihren Widderwagen herbei und fuhr darin zu ihrem Mann Wotan. Solche Geschwisterliebe, noch dazu als Seitensprung, war streng verboten. Wie Wotan, der mächtige König, es nun auch drehte und wendete: Er durfte diese Liebe nicht schützen. Es war gegen das Gesetz, dem sie alle unterstellt waren. Fricka verlangte, dass die Geschwister für ihren Frevel mit dem Tode bestraft wurden und der betrogene Ehemann Hunding gerächt würde.

Auf seinen Speer gestützt, sah Wotan zähneknirschend von oben an, wie Hunding das fliehende Geschwisterpaar verfolgte, es stellte und gegen Siegmund kämpfte. Siegmund war stärker als Hunding und hatte das bessere Schwert, das Wotan ihm selbst zugedacht hatte. Als er Hundings Speer damit in zwei Stücke gehauen hatte und schon frohlockte, da musste Wotan von oben eingreifen: Er tötete Siegmund, auch wenn es ihm schier das Herz zerriss.

Er hatte aber vorher seiner geliebten Brünnhilde befohlen, Siegmund vor dem Kampf den Tod anzukündigen und ihn dann als Gefallenen nach Walhall zu bringen. Brünnhilde spürte, dass ihr Vater lieber einen anderen Ausgang des Kampfes gewünscht hätte. Dreimal fragte sie, ob sie wirklich gehorchen solle, und dreimal antwortete Wotan: Folge meinem Befehl. (Frau Diesterkamp, das stimmt jetzt nicht hundertprozentig mit dem dreimal, aber wir sollten ja Märchenelemente reinbringen.) Brünnhilde spürte, dass Wotan den Befehl nur gab, weil die Stiefmutter ihn so weit gebracht hatte. Sie gehorchte zwar zunächst und verkündete Siegmund seinen Tod, aber als sie erlebte, wie heiß Sieglinde und Siegmund sich liebten und dass Sieglinde nicht ohne ihren Siegmund weiterleben wollte, und als sie dann noch erfuhr, dass Sieglinde ein Kindlein unter dem Herzen trug, da widersetzte sie sich dieses eine Mal dem geliebten Vater und rettete Sieglinde gegen sein Gebot. Sie brachte sie auf ihrem schnellen Pferd Grane in eine Höhle im Wald, wo Sieglinde später ihr Kindlein, Siegfried, zur Welt brachte, den Sohn und Erlöser, den Wotan sich gewünscht hatte.

Nun blieb König Wotan nichts anderes übrig, als seine Brünnhilde zu bestrafen. Sie hatte sich ja gegen seinen Befehl gestellt. Er ließ Brünnhilde auf einem Berggipfel in tiefen Schlaf fallen. Vorher nahmen Vater und Tochter herzzerreißend Abschied voneinander. Loge, ein Feuergott, musste kommen und einen großen Feuerring um die Schlafende entfachen, den keiner, dem sein Leben lieb war, durchschreiten konnte. Sollte aber doch einmal ein Prinz kommen, der durch die Flammen gehen würde – wie einst ein anderer Prinz durch die Stachelhecken um Dornröschens Schloss –, dann sollte er sie zur Frau bekommen. Hiernach versöhnten sich Wotan und Fricka wieder ein wenig, und wenn Siegfried nicht eines Tages gekommen wäre, läge Brünnhilde noch heute friedlich schlafend da. (Frau Diesterkamp, ein Schluss mit »so leben sie noch heut« ging nicht, weil ja die beiden anderen Texte noch kommen.)

Evaluation

Dirk saß an seinem Schreibtisch in der Uni und betrachtete den Text auf dem Bildschirm. So. Jetzt stand das Kapitel mit den analytischen Definitionen. Er würde es heute Abend gleich Brigitte vorlegen zum Korrekturlesen. Zufrieden rieb er sich die Hände und lehnte sich zurück. Wie sie es wohl finden würde? Auf Brigittes Urteil konnte er sich hundertprozentig verlassen. Nicht nur scherzhaft nannte er sie oft seine Lektorin. »Sie ist mehr«, murmelte er leise vor sich hin. »Sie ist in jeder Hinsicht meine bessere Hälfte. Leider.«

Dirks wissenschaftliche Gedanken brachen seit jeher wustartig hervor. Das war schon in der Schule so gewesen. Sie ballten sich so schnell und komplex in ihm auf, dass er mit dem Schreiben nicht hinterherkam. Was im ersten Schritt auf Papier oder Bildschirm gelangte, war nichts als Chaos. Das ging sicher vielen anderen auch so, dachte er, die aber dann in Ruhe alles auseinandernahmen und überarbeiteten. Warum kann ich das bloß nicht? Dirk fuhr sich über den Kopf. Er verlor immer sofort die Geduld und begann dann sich und seine »Klumpen« zu hassen. Ja, das war sein eigentliches Problem. Dieser Selbsthass. Seine Prüfungsklausuren früher hatte er nur dadurch mit Auszeichnung bestehen können, dass er sie vorher – und zwar mit Hilfe seiner

»Lektorin« Brigitte – geschrieben, gedruckt, fotomechanisch verkleinert und als winzige, effektive Spickzettel mit in die Prüfungen genommen hatte. Als er Brigitte damals im zweiten Semester kennengelernt hatte, war sie als studentische Hilfskraft für die Zusammenstellung der Bücher zuständig gewesen, die die Professoren als Lektüre voraussetzten. Eine unscheinbare und schüchterne Kommilitonin, die er mühelos hatte beeindrucken können: Ich war ihr im Leben überlegen und sie mir im Schreiben, dachte er. So sind wir im Gleichgewicht. Bis heute. Trotz allem. Er korrigierte schnell einen Fehler. Unter Brigittes ordnendem Griff fielen seine »Klumpentexte« wie von Zauberhand in schlüssiges, brillant formuliertes Nacheinander. Was sperrig hervorstach, bekam Gestalt und Proportion. Sie kürzte hier, ergänzte da, ersetzte, feilte – und fertig. Und das, obwohl sie nicht im engsten Sinn vom Fach war. Natürlich hatte sie als Bibliothekarin auch Germanistik studiert. Aber es war doch mehr ein Überblicksstudium gewesen. Dirk nannte sie die »Meisterin der Stringenz«, ganz abgesehen davon, dass sie seine Myriaden von Flüchtigkeits- und Rechtschreibfehlern still und hohnlos ausbesserte. Und obwohl sie seinen Themen oft fern stand, arbeitete sie sich gründlich in alles hinein. Und zwar gründlicher als er. Damals bei der Dissertation hatte sie die Theorien zu *Das Ressentiment und seine literarischen Ausdrucksformen* »inhaliert«, wie sie es nannte. Vor allem hatte sie viel besser als er im Kopf behalten, wer was wo wozu geschrieben hatte. Dirk fand es manchmal geradezu unheimlich, wie Brigitte sich in das Seine einarbeiten konnte.

»Ohne sie bin ich echt aufgeschmissen«, sagte er laut vor

sich hin. Er ging zum Kaffeeautomaten. Es war noch nicht spät, aber draußen bereits dunkel. Als er die Münze einwerfen wollte, zog er plötzlich die Hand zurück. Ob er noch mal an den Bahnhof fuhr? Am besten wäre es doch, wenn er ein Foto hätte mit dem Dekan und einem der Jungen darauf. Ein einfaches Handyfoto würde ja reichen. Dirk war seit der einen Begegnung immer wieder hingefahren, hatte Dombrowski aber nie wieder angetroffen. Würde der Umstand, dass er ihn gesehen und mit dem Blick ertappt hatte, wirklich dazu ausreichen, ihn unter Druck zu setzen? Das war doch zu bezweifeln. Dombrowski konnte einfach alles abstreiten, die Sache umdrehen und ihn als den Bekloppten hinstellen. Das wäre ganz einfach.

Tja, er war sich nicht sicher. Seine Unsicherheit – sie war neben der Ungeduld sein größtes Problem. Er beneidete Kurt um dessen Sicherheit. Fast mehr als um den Lehrstuhl. Dirk kehrte in seinen Raum zurück, kopierte die Datei für Brigitte auf einen Datenstick und zog sich den Mantel an. Diese verfluchte aalglatte Sicherheit von dem Schwemmers. Woher kam die? Schwemmers stammte genau wie Dirk aus einer Familie nur mit Jungen. Über diese lebensgeschichtliche Parallele hatten sie öfter gesprochen. Auch darüber, dass beider Väter Lehrer gewesen waren. Aber der Vater von Schwemmers hatte es bis zum Schulrat gebracht. Kurt hatte ihn einmal als einen gütigen alten Herrn beschrieben, der gerne Anekdoten über kleine Alltagserlebnisse erzählte und der sogar, als ihm ein Schlaganfall eine Körperhälfte lahmgelegt hatte, im Krankenhaus noch die Schwestern erheiterte. Wahrscheinlich hatte Kurt seine Sicherheit von ihm. Für diese Erkenntnis muss man kein Analytiker sein, dachte Dirk bitter.

Er kratzte mit dem Plastikschieber die Autofenster frei. Sein Vater war Grundschullehrer geblieben. Am Abendbrottisch hatte er gethront, den Starken herausgekehrt und nur Erfolg und Leistung anerkannt. Für den Vater hatte es Butter, für die Kinder Margarine gegeben. Vom Sonntagsbraten zwei Scheiben für den Vater, für sie je eine. Aus erzieherischen Gründen. Obwohl sie doch im Heranwachsen gewesen waren! Dirk war der mittlere der drei. Sein älterer Bruder war auch Lehrer geworden, an derselben Schule wie der Vater, sein jüngerer Bruder Harz-IV-Empfänger. Kriegte von der Mutter ständig Geld zugesteckt. Dirk schoss durch den Kopf, wie Vater und großer Bruder ihn ausgelacht hatten, als er die griechischen Sagen gelesen und Paris wie die Stadt auf der zweiten Silbe betont hatte. Wochenlang hatten sie ihn aufgezogen: Oh, da kommt der schöne PaRIS. Das war ihm nie wieder passiert. Von da an hatte er die Bücher still verschlungen und über seine Lektüre geschwiegen. Der Jüngere hatte sicherheitshalber gar nicht erst gelesen. Wütend kratzte Dirk an der Scheibe herum. Trotzdem, dachte er. Deswegen musste man sich nicht auf die Couch legen.

Er fuhr los. Aus dem automatisch angegangenen Radio tönte die Stimme von Otto Sanders:

> Vor grauen Jahren lebt ein Mann im Osten
> Der einen Ring von unschätzbarem Wert
> Aus lieber Hand besaß. Der Stein war ein
> Opal, der hundert schöne Farben spielte,
> Und hatte die geheime Kraft, vor Gott
> Und Menschen angenehm zu machen, wer
> In dieser Zuversicht ihn trug …

Sanders prägnante Stimme mit den ehrwürdigen Lessing-Worten versetzte Dirk schlagartig in so etwas wie eine mittelalterliche Krypta und traf ihn mitten ins Herz. Er stellte das Radio aus. Was war das? »Vor Gott und Menschen angenehm zu machen …« Auf den Punkt gebracht! Genau das war es, was Schwemmers hatte. Dirk würgte. Und er? Er selbst? Ihm wurde schwindlig. Schnell stellte er das Radio wieder an:

> Er ließ den Ring
> Von seinen Söhnen dem geliebtesten;
> Und setzte fest, dass wiederum
> Den Ring von seinen Söhnen dem vermache,
> Der ihm der liebste sei; und stets der liebste,
> Ohn Ansehn der Geburt …

»Und stets der liebste.« Dirk steuerte das Auto in einen Parkplatz am Zoo-Bahnhof. Die Krypta-Magie war verschwunden, stattdessen war er aufgebracht: Wie ungerecht. Ein Vater sollte alle gleich lieben. Wer seinem Vater der liebste gewesen war – darüber hatte Dirk früher immer wieder gegrübelt. Der Ältere oder er? Der Kleine – das war der Liebling der Mutter. Damit schied der aus. »… dem geliebtesten …« Hatte sein Vater überhaupt einen seiner Söhne geliebt? Dirk schloss das Auto ab. Das ist bei Lessing aber ein anderer Ring als bei Wagner, dachte er. Oder nicht? Ob Wagner Lessing gelesen hatte? Nathan mit seinem Toleranzgeschwafel wär sicher bei dem Judenhasser Wagner nicht angekommen. Allerdings hatte Wagner eine große Bibliothek gehabt und war sehr belesen gewesen. Bestimmt hatte er Lessing gekannt. Das passte alles hinten und vorn nicht zusammen. Wagners und Lessings Ring – das Thema würde er nachher mal mit Brigitte erörtern. Er steckte den Schlüssel in die Tasche und schaute um sich.

Als er sein Handy knipsbereit in die Hand nahm und zum Bahnhof hinüberging, hatte er sich wieder gefangen. Ihm kam die Idee, die Semper-Veranstaltung dazu zu benutzen, Kurt Schwemmers mal in aller Ruhe zu beobachten. Wie er es anstellte, »angenehm« zu sein vor den Menschen. Vor den Frauen wohl vor allem, dachte Dirk hämisch. Wollen wir doch mal 'ne Beliebtheitschart unserer *Ring*-Gesellschaft aufstellen! Die Nummer eins der Elbschlößchen-Truppe bei den Männern war natürlich Kurt, dann kam gleich der Diesterkamp – Dirk ballte die Fäuste – und dann eben erst er selbst. Als Schlusslicht. Das war leider klar. Kurt war der Älteste mit seinen knapp sechzig, aber unglaublich vital. Spritzig. Mit dem Lehrstuhl eine Autorität. Von allen anerkannt. Nur von seiner Frau gelegentlich auf die Schippe genommen. Aber dezent. Und Thomas? Der war doch wohl so alt wie Dirk selbst? Altersmäßig also pari. Und ganz genau genommen rangierte er als Professor in spe doch sozial vor ihm. Aber Psychoanalytiker – wie sollte man die einordnen? Die bildeten sich wahrscheinlich ein, über allem zu stehen. Standen oder vielmehr saßen aber außerhalb von allem. Allerdings wirkte Diesterkamp sicher. Da war es wieder. Schon körperlich strahlte Diesterkamp Überlegenheit und Ruhe aus. Dazu Überzeugungskraft. Während er, Dirk, sich ja immer anstrengte. Und das merkte man eben. Sogar körperlich. Er war immer unruhig und verspannt. Verdammt.

Voller Groll überquerte er die Straße und stolperte über

eine Colabüchse. Es schepperte laut; wütend trat er sie gegen die Wand. Dann sah er um sich. Obacht! Als Detektiv musste er zurückhaltender sein. An einem Stand mit Backwaren ließ er sich einen Kaffee geben. Von da aus hatte er einen guten Einblick in die Bahnhofshalle und wurde nicht gesehen. Er blies in den Milchschaum: Weiter mit der Chart! Und von den Frauen? Die Beliebteste? Schwieriger. Am schicksten und in jeder Hinsicht gewandtesten war Annegret; aber mehr Autorität hatte wohl trotzdem Eva. Als Frau von Schwemmers. Sie war die Älteste. War eigentlich Fricka. Ohne abgetakelt zu wirken. Schlank, die Haut schon etwas ledern vielleicht. Manchmal ’ne komische Stimme, rau. Sie war älter als ihr Mann. Dirk wusste dies, weil vor zwei Jahren ihr sechzigster Geburtstag groß gefeiert worden war. Kurt hatte es organisiert und Dirk gebeten, ein Lied in einem extra zusammengestellten Gästechor mitzusingen. Eva war nicht nur die Älteste, sie war auch schlagfertig, ohne gemein zu sein. Eine seltene Eigenschaft, dachte er. Bei Männern praktisch nie zu finden. Jedenfalls bildete seine Brigitte ja wohl das Schlusslicht. Genau wie er bei den Männern. Oder? Als Bibliothekarin hatte sie zwar den gleichen sozialen Rang wie Eva als Lektorin. Annegret als Ärztin stand natürlich sozial am höchsten. Sogar Kardiologin! Vielleicht sogar höher als Schwemmers? Der nur Geisteswissenschaftler war? Der Körper ging eben vor. Sie war die Halbgöttin in Weiß. Außerdem eine strahlende Erscheinung. Brigitte war jünger und machte einfach nichts aus sich; sah zwar nicht richtig schlecht, aber eben unscheinbar aus. Und dieser leichte Damenbart! Er stöhnte. Nur vom Alter her rangierte sie vor Eva, aber in der Erscheinung, was ja bei Frauen doppelt zählte, weit hinter allen. Dirk fiel plötzlich auf, dass er die Frau von Diesterkamp nicht mit einbezogen hatte in seine Bewertungen. Vielleicht, weil sie so still war wie Brigitte. Ungefähr gleich alt. Aber schön. Eine stille Schönheit. Ja, das musste er dem Diesterkamp lassen. Wie er es auch drehte und wendete, Brigitte saß am untersten Ende.

Da. Tatsächlich. Der Dekan. Mit geöffnetem Mantel kam er aus dem Reisezentrum und fummelte an seinem Portemonnaie herum. Ein Penner hielt ihm die Hand hin und bettelte ihn an, aber der Dekan ignorierte ihn, ging weiter. Dirk zog sich etwas zurück, da Dombrowski direkt auf ihn zukam, sah ihn dann aber zu dem Obststand mit der Saftpresse abbiegen, wo er sich einen Ananas-Orangensaft mixen ließ; Dirk konnte es genau erkennen, denn der Stand war höchstens acht Meter entfernt. Zwei Jungen näherten sich, stellten sich in die Nähe des Obststandes und redeten miteinander. Einer trug eine Kapuze, der andere eine Wollmütze. Sie schienen zu frieren und rieben sich die Hände. Der mit der Kapuze hatte eine weiße enge Jeans an, etwas beschmutzt war sie, aber mit dem Weiß auffällig im Januar. Er schaute zum Dekan, und der schaute ihn an. Sie kennen sich, dachte Dirk. Garantiert. Den mit der Mütze hatte er bei früheren Erkundungen am Bahnhof schon gesehen, den mit der weißen Hose und Kapuze nicht. Dirk schaute auf sein Handy, als ob er eine SMS bekommen hätte. Dabei hob er es an und knipste. Mit seinem Saftbecher in der Hand trat der Dekan näher zu den Jungen. Wieder knipste Dirk. Dann ging der Junge mit der Mütze weg. Dombrowski redete mit dem Kapuzenjungen. Auch davon konnte Dirk ein Bild schießen. Als sich der Dekan Richtung U-Bahn aufmachte, trabte der Junge ihm in einigem Abstand hinterher. Das reicht, dachte Dirk. Es war zu riskant, die beiden zu verfolgen. Das könnte auffallen. Aber was für eine großartige Ausbeute! Die Polizei würde diese Stricher kennen. Nie im Leben war der schon sechzehn, dachte Dirk und fuhr stillvergnügt nach Hause.

Stimulation

Brigitte holte die kleine Spritze aus dem Kühlschrank. Jeden Tag zur vorgegebenen Zeit injizierte sie sich jetzt die follikelstimulierende Hormondosis. Heute zum sechsten von insgesamt elf Malen. Gebetsmühlenhaft ging sie alles mehrfach am Tag durch: Die Downregulierung war jetzt abgeschlossen, nun wurde sie hormonell stimuliert, damit die Ärzte mehr als eine Eizelle gewannen. Und dann kam das Entscheidende: Der künstlich ausgelöste Eisprung und die Follikelpunktion. Da wurden ihr die Eizellen abpunktiert, und zwar unter Vollnarkose; die kleinste Bewegung würde ja alles versemmeln. Vielleicht würde es auch wehtun ohne Betäubung, dachte sie, anders als bei einer natürlichen Zeugung. Brigitte seufzte. Es war alles wohlorganisiert und ging schnell und dauerte ihr doch zu lang. Die Punktion würde wohl zwischen *Siegfried* und der *Götterdämmerung* stattfinden, hatte sie überschlagen.

Im Wohnzimmer setzte sie sich auf das Sofa, zog Pullover und Unterhemd zurück, suchte sich eine Stelle am Bauch aus und stach zu. Weh tat es kaum. Sie litt mehr unter den Schweißausbrüchen und der Schlaflosigkeit, die man ihr als

Nebenwirkungen erläutert hatte. Beides machte sie reizbar, was sie störte, da sie viel auf ihre Selbstbeherrschung hielt und Dirk, wie auch ihren Vater, insgeheim für deren unkontrollierte Impulsivität verachtete.

Ihr Blick fiel auf den Zettel vor sich auf dem Tisch, Dirks Spermiogramm. Es war vorzüglich ausgefallen, viel besser als sie befürchtet hatte. Die Klinik hatte ihr heute die Ergebnisse zugeschickt, später hatte ihr Arzt angerufen: »Wenn Ihr Mann am Tag X auch so gut in Form ist«, hatte er gescherzt, »dann kann ich direkt in vitro befruchten.« Sie wollte Dirk das Lob des Arztes gleich erzählen, wenn er nach Hause kam. Um ihn bei Laune zu halten. Dirk brauchte viel Lob. Sehr viel. Sie seufzte wieder. Siegfried soll gewinnen!, dachte sie dann lächelnd. Das kräftigste, schnellste und beste Spermium im Glas. Nur noch ein einziges Mal war sie auf Dirks Mithilfe angewiesen. Insgesamt war sein Beitrag zur Schwangerschaft minimal, wenn sie ihn mit ihrem verglich. Aber so war es bei Männern ja immer. Ab morgen musste jeden Tag per Ultraschall das Follikelwachstum überprüft werden. Also jeden Tag nach der Arbeit in die Klinik, dann zu ihrem Vater, dann nach Hause und ran an das Überarbeiten von Dirks letztem Kapitel. Aber letztlich war sie froh, dass er kaum etwas beitrug. Dann musste sie ihm nicht zu dankbar sein. Andere IVF-Väter begleiteten ihre Frauen die ganze Zeit; sie hatte einige Paare immer wieder gesehen. Aber sie war keinesfalls neidisch. Letztlich störten die Männer doch nur, empfand sie. Es war immer schon so in ihrem Leben gewesen – sie hatte alles allein gemacht. Vielleicht kannte sie sich mit Unterstützung gar nicht aus? Stirnrunzelnd blätterte sie in dem *Walküren*-Textbuch, konnte sich aber nicht recht konzentrieren.

Einmal noch – das war ihr inneres Leitmotiv. Zwar wusste Brigitte, dass die Chancen einer gelungenen Schwangerschaft von vielem abhingen, aber sie glaubte fest daran, dass es bei ihr eine Ausnahme geben würde. Es würde auf Anhieb klappen, weil es musste: »Siegfried setzt sich durch«, sagte sie laut. Sie würde auch keine Zwillinge bekommen wie viele andere. Sie war keine Wälsungenmutter, und überhaupt: die *Walküre* war für sie eigentlich nur interessant, weil in dieser Oper Siegfried gezeugt wurde, den die Oberwalküre Brünnhilde rettete. Gegen das ausdrückliche Verbot ihres geliebten Vaters. Woraus zog sie bloß die Kraft, sich gegen ihn zu stellen? Ich hätte diese Kraft nicht, dachte Brigitte flüchtig und driftete sogleich zurück zu Siegfried. Der also aus Blutschande entstanden war. Aus der Verbindung Bruder – Schwester. Schlimmer: Es waren Zwillingsgeschwister. Wälsungenblut. Hieß nicht so auch eine Erzählung von Thomas Mann? Sie musste doch mal nachsehen. Dazu noch ehebrecherisch. Sieglinde ließ sich mit einem komplett Fremden ein, der ihr ins Haus schneite. Und setzte ihren Mann kurzerhand per Schlaftrunk außer Gefecht. Also schlimmer konnten die Zeugungsumstände schlechterdings nicht sein. Da war so eine kühle Klinikproduktion wie ihre im Grunde doch sauber und korrekt dagegen! Brigitte trank etwas Tee und wischte sich den Schweiß von der Stirn. Dieses verdammte Schwitzen. In der Oper war es besonders lästig.

Dass die Wälsungengeschwister und ihre Besessenheit füreinander von Wagner so verherrlicht wurden, wunderte sie inzwischen nicht mehr. Denn Wagner – so hatte die Lektüre des Ehebuchs über Richard und Minna ergeben – hatte seine Frau nach langjähriger Ehe jäh verlassen, weil er sich in eine junge, frisch verheiratete, musikversessene Winzergattin verliebt hatte, mit der er Hals über Kopf nach Griechenland fliehen wollte. Ließ seine Minna auf einem Sack voll Schulden sitzen. Himmelschreiend. Dabei hatte Minna alles treu mitgemacht, ihre Schauspielerinnenkarriere an den Nagel gehängt, sein Exil geteilt, hunderte Male seine Gläubiger abgewehrt, außerdem seine Tiere gepflegt und ihm ständig Massagen verabreicht. Sie war ihm also eine gute Frau gewesen. Und sie selbst? War sie Dirk eine gute Frau? Brigitte fand ja. Weitgehend. Nur gegen seinen brennenden Ehrgeiz hatte sie kein Rezept gefunden. Eigentlich wie Fricka. Aber die konfrontierte ihren Wotan anders als sie Dirk. Argumentierte ihn nieder, bis er nichts mehr zuzusetzen hatte. Ich bin nicht wie Fricka, dachte Brigitte niedergeschlagen. Choleriker liegen mir einfach nicht.

Die Tür klappte. Schon? Wenn Dirk früher nach Hause kam, bedeutete das sicher, dass er sein Kapitel fertig bekommen hatte und sie jetzt um Mithilfe bitten würde. Aber sie würde ihr Lektorat hinziehen. Vorwände erfinden, warum es so lange dauerte. Bis zum Tag X. Dem Punktionstag. Wahrscheinlich gleich Montag nach *Siegfried*. Damit Dirk dann auch mitkam und seinen Samen ablieferte. Und dann bräuchte sie ihn nicht mehr. Punkt. Der Befruchtungsvorgang würde noch vor der *Götterdämmerung* stattfinden, aber damit hatte Dirk nichts mehr zu tun. Danach hieß es vierzehn Tage warten, bis die Schwangerschaft festgestellt wurde. Und wenn sie dabei ruhen sollte, dann würde sie sich krankschreiben lassen, aufs Sofa legen und zum ersten Mal in ihrem Leben nichts mehr tun. Schon gar nicht mit in die *Götterdämmerung* fahren. Sie lächelte. Ja, wahrscheinlich wird meine letzte Oper *Siegfried* sein. Und das passt gut.

Handeln

Eva: Freust du dich auf Sonntag?

Kurt: Ich weiß nicht recht. Ich hatte wegen des Symposiums wenig Zeit, mich auf die *Walküre* einzustellen. Und das *Rheingold* zu verdauen.

Eva: Was gab es denn da für dich zu verdauen? Aber du warst wirklich viel weg. Liegt morgen was an? Freitag. Da gehst du ja noch mal zu Annegret in die Praxis. An dem Abend hab ich die Lesung zu moderieren. Diesen Norweger. Du wolltest nicht hinkommen, oder?

Kurt: …

Eva: Kein Problem. Ich glaub, der sagt dir sowieso nix. Haben wir's wenigstens Samstag mal ruhig?

Kurt: Ich weiß noch nicht.

Eva: Was weißt du noch nicht? Ob du Freitag zur Lesung mitkommst oder ob wir es Samstag ruhig haben?

Kurt: …

Eva: Was ist denn?

Kurt: Eva, bitte lass mich doch einfach in Ruhe. Ich kann es eben noch nicht genau sagen.

Eva: Wieso nicht?

Kurt: …

Eva: Wieso kannst du einfache Fragen nicht beantworten? Du wirst doch wissen, ob du mit mir den Samstag verbringst oder nicht, ob du vormittags mit zum Markt kommst oder nicht, ob du mit zu Fabio zum Kaffee willst oder nicht, ob wir am Nachmittag einen Spaziergang machen oder nicht, ob wir genug Kaminholz haben oder nicht und uns abends an den Kamin setzen oder nicht … Sind das nicht ganz einfache, berechtigte Fragen, die man als Ehefrau stellen und auf die man sogar eine Antwort erwarten darf? Die auch gern nein heißen kann!

Kurt: …

Eva: Oder, Kurt?

Kurt: …

Eva: Also gut, dann eben nicht. Was ist bloß schon wieder. Immer ist was.

Kurt: Kaminholz ist genug da.

Eva: Was willst du mir damit sagen?

Kurt: Du hattest danach gefragt.

Eva: Eigentlich wollte ich nichts als wissen, ob du dir vorstellen könntest, dass wir mal einen ruhigen Abend gemeinsam am Kamin verbringen und uns aus gegebenem Anlass aus der *Walküre* vorlesen, nachdem wir uns die Woche über kaum gesehen haben. Aber ich habe den Eindruck, du willst mich falsch verstehen.

Kurt: Ja, ich kann es mir vorstellen.

Eva: Bist du verliebt?

Kurt: Bist du wahnsinnig?

Eva: Du benimmst dich wie ein Verliebter: bist geistesabwesend, willst dich nicht festlegen, bist komisch.

Kurt: O.k., Eva. Ich bin nicht verliebt. Ich versuche zu »handeln«.

Eva: Ach so, das wieder.

Kurt: Ja. Das, worüber wir neulich sprachen.

Eva: Du hattest gesagt, dass du dich von der Musik überwältigen lassen wolltest. Ich gebe jetzt deine Worte wieder. In die Handlung reinziehen lassen. Was Innerliches also.

Kurt: Ja. Nein. Nicht einfach nur in die Handlung, mein Gott. In das Gesamte. Und das hab ich auch getan. Und dadurch bin ich in etwas geraten, in eine … in eine Verfassung. Wenn ich in der Uni bin, kann ich dem nicht nachgeben, da muss ich ja präsent sein, arbeiten. Da muss ich einfach wie immer sein.

Eva: Semper idem?

Kurt: Meinetwegen … Aber hier zu Hause, da will ich dieser Verfassung nachgeben. Irgendwo muss man das doch tun können, Herrgott.

Eva: Was ist das denn für eine »Verfassung«?

Kurt: Ich möchte einfach nur handeln.

Eva: Das sagtest du schon. Wie darf ich mir das vorstellen?

Kurt: Nicht planen. Planen und handeln sind zwei verschiedene Dinge. Du bist immer am Planen. Wann dies, wann das.

Eva: Wieso ich? Das *Ring*-Projekt hast du geplant. Kein Handeln ohne Planen. Das verbindet sich doch! Erst planen wir etwas, wir schaffen mit dem Planen einen Rahmen fürs Handeln, dann kann man darin handeln wie man will.

Kurt: Ja, der Rahmen ist mir aber zu eng, verstehst du? Ich komm mir vor wie von dir in einen Laufstall gestellt: erst zum Markt, dann Spaziergang …

Eva: Herr im Himmel, ich geh auch sehr gern allein zum Markt! Tu doch nicht auf einmal so, als ob ich dich nötige, meinen Tagesablauf mitzumachen. Außerdem warst du es, der immer mit zum Markt wollte und hinterher zu Fabio, Kaffee trinken und mit Otto reden dort. Laufstall, bei dir piepts ja. Mach mich nicht zur Mutter. Hab ich neulich in der *Brigitte* gelesen: Alle Männer machen ihre Frauen auch zu ihrer Mutter. Hätte ich von dir gar nicht so gedacht!

Kurt: Ach Eva, hör doch auf. Das mit dem Laufstall ist mir nur so rausgerutscht. Das passt nicht zu dir. Ich weiß das doch! Du willst mich nicht einengen! Für dich ist es was ganz Natürliches nachzufragen, wann dies und wann das. Ob so oder so. Und offenbar war es das bisher für mich auch! Aber jetzt nicht mehr. Weil ich seit *Rheingold* in einer anderen Verfassung bin!

Eva: Sag ich ja. Verliebte sind immer in einer anderen Verfassung.

Kurt: Hör doch bitte mit dem Quatsch auf. Es hat mit der Oper zu tun. Oper. Opus. Opera – die Werke, das GETANE!

Eva: Wird aber auch übersetzt mit Arbeit. Mühsal. Ich finde deine Verfassung für mich etwas mühsam.

Kurt: Ich versuch es jetzt mal von einer anderen Warte aus zu erklären. Nennen wir das »Handeln« einfach »Bauchhandeln«. Guts feeling. Hochaktuell im wissenschaftlichen Diskurs übrigens. Durch Wagner bin ich ins Rechtshirnige rübergerutscht. Und für das Bauchhandeln braucht man weiter gesteckte Rahmen. Sonst klappt da nichts. Man braucht Raum und Zeit, um in den sogenannten Bauch hineinzufühlen! Im Kopf ist man sowieso. Da kennt man sich aus, da ist alles eng: »›Warum soll ich nicht beim Gehen‹, Sprach er, ›in die Ferne sehen? / Schön ist es auch anderswo, / Und hier bin ich sowieso.‹« Nun ersetze »Ferne« durch »Bauch«.

Eva: »Hierbei aber stolpert er / In den Teich und sieht nichts mehr.« Meine Oma hat uns auch oft Wilhelm Busch vorgelesen.

Kurt: Können wir nicht vereinbaren, dass du mal eine Weile lang – sagen wir: jetzt den Januar über, während des *Ring*-Projekts –, dass du mich einfach mal nicht verplanst. Dass wir gar nichts vereinbaren. Man muss das doch nicht. Kann, aber muss nicht.

Eva: Also, dass einer neben dem anderen herlebt, wie es gerade passt? Je nach Bauchimpuls? Also dass ich, wenn ich morgens den Frühstückstisch decke, deinen Rübensaft nicht hinstelle, sondern nur mein Quittengelee? Meinst du das? Auch nicht sage, ob und wann ich mich mit Annegret verabredet habe, wann ich nach Hause komm, was es für Einladungen oder Termine gibt… Aber dich bitten, die Flaschen hochzutragen ist erlaubt!

Kurt: Du machst dich lustig.

Eva: Ich bin todernst.

Kurt: Ja. So möchte ich es. Keine Planungen, nur »Handlungen«. Spontaneität, kann man auch modern sagen. Ungeplante Aktivität. Wusstest du eigentlich, dass Wagner *Tristan und Isolde* im Untertitel »Eine Handlung« nennt?

Eva: Nein, das habe ich bisher übersehen. Kann ich gar nicht nachvollziehen. Die reden doch stundenlang, also singen, und tun rein gar nichts.

Kurt: Im Gegenteil: Sie überlassen sich ihren spontanen Gefühlsregungen im Hier und Jetzt. Ihr bisheriger Lebensrahmen wird per Zaubertrank aufgelöst. Stundenlang selbstvergessen Liebesworte austauschen ist reines »Handeln«. Liebeshandeln. Kannst du alles bei Schopenhauer nachlesen. Bei *Tristan und Isolde* fällt Reden und Handeln eben zusammen. Der Unterschied löst sich auf. Für solche spontanen »Handlungen« muss man sich, wie Thomas es ausdrückt, entgrenzen.

Eva: Wenn ich den Tisch decke, muss ich mich doch nicht entgrenzen.

Kurt: In Wahrheit doch. Wenn du dich natürlich wie eine Maschine durch den festgesteckten Tagesablauf hangelst, dann merkst du es nicht. Eva, ich sage damit nicht, dass du das tust! Es ist nur ein Beispiel. Von Plan zu Plan fühlt man wenig. Höchstens so etwas wie Sicherheit. Wenn du also isst, weil es acht Uhr ist. Aber wenn du isst, weil du wirklich Hunger hast, dann »handelst« du. Und fühlst etwas.

Eva: Dass Essen was mit dem Bauch zu tun hat, ist klar. Ich fühle aber auch sonst immer mal was – beim Kochen, beim Spazierengehen. Und jetzt fühl ich, dass du merkwürdig unbeholfen bist im Erklären, in was für eine Verfassung du geraten bist durch *Rheingold*. Sogar schon bevor die Oper überhaupt angefangen hat! Auf der Hinfahrt nach Dresden schon. Auf der Rückfahrt hast du ja weitgehend geschwiegen. Weil du so angeschlagen warst. Was am nächsten Tag wieder besser war. Und das verunsichert mich alles. Das ist ein Gefühl, Unsicherheit, ja? Nun, vielleicht bist du krank. Manchmal kann was Seelisches wie deine »Verfassung« auch von was Körperlichem herrühren. Ich bin froh, dass du gestern bei Annegret warst und morgen zu den Untersuchungen gehst. Dass mal abgeklärt wird, was los ist.

Kurt: Worauf willst du eigentlich hinaus: Alzheimer? Hirntumor? Blander Schlaganfall?

Eva: Ach Kurt. Ich wollte dich nicht verletzen. Ich hab keine Ahnung und auch keinen Verdacht! Wie du es mir jetzt unterstellst. Lass uns aufhören, darüber zu reden. Du bist einfach anders als sonst. Veränderung ist eine Herausforderung für den Partner, ja? Es muss keine Krankheit sein. Ich merke, es ist dir ernst. Ich merke auch, dass deine »Verfassung« zwar eine Kritik an mir beinhaltet …

Kurt: Nein! Gar nicht!

Eva: Stichwort: »Laufstall«, aber ich merke, dass du mir nicht wehtun willst. Daraus schließe ich, dass das Ganze also mehr mit dir zu tun hat und Gott sei Dank weniger mit mir. Dass du vielleicht was suchst. Oder versuchst. Also gut, dann versuche ich jetzt eben auch, mich auf deine Verfassung einzustellen, selbst wenn ich sie nicht recht verstehe. Also: Die Devise ist nebeneinanderher leben. Nach Bauchimpuls. Abgemacht. Ich probier's.

Kurt: Eva … äh, danke. Weil du so bist, führen wir eine glückliche Ehe.

Eva: Nicht nur deshalb.

Kurt: Du hast immer das letzte Wort.

Eva: Nein.

Dienstag

Thomas betrat hinter dem letzten Dienstagspatienten seinen Praxisraum. Heute würde es schwer werden, das hatte er bei der Begrüßung sofort gemerkt. Herr M. setzte sich sehr langsam, wie schwerfällig, und nahm nur den vorderen Teil des Sessels in Anspruch. Mit dem Schreibbrett in der Hand lehnte sich Thomas zurück und schaute seinen Patienten an, der sich vorbeugte, beide Unterarme auf die Oberschenkel stützte und unverwandt auf den Boden starrte. Da Herr M. seinen Kopf gesenkt hielt, sah Thomas direkt in dessen kräftiges, dunkelbraunes Haar. Mit einem Wirbel. Er ist jünger als ich, dachte Thomas und fuhr sich geistesabwesend über den Kopf. Seine Haare begannen sich zu lichten, was ihn ärgerte.

Unbeweglich fixierte Herr M. den Teppichboden zwischen seinen braunen Schuhen. Thomas versuchte, das Schweigen, das sich wie Ringe auf einer Wasseroberfläche ausbreitete, zu ergründen. Wahrscheinlich gab es schlimme neue Werte vom Sohn. Vielleicht hatte Herr M. sie gerade erst erfahren; es war dem Sohn ja neulich besser gegangen, und er suchte jetzt nach Worten für seine Angst, seine Verzweiflung. Unterdrückte das Weinen vor Thomas. Manche Patienten sprudelten gleich los, ließen schwallartig und oft tränenreich ab, was sie belastete. So war Herr M. nicht. Er betonte immer, er sei ein völlig normaler Mensch, dem aber zu Schlimmes passiert sei. Wollte Herr M. Thomas etwa schonen? Oder war er überwältigt und schwieg deswegen? Nein, er glaubte nicht daran, dass Reden etwas brachte. Dass überhaupt noch irgendetwas helfen konnte.

Ja, er ist resignativ, dachte Thomas. Schlimmer. Versteinert. Dissoziation als Schutz vor vernichtenden Gefühlen, es war ihm fachlich alles klar. Er hat aufgegeben. Die ganze Zeit hat er noch geglaubt, dass sein Sohn es schafft. Hat mit ihm gegen den Tod angekämpft. Und jetzt weiß er, es ist sinnlos. Thomas merkte, wie das Mitleid in ihm aufwallte. Aber wie konnte er es ausdrücken? Was konnte er diesem Mann geben? Er fühlte sich hilflos. Warum? Auch andere Patienten hatten sehr Schweres erlebt. Was war mit ihm und diesem Herrn M., dass er immer sofort an seine Grenzen kam? Er fand den Zugang zu ihm nicht.

Thomas beugte sich vor und fragte: »Haben Sie neue Werte von Ihrem Sohn?« Schon während er es sagte, kamen ihm seine Worte dürr und steril vor. Werte. Worte. Nichts drückte er aus damit. Er empfand sich selbst als dürr und gefühllos. Herr M. antwortete nicht. Er hob nur leicht die Schultern. Eine minimale Bewegung. Der Hauch einer Bewegung. Das Leid hat ihn so durchdrungen, dachte Thomas, dass nur ein Hauch übrig ist von ihm. So wie von seinem Sohn.

»Herr M., würde es Ihnen nicht guttun, wenn Sie mir mitteilen könnten, was Sie bewegt?«, fragte er. Wie gestelzt diese Formulierungen daherkamen. Was redete er ihn wie einen Psychiatriepatienten mit dem Namen an, als müsste er ihn daran erinnern, wer er sei. Mein Gott. Herr M. bewegte sich nicht.

Thomas lehnte sich zurück und ließ sein Schreibbrett sinken. Lass ihn in Ruhe, dachte er. Es wird schon. Wenn du selbst an die Kraft der Anteilnahme glaubst, dann kann er sich dir anvertrauen. Er schloss einen Moment lang die Augen und sah in eine russische Weite, spätherbstlich graubraun, ohne Schnee, schmutzig. In der Ferne tauchte ein schwarzer Punkt auf, der langsam näher kam. Es war ein Mensch, ein Mann. Je näher er kam, desto klarer wurden seine Konturen: die eines Soldaten. Thomas wollte das Bild verscheuchen, öffnete die Augen und sah seinen Patienten an. Aber auch vor dem geöffneten Auge kam der Soldat unaufhaltsam auf ihn zu, bis er direkt vor ihm stand. Sein Gesicht erinnerte ihn an das Foto eines Onkels, der im Krieg gefallen war, ein junges Gesicht, aschfahl. Der Soldat schaute ihn kurz direkt an, dann ging er weiter. Er entfernte sich geräuschlos wie er gekommen war, wurde immer kleiner und verschwand. Ich hätte ihn ansprechen, anhalten sollen, dachte Thomas. Aber wenn ich ihn berührt hätte, wäre er nicht in Staub zerfallen?

Das Bild bewegte ihn. Wieder schaute er in das kräftige Haar von Herrn M. Haare wachsen bei Toten weiter, dachte er. Dann kamen ihm die Walküren in den Sinn. Junge Mädchen, die die gefallenen Krieger zu Wotan geleiten, in das Paradies der gefallenen Helden. Ihm wurde übel vor dieser Verherrlichung des Todes. Er hasste Wotan plötzlich, diesen Oberkriegsherrn. Einen Todessüchtigen. Mit dem grandiosen Palast nur für tote Männer und ein paar Götter. Seltsamer Geisteswandel!, dachte er. Erst gefiel mir Wotan doch so. Bin ich selbst todessüchtig?, fragte er sich irritiert und verlor sich in einen Wirrwarr verschiedenster Eindrücke. Mit einem kleinen Ruck setzte er sich auf. Du beschäftigst dich hier mit Wagner, weil du sein Schweigen nicht erträgst. Du lässt ihn hängen. Aber er, er lässt mich auch hängen! Lässt den Kopf hängen mit seinem Haarwirbel, und ich soll alles gutmachen. Heile, heile Gänschen, wie bei Nico, wenn der sich gestoßen hat.

Thomas schluckte gegen einen würgenden Schmerz an. Das Lied hatte Herr M. seinem Sohn früher sicher auch vorgesungen. Und dieser Sohn liegt im Bett und hat keine Mutter mehr, die bei ihm sitzt und ihn tröstet. Kurz nachdem Herr M. die Diagnose erfahren hatte, hatte er Thomas einmal gefragt: »Meinen Sie, dass mein Sohn einfach zu seiner Mutter will?« Herr M. ging davon aus, dass der Sohn ohne die Mutter nicht leben konnte. Und: dass dem Sohn mit der toten Mutter der lebende Vater egal war. Thomas hatte damals gesagt: »Nein, das ist nur Ihre Angst. Sie sind wichtig für Ihren Sohn. Ihr Sohn will leben.« Damit hatte er Herrn M. sehr geholfen. Es hatte ihn aufgerichtet.

Wenn der Sohn geht, dann geht er auch, dachte Thomas.

Und ich, wie kann ich ihn halten? Was ist er denn ohne Frau und Sohn? Könnte ich Nico halten? Wenn wir Ulrike verlören? Ein unvorstellbarer Gedanke. Ohne Ulrike – Thomas merkte plötzlich: Ohne Ulrike hätte er keine Gefühle mehr. Er spürte Nico gar nicht. Nur den betäubenden Verlust. Obwohl er Nico doch so liebte.

Thomas atmete schwer. Herr M. hob den Kopf. Sie sahen einander schweigend in die Augen. Plötzlich nahm Thomas das Schreibbrett und seinen Kuli und hielt beides Herrn M. hin: »Machen Sie die Augen zu, und malen Sie etwas darauf«, sagte er. »Lassen Sie Ihre Hand malen, was sie will.« Herr M. nahm langsam das Schreibbrett an, legte es quer auf seine Oberschenkel und hielt den Kuli unschlüssig in der Hand. Eine Weile blickte er auf den Stift wie auf einen nie gesehenen Gegenstand, der ihm nicht ganz geheuer war. Dann schloss er die Augen. Erst zögernd, dann kräftiger begann er Linien auf das Blatt zu zeichnen, auf das Thomas oben links das Datum, in die Mitte Herrn M.s Namen und unter den Namen einen langen Strich gezogen hatte. Strich bedeutete in Thomas Aufzeichnungen, dass der Patient schwieg.

Herr M. malte, und Thomas sah ihm erleichtert zu. Was die im Institut wohl sagen würden zu dieser Intervention? Ihm bestimmt vorwerfen, dass er das Schweigen nicht mehr ausgehalten hatte, und ihn fragen, was das mit ihm zu tun habe. Ihn ermahnen, dass man das Schweigen mit dem Patienten tragen müsse. Ratschläge sind auch Schläge, dachte Thomas wütend. Hier geht's nicht um richtig oder falsch, das Einzige, was viele Kollegen interessierte. Hier geht es um das Leben selbst.

Herr M. hörte auf zu kritzeln und hielt Thomas Stift und

Brett hin. Mit der Geste hatte er etwas von einem Jungen, der dem Lehrer sein Heft zeigt. Thomas legte das Brett auf den Boden vor ihnen beiden. Dicht nebeneinander hatte Herr M. zwei Kreuze gemalt. Und einen Wirrwarr weiter rechts. Und dann noch einen schwarzen dicken Kreis aus vielfach verschlungenen Linien. Beide starrten auf die Zeichnung. Thomas fragte: »Wenn ich es gemalt hätte, was würden Sie denken?« Herr M. sah ihn erstaunt an und räusperte sich: »Dass … dass Ihre Frau und Ihr Kind gestorben sind.« Seine Stimme klang rau. »Dass Sie auch nicht mehr leben wollen« – er deutete auf den Wirrwar – »und dann einen Punkt setzen.« »Ja, und da hätten Sie recht«, sagte Thomas. Er schwieg. »Ich weiß nicht, wie ich Ihnen helfen kann«, sagte er schließlich. »Ich weiß es nicht. Was Ihnen geschieht, ist zu schlimm.« Er weinte.

»Vielen Dank«, sagte Herr M. nach einem langen Augenblick schlicht und fing an zu erzählen, wie alle immer ihre Fassung bewahrten: die Schwestern, die Ärzte, die Arbeitskollegen. Und er selbst auch. Und sein Sohn am meisten! Er erzählte und erzählte. Thomas sei der einzige Mann, der bisher geweint hätte. Und dass er selbst die Fassung verlieren wolle, aber nicht könne. »Ich bin ein Stein«, sagte Herr M., »aber dass Sie weinen, hat mich … hat mich … gewärmt.« »Ich habe auch einen Sohn«, sagte Thomas. Es war gegen jede therapeutische Regel, den Patienten etwas über das eigene Privatleben zu erzählen, aber es war ihm egal. »Der hängt auch sehr an seiner Mutter. Aber er hängt auch an mir. So wie Ihr Sohn an Ihnen. Liebe und Leben, das ist eins. Nur wenn Sie keinen Punkt setzen, können Sie Ihren Sohn und Ihre Frau in sich aufbewahren. Dann bleiben sie am Leben,

Sie alle drei.« Herr M. nickte. »Ich weiß«, sagte er. »Trotzdem.« »Trotzdem was?«, fragte Thomas. »Es ist ein Leben wie ein Sterben.«

Thomas nickte. Sie schauten sich an. Herr M. stand auf. Es war erst eine halbe Stunde vergangen. »Ich geh jetzt zu meinem Sohn. Die Werte sind schlimmer geworden. Da hab ich den Arzt gefragt, ob ich ihn in ein Hospiz bringen soll. Der hat Ja gesagt. Und da wusste ich Bescheid. Es war eigentlich mehr 'ne Testfrage von mir gewesen. Ob man noch was machen kann oder nicht. Und als der Arzt Ja sagte, da hab ich die Hoffnung aufgegeben.« »Ich weiß«, sagte Thomas. »Ich hab es gemerkt, als Sie reinkamen.« »Ich will ihn in ein Hospiz bringen. Raus aus der Klinik. Bei mir in der Nähe. Ich komme dienstags aber weiter zu Ihnen. Nur wenn es meinem Sohn zu schlecht geht, komm ich nicht. Wäre das in Ordnung?«

»Ich komme zu Ihnen ins Hospiz, wenn Sie wollen«, sagte Thomas. »Ich gebe Ihnen meine Handynummer. Sie schicken mir einfach eine SMS.« Herr M. schwieg. Er drehte sich um und ging zur Tür. »Wir haben eigentlich noch etwas Zeit«, sagte Thomas. Herr M. wiederholte: »Noch etwas Zeit. Danke.« Er verließ den Raum.

Krank

So leise wie möglich drehte Ulrike den Schlüssel im Schloss, schlüpfte ins Haus, stellte die Aktentasche mit dem Packen der Leistungskursklausuren ab und ließ Mantel, Handschuhe und Mütze fallen. Angestrengt lauschte sie nach oben: Stille.

Aus Nicos Krankenzimmer war nichts zu hören; da konnte sie sich schnell einen Tee aufbrühen, bevor sie ihre Mutter ablöste. Auf der Herfahrt hatte sie einen seltenen Moment der Dankbarkeit ihrer Mutter gegenüber empfunden, die ihr das kleine Haus als vorgezogenes Erbe zu Nicos Geburt überschrieben hatte. Die Mutter hatte es einige Jahre zuvor gekauft, aber nie selbst genutzt, sondern war in ihrer alten Wohnanlage ganz in der Nähe geblieben: »So kann ich gut bei euch Omadienst versehen.«

Und diese Nähe war jetzt einmal wirklich nützlich, dachte Ulrike beim Hantieren in der Küche, auch wenn ihr das Wort »Omadienst« verhasst war. Bedrängend und beredt hatte ihre Mutter auf einen Enkel gehofft, der ihr nach dem Ausstieg aus dem »Schuldienst« neuen Lebenssinn geben sollte, denn der Tag ihrer Pensionierung – auch ihre Mutter war Studienrätin, aber naturwissenschaftlich ausgerichtet, mit den Fächern Mathematik und Chemie – war ihr als »Tag des Gerichts« erschienen und das verordnete Nichtstun als »Guilloutinierung«: »durch die man aus einem brauchbaren Mitglied der menschlichen Gesellschaft im Handumdrehen unnütze Klumpen macht!« Ja, ihre Mutter konnte drastisch sein, und ihr Warten auf den »Omadienst« hatte einen schrecklichen Druck auf Ulrike ausgeübt. Ihre Mutter war überhaupt besser in Abwesenheit zu ertragen, dachte sie mit leisem Schuldgefühl und rührte ihren Tee um. Mit ihrer schlagenden Vereinfachungswut, ihrer klaren Weltsicht, die sie früher den Schülern vorgetragen hatte, die sich nicht wehren konnten. Ebenso wie sie selbst. Insgeheim gab Ulrike der Mutter die Schuld daran, dass es so lange gedauert hatte, bis Thomas und sie ein Kind bekamen. Ihrer Ansicht nach hatte nämlich dafür jahrelang in ihr eine besondere Mutter-Wehrhaftigkeit heranreifen müssen, die andere Frauen offenbar nicht benötigten. Aber als Nico dann da war, hatte ihr Thomas doch helfen müssen, den »Omadienst« auf ein erträgliches Minimum zu drosseln. Zigmal hatte die Mutter unangekündigt vor der Tür gestanden, zigmal türenwerfenderweise verkündet, so könne man nicht mit ihr umgehen, sie würde sich das Zugangsrecht zu ihrem Enkel erstreiten. Ulrike seufzte. Das alles war ja seit dem *Ring*-Entschluss besser geworden. Nico verbrachte mehr Zeit mit seiner Oma. Und jetzt brauchten sie die Oma erstmals wirklich, denn Nico war krank. Er hatte die ganze Nacht gehustet. Wegen der Leistungskursklausuren meinte Ulrike keinen Kinderkranktag nehmen zu können und hatte ihre Mutter herübergebeten.

Leise setzte Ulrike ihre Tasse ab, stellte bei einem Blick in den Flurspiegel fest, wie blass und übernächtigt sie aussah, huschte auf Socken die Treppe nach oben, wobei sie die knarrende dritte Stufe ausließ, und betrat auf Zehenspitzen das Kinderzimmer. »Gott, hast du mich erschreckt«, fuhr ihre Mutter zusammen und ließ das dicke Rätselbuch mit den Sudokus fallen. Es polterte auf die hölzerne Spieluhr neben dem Bett und brach eines der »Guten Abend, gute Nacht« singenden Rehe ab. Diese Unachtsamkeit! Typisch ihre Mutter, dachte Ulrike voll Ärger. Die Spieluhr war das Geburtsgeschenk von Kurt und Eva. Teuer und schön. Nico hörte die Melodie jeden Abend. Er liebte seine Spieluhr.

Natürlich, das konnte ja nicht ausbleiben: Nico regte sich und schlug die Augen auf: »Mama?« »Oma ist ja da«, sagte die Oma, »Schlaf weiter, kleiner Nico, bist ja gerade erst eingeschlafen, müdes Prinzchen …« Aber Nico hustete und streckte die Arme nach Ulrike aus. »Hast du ihm die Tropfen gegeben?«, fragte Ulrike die Mutter. »Die wollte er nicht. Ich hab ihm Zuckerwasser gemacht.« »Zuckerwasser?« »Ja, das hat bei dir damals auch immer gewirkt. Ist sowieso besser als die Tropfen, da ist Codein drin, das macht Verstopfung.« Ulrike war zu müde, um zu reagieren. Verdauung war das Lieblingsthema ihrer Mutter. Zu müde, zu besorgt und zu ärgerlich. Sie unterdrückte einen Kommentar, denn Nico hustete und bellte, er würgte und erbrach sich schließlich. Geistesgegenwärtig zog sie ein Handtuch heran und hielt Nicos heißen Kopf.

»Kannst du bitte mal bei Dr. Lahrsen anrufen? Die Praxisnummer steht auf dem kleinen Notizbrett am Kühlschrank«, bat sie ihre Mutter. »Du übertreibst. Das ist 'ne ganz normale Kinderkrankheit, die stärkt die Abwehrkräfte, ich mach ihm jetzt Wadenwickel.« Die Oma stapfte aus dem Zimmer, zu rasch für Ulrikes Protest. Und hatte die Mutter nicht vielleicht recht? War sie nicht überbesorgt? Das fand ja Thomas auch. Sie schob dem still und erschöpft daliegenden Nico ein Fieberthermometer in den Mund. Trank er genug? In dem Becher auf dem Nachttisch war genauso viel Tee wie am Morgen. Sie hielt ihm den Becher hin, er drehte den Kopf weg: »Ich mag nicht.« »Du musst viel trinken, Nico, dann wirst du schneller gesund.« Andererseits hatte er sich übergeben. Bei Erbrechen Cola, hatte der Arzt mal gesagt. Sie hatten keine Cola.

Die Mutter kam zurück mit einer wassergefüllten Schale, in der Handtücher lagen. Resolut klappte sie das Deckbett zurück. Nico klapperte und weinte, als sie ihm die Pyjamahose herunterzog und das erste nasse Handtuch um sein Bein zu wickeln begann. Er strampelte und schrie wie am Spieß. Ulrike fiel ihrer Mutter in den Arm: »Lass das. Ich geb ihm ein Zäpfchen. Er hat über 39 Grad.« »Ja, deswegen ja die Wickel!« Die Mutter bekam den schneidenden Ton, vor dem sich ihre Schüler gefürchtet hatten. Und nicht nur die. »Nicht Wickel! Keine Wickel!«, schrie Nico. »Lass es, Mutter«, sagte Ulrike nachdrücklich. »Er kriegt ein Zäpfchen.« »Na, du musst es ja wissen. Ist ja dein Sohn. Wird 'n schönes Weichei, wenn du so weitermachst.« Ihre Mutter wandte sich ab.

O Gott, dieser barsche Ton, wie Ulrike ihn verabscheute. Fast noch mehr als den schneidenden. Thomas hatte ihr erklärt, ihre Mutter rivalisiere mit ihr, fühle sich aber unterlegen und rette sich ins Abweisende. Tatsächlich hatte Ulrike diese Sicht geholfen, sich nicht immer wie niedergewalzt zu fühlen. Und jetzt half sie ihr, sich trotz der Erschöpfung zusammenzureißen: »Komm, Mutter, nun lass uns nicht streiten. Nico ist eben empfindlicher als ich damals.« »Ja, warum wohl?«, schnaubte die Mutter. »Bitte«, entgegnete Ulrike so sachlich wie möglich, »könntest du eben zur Tankstelle gehen und eine Flasche Coca-Cola holen?« »Wie bitte? Cola? Wenn du so müde bist, trink doch Kaffee.« »Es ist für Nico. Cola ist gut bei Übelkeit.« »Wo hast du das denn her? Fencheltee ist gut bei Übelkeit.« »Nico mag keinen Fencheltee. Die Ärzte sagen, man soll bei Übelkeit das geben, worauf der Patient Appetit hat.« Die Mutter verdrehte die Augen: »Wenn ich essen würde, worauf ich Appetit hab, dann würde ich zu jeder Mahlzeit 'ne Abführtablette einnehmen müssen.« »Cola ist gegen Übelkeit. Nicht gegen Verstopfung«, sagte Ulrike, hartnäckig um einen ruhigen Ton bemüht. Ihre Mutter stand auf und verließ den Raum.

Offenbar hatte sie gewonnen, wenn Thomas These stimmte. Erschöpft setzte sich Ulrike neben Nicos Bett. Er sah sie mit fiebernden Augen an. »Ist Oma böse?« »Nein, Nico«, sagte Ulrike und kühlte ihm die Stirn mit dem nassen Handtuch. »Sie meint es gut.« Mit dem Fuß stieß sie an die Spieldose und schob sie vorsichtig zu Seite. »Mama, ich mag dich«, sagte Nico. »Muss ich sterben?« »Aber Nico!« Erschrocken sah sie ihren Sohn an. »Du hast 'ne ganz normale Kinderkrankheit. Danach bist du noch stärker als jetzt schon. Wirst sehen. Wie kommst du denn auf sterben?« »Das war auf der Märchenkassette.« Nico gab keine weiteren Erläuterungen, so dass Ulrike ihn liebevoll auf die Seite drehte. »Weißt du was? Ich geb dir jetzt ein Zäpfchen, dann schläfst du, und dann wird's besser.« Nico ließ sich widerstandslos das Zäpfchen einführen und blieb, ohne sich zu rühren, auf der Seite liegen mit seiner marmorierten Haut, die er immer bekam, wenn er krank war. »So ist Sterben«, sagte er. »Ganz still sein.« Ulrike streichelte ihn und zupfte ihn etwas am Ohr. »Au!« »Siehst du, du stirbst nicht. Und was sollte ich denn ohne dich machen?«, rutschte es ihr etwas pathetisch heraus. Sie zog die Spieldose auf. Das Spielwerk funktionierte noch, aber das abgebrochene Reh sah traurig aus, wie es sich hängend und wackelnd drehte. Hoffentlich konnte man es kleben.

Mit schnellen, energischen Schritten kam ihre Mutter die Treppe herauf und stellte voller Verachtung eine Flasche Cola und ein Glas auf den Nachttisch. Schnell träufelte Ulrike Nico die Codein-Tropfen ein und ließ ihn die Cola in kleinen Schlucken hinterhertrinken. »Mhm«, sagte er. »Wie Große.« »Ja«, sagte Ulrike. »Wenn du wieder gesund bist, bist du schon wieder ein gutes Stück größer. Mamas großer Nico.« »Leg dich zu mir, Mama«, sagte Nico. Ulrike streckte sich neben ihm aus, machte ihrer Mutter Zeichen, dass sie jetzt gehen könne, und hauchte ein »Danke« in ihre Richtung. Dann zog sie eine Wolldecke heran und deckte sich zu. Nico schlief an sie geschmiegt unmittelbar ein, und auch Ulrike fühlte, wie sie einnickte. »Na, dann geh ich denn mal«, hörte sie die Stimme ihrer Mutter wie von fern. Ulrike machte die Augen nicht auf und murmelte nur ein weiteres leises »Danke«.

Als sie aufwachte, war es früher Nachmittag. Nico schlief immer noch. Sie hatte Sorge, ihn durch ihr Aufstehen aufzuwecken, aber musste aufs Klo. Millimeterweise pirschte sie sich vom Bett und auf Zehenspitzen zur Tür. Nico schlief in ihrem alten Bett, das Thomas ihm an drei Seiten mit Ablagen umbaut hatte, so dass er immer inmitten seiner Lieblingsspielsachen lag. Gott sei Dank, er rührte sich nicht. Kein Wunder, er hatte die ganze Nacht wach gelegen. Auch die kommende Nacht würde wahrscheinlich wieder schlimm werden, aber immerhin konnte sie am Donnerstag zu Hause bleiben. An der Schule war ein Projekttag angesetzt worden, und ihre Referendarin würde den Kurs betreuen. Die Schule sollte umbenannt werden, und alle mussten etwas über die vorgeschlagenen Namensgeber ausarbeiten. Ulrike hatte Wilhelm-Friedemann-Bach-Schule angeregt.

Puh! Erst einmal Zähne putzen, den schlechten Geschmack im Mund wegbekommen. Wurde sie auch krank? Bloß nicht. Nico wurde immer am schnellsten gesund, wenn sie eine Weile alles andere aufgab und sich seinen Bedürfnissen anpasste. Wachte, wenn er wachte, schlief, wenn er schlief. Ein bisschen wie in seiner ersten Säuglingszeit. »Sleeping in snatches«, fiel ihr ein. T. S. Eliot, *The Journey of the Magi*. Hatte sie vor Weihnachten mit dem Kurs behandelt. War nicht so gut angekommen. Die Schüler kannten einfach die biblischen Geschichten nicht mehr und verwechselten Kaspar mit Kasper und Melchior mit einem PC-Helden. Seufzend bestrich sie eine Scheibe Brot und dachte an die Kinderbibel, die sie für Nico gekauft hatte. Die gleiche, die sie früher gelesen hatte. Mit Bildern von Schnorr von Carolsfeld. Allein der Name Schnorr war großartig, fand sie und hörte innerlich Nicos Stimme mit »lass uns mal wieder schnorren«. Er würde später mit Literatur was anfangen können, davon war sie überzeugt. Jedenfalls würde sie die Grundlage dafür legen.

Donnerstag, Freitag, Samstag zählte sie. Ob sie Nico am Sonntag zur *Walküre* der Mutter überlassen konnte? Wollte sie es überhaupt? Immer wieder hatte ihr Thomas erklärt, wie wichtig es sei, dass Nico andere Bindungen entwickelte. Tat er ja auch. Jetzt im Kindergarten lief es gut. Musste es ausgerechnet ihre Mutter sein? Ulrike bedauerte zutiefst, dass Thomas Eltern beide schon verstorben waren. Seine Erzählungen über sie hatten sie angenehm berührt. Diese Großeltern hätten sich bestimmt an Nico erfreut und ihm zu seinem dritten Geburtstag ein Schaukelpferd geschenkt und keinen Chemiekasten, der erst für Kinder ab elf war. Ulrike verstand ihre Mutter nicht, oder vielmehr, sie verstand sie nur zu gut. Die Mutter musste sich beschäftigen, das war das ganze Problem. Sie langweilte sich durch ihre langen

Tage, und Nico war für sie die ersehnte Ablenkung. »Mein Enkel. Er kommt nach mir.« Sie konnte in Wirklichkeit jedoch wenig mit ihm anfangen. Am einfachsten war es noch gewesen, als sie Nico nur ausgefahren hatte. Stundenlang und ausdauernd. Aber seit er laufen und sprechen konnte, nervte er sie mit seiner eigenen kleinen Persönlichkeit. Das hätte ihre Mutter nie zugegeben, aber anders konnte es gar nicht sein, denn warum schob sie ihm immer die Märchenkassette ein, statt ihm vorzulesen? Das war ihr zu anstrengend. Er sollte für sie da sein und nicht umgekehrt. Wahrscheinlich ließ sie ihn fernsehen, setzte sich daneben und rätselte an ihren ewigen Sudokus. Das war ihr Idealzustand: Ihres machen und dabei Gesellschaft haben. Nein, beschloss Ulrike, sie würde zu Hause bleiben am Sonntag. Es blieben ja noch zwei Opern übrig.

Die Rückfahrt von *Rheingold* kam ihr in den Sinn, und sie lächelte. Diese Rückfahrt würde glatt für drei Opern reichen. Sie ging mit einer Tasse Kaffee die Treppe hoch und setzte sich in Nicos Zimmer. Ja, dieser Entschluss entlastete sie. Und wenn Nico wider Erwarten schneller gesund werden würde, na, dann könnte sie sich ja noch umentscheiden. Und eigentlich, dachte sie und nippte am heißen starken Kaffee, wäre es auch ganz gut, Kurt durch ihre Abwesenheit zu demonstrieren, wo ihre Prioritäten lagen. Allerdings hatte er sich mustergültig benommen. Kein tiefer Blick, keine wie zufällige Berührung. Dass sie seine Nähe während der Aufführung so beunruhigend durcheinandergebracht hatte, war ja nicht seine Schuld gewesen. Eher ihr eigenes Problem. Nein, Kurt war fast demonstrativ unbefangen aufgetreten und hatte sich ziemlich unverhohlen Annegret zugewandt.

Ulrike empfand einen leisen Stich bei der Erinnerung daran, wie Annegret ihn nach klugen oder witzigen Bemerkungen anstrahlte. Hatte Kurt das inszeniert? Ulrike zeigen wollen: Schau mal, so lenke ich jeden Verdacht von uns. Oder: Schau mal, ich bin nun drüber weg. Das passte aber nicht zu ihrer Annahme – oder war es eine Hoffnung? –, dass er das *Ring*-Projekt für sie erdacht hatte. Um sie zurückzugewinnen mit der verführerischen Wagner-Musik. Es war nicht zu klären, aber so betont hätte er Annegret in keinem Fall hofieren müssen, fand sie. Die doch eine Freundin seiner Frau war. Es war alles verwirrend. Oder war sie überempfindlich? Thomas Lieblingswort, wenn er sie kritisierte. Eifersüchtig vielleicht sogar auf Annegret? Ja, sie würde zu Hause bleiben. Kurt hin, Kurt her.

Ich habe Angst, dachte sie plötzlich. Ich hatte alles so klar weggeschoben und geordnet. Das Damals sollte mich nicht bedrohen, mein Leben mit Thomas, meine innere Ruhe. Wenn es stimmte, dass Kurt auf verdrehte Weise wieder auf sie zukommen wollte, dann sollte sie auf keinen Fall mit in die *Walküre* fahren, die schließlich die gefühlsstärkste der vier Opern war mit ihrem Feuerzauber; und was, wenn sie durch einen Zufall neben Kurt zu sitzen kam? Das eine innere Brandmal von damals reichte ihr. Hier zu Hause war sie sicher. Und außerdem – sie musste an das Parkplatzerlebnis denken –, vielleicht stimmten ja ihre ganzen Zuordnungen nicht mehr. Dass sie nie wieder solche Gefühle empfinden würde wie mit Kurt. Die Leidenschaft mit Thomas entwickelte sich – vielleicht war die Geschichte mit Kurt doch keine Schicksalseinmaligkeit gewesen. Sondern ein Vorspiel. Sie lächelte vor sich hin.

Schutzimpfung

Mit den fellüberzogenen Kopfhörern ihres iPods über den Ohren trat Annegret kraftvoll in die Pedale. Sie genoss die Bewegung und fuhr sommers wie winters mit dem Rad zur Praxis, heute mit einem amüsierten Lächeln im windgeröteten Gesicht. Lena und Merle hatten ihr eine *Walküren*-Verballhornung überspielt, die sie einen Abend lang unter großem Gegacker in Lenas Zimmer angefertigt hatten; Textcollagen, von den Mädchen mit großer Betonung deklamiert, mit feinen und groben Veränderungen, einige davon so witzig, dass Annegret immer wieder kicherte. Auf die zweite Wagner-Oper wollte sie besser vorbereitet sein als auf die erste. In *Rheingold* war sie mehr so hineingestolpert. Und gestern in Spandau hatte Eva sie so liebevoll gefragt, ob sie denn nächstes Mal nicht mit ihnen fahren wolle, dass sie gegen ihre ursprüngliche Absicht zugestimmt hatte. Nun fühlte sie sich unter Druck. Mit Eva allein lief der Gesprächsfluss leicht und locker, aber Kurt stresste durch seine pure Anwesenheit. Ihre »Wolken« vom ersten Opernbesuch hatten sich im Licht des Alltags zwar inzwischen verzogen, aber trotzdem: bloß nicht blamieren vor ihm!

Eine Ampel sprang auf Rot und brachte sie kurz zum Stillstand. Wenn sie einfach Lenas Aufnahme als CD brannte und als Gastgeschenk mitbrachte?, überlegte sie. Dann hätten sie auf der Fahrt nach Dresden alle drei was zu lachen, über Passagen wie »... noch steht des Leibes/ Glied mir sehr fest ...« oder »Des schleimigen Mets/ Süßen Trank ...« Nein. Wahrscheinlich war das Geblödel unter Kurts Niveau. Mit

Eva allerdings wäre das was anderes. Die sagte ja frank und frei, ihr reiche zur Vorbereitung der Loriot-Opernführer. Ach, sie würde in Wikipedia schauen, zu mehr würde sie einfach nicht kommen, so viel war klar; schließlich wurde in der Oper der Text angezeigt und fertig. Was sollte überhaupt dieser selbstgemachte Stress? Weg damit, dachte sie beim Absteigen, stellte ihr Fahrrad in den Unterstand und betrat die Praxis. Prüfend betrachtete sie sich im Spiegel und richtete die Haare. So. »Wonniglich weih dich dem Werk!«, begrüßte sie ihre beiden Arzthelferinnen hinter der Theke. Das Wartezimmer war fast leer, denn am heutigen Mittwoch Vormittag führte sie nur extra anberaumte Untersuchungen wie Belastungs-EKGs oder Sonographien des Herzens durch. Gundi geleitete den wartenden Patienten herein, und während Annegret damit begann, ihm den Sinn des EKSs unter Belastung zu erklären, fühlte sie wie schon so oft: Ich bin gern Ärztin.

Ihr Patient begann zu radeln; da konnte sie beim Überwachen ruhig ein bisschen vor sich hin träumen. Ja, ihre Arbeit kam ihr entgegen. Sie konnte anteilnehmend zuhören, war aber auch handfest und unbefangen abgrenzend, wo es nötig war. Den ihr entgegengebrachten Respekt genoss sie, ohne sich darauf angewiesen zu fühlen. Ebenso die Verantwortlichkeit ihres Tuns: Mein Beruf erdet mich, dachte sie nickend. Nach Alfreds Tod hatte sie deswegen bald weitergearbeitet und sogar überlegt, ob sie nicht noch eine Zusatzausbildung in Psychosomatik machen solle, dies aber wegen des hohen Aufwands verworfen. Zu ihr kamen viele Herzneurotiker. Wenn Annegret sorgsam alles Medizinische abgeklärt hatte, brachte sie diesen Patienten das Herz als »verletzlichen Sitz des Gefühls« nahe – diese Formulierung hatte sie sich lange überlegt; sie kam gut an – und empfahl ihnen eine Psychotherapie. Gut, dass sie Thomas Diesterkamp bei den Schwemmers kennengelernt hatte! Er hatte ihr einige kompetente Kollegen in Berlin empfohlen, an die sie ihre Patienten jetzt überwies. Auf Thomas hielt sie inzwischen große Stücke und bedauerte, dass er in Halle und nicht in Berlin praktizierte. Aber schön, dass sie sich durch das *Ring*-Projekt näher kennenlernten.

Während der Patient langsam ins Schwitzen kam, schaute Annegret in den Terminkalender, ging die nächsten Namen durch und stutzte. Was war das? Für zwölf Uhr dreißig war als Eintragung der Name Schwemmers zu lesen. Eva? Die war doch neulich gerade da gewesen. Kurt?! »Gundi?«, fragte sie. »Schwemmers wer – Eva oder Kurt?« »Professor Schwemmers. Er rief gestern an, und weil er privat versichert ist und Ehemann Ihrer Freundin, na, da hab ich ihn für heute Vormittag noch reingenommen, extra an die letzte Stelle gesetzt, so dass Sie Zeit haben. Nicht so zwischendrin. Nicht in Ordnung?« »Doch, doch, natürlich. Danke. Bin nur etwas überrascht.« Annegrets Herz pochte, und sie merkte, dass sie errötet war. Sie errötete zu ihrem Ärger leicht. Und Gundi war sehr scharfsichtig. Annegret wandte sich ab.

Mit leichter Anspannung arbeitete sie dem Zwölf-Uhr-dreißig-Termin entgegen und holte Kurt persönlich aus dem Warteraum ab. Schlank, groß und immer lässig ging er in seinem beigen Rollkragenpullover und den dunkelbraunen Cordrippjeans vor ihr her. Er bewegte sich in Alltagskleidung genauso selbstverständlich wie im schwarzen Anzug, fiel ihr auf. Zu ihm würde die Wendung »jeanstauglich und parkettsicher« passen, die ihr von gelegentlichen Streifzügen durch Partnerannoncen bekannt war. Sie unterdrückte ein Lächeln und setzte sich hinter ihren immer aufgeräumten, nur mit den notwendigsten Papieren bedeckten Schreibtisch. Es war eine Spezialanfertigung: eine große Platte aus hellem Marmor mit warmbraunen Maserungen, die auf dunklem Holz ruhte. Unpraktisch, hatte Gundi gefunden, weil keine Schubladen drin waren, und es passte auch keine Hängeregistratur darunter, aber so wollte es Annegret. Alle Verwaltung sollte raus, kam auch raus und fand in Gundis und Franzis Theke Platz. An ihrem Schreibtisch wollte sie sich auf das Gespräch mit dem Patienten konzentrieren. Dazu brauchte sie als einziges Gerät den PC, einen schönen weißen Mac, der ideal auf die Platte passte, fand sie. Der keine Barriere darstellte, eher einmal Gesprächsstoff bot. Die körperlichen Untersuchungen fanden in den verschiedenen Behandlungsräumen statt, nicht hier. Annegret hatte sogar überlegt, für das erste Gespräch oder Beratungen eine Sitzecke einzurichten, war aber davon abgekommen. Sitzen ohne etwas zwischen sich und den Patienten war ihr unbehaglich. Sie brauchte die kühle Marmorplatte. Für sich zum Denken und Schreiben und als Begrenzung. Kamen ihr die Patienten als Menschen zu nah, konnte sie nicht mehr über die komplizierten körperlichen Zusammenhänge nachdenken. So war jedenfalls ihr Eindruck. Sie konnte dann auch nicht so gut Gespräche beenden, was aber notwendig war. Annegret ordnete alle Patienten auf einer unsichtbaren Skala zwischen den Extremen »ausufernd« und »kaum vorhanden« ein; der ausufernd redende Patient, der eine schier endlose Flut von Beschwerden, Ängsten und Selbstbeobachtungen ausbreitete und sich grundsätzlich zu kurz gekommen fühlte, und der schüchterne, aufgeregte Patient, der in ihrer Gegenwart alles zu vergessen schien, kaum etwas hervorbrachte und dankbar alles annahm. Für beide war die Marmorplatte gut. Und für sie und Kurt war sie nicht nur gut, sondern nötig!, schoss es ihr durch den Kopf. Irritiert wischte sie den Gedanken weg und schaute Kurt auffordernd an.

Das Gespräch verlief kurz; weder uferte Kurt aus, noch stockte er schüchtern, sondern vermittelte ihr auf seine subtil-ironische Art, er sei ein von Eva Geschickter. Der sich für seine Frau mal »durchchecken« lassen solle. Ihr die Körper-TÜV-Plakette zeigen, um sie zu beruhigen. Ohne Anlass. Ohne Beschwerde. Ihm gehe es prima. Er bewegte sich beim Reden leicht auf dem Freischwinger und sah ihr in die Augen. Annegret kannte diese Situation. Meist lag eine Verleugnung vor. Der Partner sah mehr, als der »Geschickte« sehen wollte, und machte Druck. Es gab ja nichts Näheres als Eheleute, für die der Körper des anderen im Lauf der Zeit zu einem Teil des eigenen Selbst wurde. War es hier auch so, oder täuschte sich Eva?

Sie klärte Kurt über sinnvolle »Check-up«-Untersuchungen auf, fragte nach früheren Erkrankungen und war äußerlich ganz die befreundete, sachlich-kompetente Ärztin. Aber innerlich kämpfte sie mit Wahrnehmungen und Gefühlen. Wie er sie die ganze Zeit ansah! Sie saßen sich doch nicht in einer Bar gegenüber! Aber vielleicht war er immer so? Sie war ihm noch nie allein begegnet. Gott, ich werde »wellig an den Rändern«, dachte sie; ein Ausdruck, der in einem Hörbuch vorkam, das Lena eine Weile lang ständig zitiert hatte. Lena und sie hatten darüber diskutiert, was das für ein Zustand war. Jetzt wusste sie es. Sie kämpfte dagegen an. Nachdem sie die einzelnen Untersuchungen besprochen hatten, rief sie Gundi herein, um einen Zeitplan dafür festzulegen. »Körperliche Untersuchung, späte Grippeschutzimpfung und EKG machen wir jetzt gleich«, sagte sie. Für das andere gab Gundi Kurt einen zweiten Termin. Sie hörte die beiden im Wartezimmer reden; Kurt war erfreut, dass er gleich übermorgen wiederkommen konnte: Alles vor der *Walküre*, hörte sie ihn sagen, die würde ihn in Wallung bringen; da brauche man ein stabiles Herz. »Vor der Maniküre?« Gundi hatte offenbar nur halb hingehört. »Ist die so aufregend?« Annegret schmunzelte. Es war klar: Kurt war einfach immer so. Auch bei Gundi.

Als sie den weißen Kittel übergestreift hatte, den sie nur bei den Untersuchungen trug, trat Kurt mit freiem Oberkörper aus der Umkleidekabine auf sie zu. Oh, dachte sie, er ist kräftiger, als du gedacht hast. Geradezu durchtrainiert. Er hatte ihr zwar erzählt, dass er zweimal wöchentlich zum Kieser-Training gehe, aber sie war trotzdem überrascht. Er trat eine Spur näher auf sie zu, als es Patienten üblicherweise taten. Einen winzigen Moment standen sie voreinander – wie beim Tango, dachte Annegret; dann fing sie sich und zeigte einladend auf die Untersuchungsliege. Kurt grinste, setzte sich und hob die Beine wie bei einer Gymnastikübung schwungvoll auf die Liege. Er lag locker und anscheinend unbefangen da; rekelte sich sogar ein bisschen, als ob er es sich bei ihr bequem machte, während sich sonst viele Patienten vor Anspannung seitlich festhielten. Annegret steckte die Stethoskopenden in die Ohren, beugte sich über ihn und begann ihn abzuhören, ohne ihm noch einmal in die Augen zu schauen. Erst von vorne. Sie versuchte mit aller Kraft, sich auf die Herzgeräusche zu konzentrieren, was auch gelang. Die Routine half gegen das »Welligwerden«. Dann musste Kurt sich aufsetzen, und sie hörte ihn vom Rücken her ab. Als sie die Sonden auf verschiedene Stellen am Rücken setzte und mal hierhin, mal dahin schob, bemerkte sie, dass er eine Gänsehaut bekam. »Ist dir kalt?«, fragte sie, vermutlich etwas zu laut. Wenn sie Alfred abgehört und dabei etwas geäußert hatte, sagte er immer: »Schrei doch nicht so.« Durch das Stethoskop verschob sich die Wahrnehmung. Kurt schüttelte nur den Kopf. Im Nacken hatte er ein Muttermal. Halbmondförmig. Annegret unterdrückte den Impuls, mit dem Zeigefinger die Konturen nachzufahren. Sie richtete sich auf, atmete aus und trat von der Liege zurück.

»Alles in Ordnung«, sagte sie. Kurt äußerte Zufriedenheit: Wenn er einmal huste, befürchte Eva bei ihm eine Lungenentzündung. Daher sei er ja auch hier. »Hattest du denn Husten?«, fragte Annegret. »Ist mir jedenfalls bei *Rheingold* gar nicht aufgefallen, dass du hustest.« Husten konnte schließlich auch Ausdruck einer Herzproblematik sein. Kurt schüttelte den Kopf und wandte sich zur Umkleide. »Also, außer dass dir ein Schauer über den Rücken gelaufen ist, kann ich nichts diagnostizieren«, lachte sie hinter ihm her. Er drehte sich um und wollte wissen, ob sie solche Schauer als gefährlich einstufe. »Je nachdem«, sagte sie leichthin.

Gundi brachte die Grippeschutzimpfung herein und legte sie auf ein Tischchen neben Annegret. Als sie eine Stelle auf seinem Oberarm desinfizierte, konnte sie sich die Bemerkung: »Leider ohne Chanel Nr. 5 hier«, nicht verkneifen. Kurt lächelte; er saß quer auf der Untersuchungsliege und hatte seinen Kopf in Höhe ihres Ausschnitts, in den er unmerklich-merklich ein bisschen schnupperte. Er fand es keinen Verlust. Ihr Parfüm sei viel besser, was es eigentlich sei? Er suche immer nach Geschenken für Eva. Annegret schwieg verblüfft. Sie setzte die Spritze auf seinen Oberarm, stach das dünne Metall hinein, drückte auf den Kolben und gab Kurt einen Tupfer, aber es war kaum Blut gekommen. Schnell und leicht ging alles bei ihr. »Mitsouko«, sagte sie dann, »von Guerlain.« Dass Kurt das roch! Und in dieser Situation aussprach! Ihr ein Kompliment machte und es dann für seine Frau in Geschenkpapier wickelte. Verwirrend.

Zum Abschlussgespräch saßen sie sich wieder an der Marmorplatte gegenüber. Annegret hatte zu ihrer üblichen Sicherheit zurückgefunden und sagte ihm, dass sie ihn körperlich in guter Form finde, ja, in ausgezeichneter Verfassung. Meist nahmen die Patienten das wie ein Lob. Kurt nicht. Er sagte nachdenklich, er werde Eva Annegrets Satz wörtlich zitieren. Dass er in ausgezeichneter Verfassung sei. »Das wird sie beruhigen«, meinte Annegret. Dabei hatte sie bisher noch nie das Gefühl gehabt, Eva sorge sich um Kurt. Seltsam. Ob Kurt das überbetonte? Aber wenn ja – warum?

Nachdem er gegangen war, atmete sie durch. Sie reckte und streckte sich, ging dann ins Untersuchungszimmer zurück und schaute ziellos herum. Was wollte sie hier? Mit einem Ratsch zog sie das Papier von der Liege. Gundi sah sie überrascht an. Aber Annegret schwieg. Manchmal tut man eben Dinge, ohne zu wissen, warum, dachte sie. Jedenfalls gut, dass heute Mittwochnachmittag war! Dass sie jetzt Zeit hatte für sich. Sie aß ein Stück Pizza bei einem italienischen Pizzaimbiss und sprach ein bisschen mit dem Verkäufer, den sie seit Jahren kannte. Es war ein sonniger Wintertag, ohne Schnee, ohne Glätte, ohne Gefahr. Sie radelte zu der Boutique am Chamissoplatz. Sonntag war das *Walküre*n-Rot dran. Schwarze schöne Outfits für die *Götterdämmerung* hatte sie genug, aber vor Rot war sie bisher zurückgeschreckt. In der nächsten Woche war mittwochs eine Fortbildung, da konnte sie sich bei der Bayreuth-Kennerin außerdem heute schon nach etwas *Siegfried*-Grünem umschauen. Wellig an den Rändern, dachte sie und radelte kraftvoll dagegen an. Wellgunde. Auflösende Opern hatte dieser Wagner geschrieben. Was solls. Vielleicht war doch einfach nur alles genauso, wie Kurt gesagt hat. Eva ist offenbar besorgter um ihn, als sie es nach außen hin zeigt. Dass er Evas Sorge vorschob, um sich auf unverdächtige Weise von ihr berühren zu lassen, war ein abwegiger Gedanke, entschied sie. Der ja mehr was über sie als ihn aussagte! Geradezu peinlich, wie sie ihm eigene Impulse unterjubelte. Aber die Gänsehaut? Die ganze flirtige Atmosphäre? Das bilde ich mir doch nicht nur ein! Annegret klingelte heftig, um einen Fußgänger vom Fahrradweg zu verscheuchen. Wieso hatte er sich so nahe vor ihr aufgebaut, als er halbnackt aus der Kabine kam? Ungewöhnlich das Ganze. Wollte er angeben? Ob er ihre Unsicherheit gemerkt hatte? Wie auch immer – die Gänsehaut hatte jedenfalls er bekommen und nicht sie. Das war mal klar. Und warm genug war es in der Praxis. Daran hatte es nicht gelegen. Wollte sie das liebestrunkene Wälsungenpaar wirklich nah neben ihm sitzend anhören? Vielleicht sollte sie sich in ihrer Verfassung besser ganz woandershin setzen. In ihrer welligen Wolkenverfassung, Hilfe! Am besten zu den Blasiussen. Sie kicherte vor sich hin. Ja. Dieser Dirk Blasius trieb einem alles aus. Oder wär das denn doch zu krass, wie Lena immer sagte? Neben seine Frau dann. Annegret schloss ihr Fahrrad ab und betrat die Boutique.

*

Rückfahrt in Bombenstimmung

Das Schweigen zwischen Dirk und ihr auf der Rückfahrt mit Radiobeschallung war für Brigitte durch die Ohrstöpsel mit Händen zu greifen. Sie hatte die ganze Aufführung hindurch nicht verwinden können, dass Dirk im Elbschlösschen doch die »Bombe« mit den amerikanischen Atompiloten geworfen hatte. Dabei hatte sie ihn auf der Hinfahrt dringlich gebeten, mit dieser Information nicht das Gespräch zu belasten: »Man mag das dann gar nicht mehr in Ruhe anhören! Muss immer an Hiroschima denken!« Dirk hatte sie ausgelacht, ihre Einwände albern gefunden. Übertrieben. Realitätsfremd. Unpolitisch. Und naiv: Sie solle doch nicht von ihrer Unkenntnis auf die der anderen schließen. Jeder wisse darüber Bescheid. Kurt Schwemmers zum Beispiel. Also wirklich, das sei doch nicht neu für den! Er hatte sich aufgeregt, wie immer. »Dann halte dich meinetwegen zurück. Ich kann dann jedenfalls nicht mehr zuhören.« »Du vielleicht nicht. Aber andere!« »Andere auch nicht! Selbst wenn sie es wissen: Es ist etwas anderes, ob man es ihnen direkt vor der Oper auf dem Butterbrot serviert, diese entsetzlichen Bilder mit der abgelösten Haut …« »Ach, nun hör doch auf. Das ist dein Problem, du musst das einfach wegschalten. Dann kannst du dir auch keine Tagesschau ansehen.«

Brigitte hatte in den Tagen vor der Dresdenfahrt mit der Überarbeitung von Dirks Text begonnen und ihn darauf vorbereitet, es würde nur langsam vorangehen, weil das Kapitel inhaltsschwer und umfangreich sei und sie sich erst hineindenken müsse. Bei der Anfahrt auf das Opernhaus hatte sie den Einfall gehabt, Dirk zu loben: wie »exzellent« das Kapitel »im Rohbau« sei, dass er ganz entspannt die *Walküre* genießen könne, und noch einmal hinzugefügt: aber bitte ohne »Bombe«. Da hatte er ihr in seiner Freude zugestanden, Ruhe zu geben. Und dann doch.

Wieso? Brigitte brütete im Dunkel der Fahrt vor sich hin. Dirk hatte die Bemerkung ganz zum Schluss hingeworfen, als man gerade im Aufbruch vom Elbschlösschen hinüber in die Oper war. Vorher hatte er auffällig wenig an der lebhaften Unterhaltung teilgenommen, die um die Frage gekreist war, wer eigentlich Wotans Widerpart darstellte. Brigitte hatte darüber fast ihre Besorgnis vergessen, der Austausch war direkt angenehm gewesen. Bis Annegret plötzlich wieder auf die damalige Inszenierung in Berlin mit dem Tunnel als Atombunker und damit als Ausdruck einer totalen Verschanzung zu sprechen kam. Schnell hatte Brigitte ängstlich zu Dirk geblickt, aber er hatte bei dem Wort »Atom« nicht mit der Wimper gezuckt. Thomas Diesterkamp hatte die Verschanzungsthese weiter gesponnen, es gehe in der *Walküre* wie im *Ring* insgesamt um den Konflikt: lebendige Veränderung versus Charakterpanzerung. Wer könne sich verändern? Wer müsse sich verschanzen? Brünnhilde lehne sich gegen den geliebten Vater auf, um ihr Selbst zu entdecken und zu erproben. Dieser lebendige Impuls helfe ihr aus der mädchenhaften Vatertochter samt Ritterrüstung heraus – sie werde zur Frau. Sie verändere sich. Brigitte hatte erleichtert durchgeatmet und sich sogar mit einem eigenen Beitrag beteiligt, als Kurt Schwemmers die Frage aufwarf, ob denn Wotan von dem Aufbegehren eigentlich profitiere oder nicht. Ob eine Tochter eines so widersprüchlichen Mannes wie Wotan sich überhaupt individuieren könne. Es gab eine große Diskussion, was denn alle unter Individuation verstanden, bis Eva sagte: »Leute, wir müssen jetzt aber rüber in die Oper.« Die Kellnerin wurde herbeigerufen, und in den allgemeinen Aufbruch hinein juchzte Annegret Hoijotoho. In die Pause nach dem allgemeinen Lachen war dann unerwartet Dirks betont trocken vorgetragene Bemerkung gefallen: »Wussten Sie .. äh wusstet ihr eigentlich ...« Keiner hatte reagiert. Wie und ob wer geschockt war, wie und ob der befürchtete Schock bei den anderen gewirkt hatte, blieb unklar. Von Kurt Schwemmers als Einzigem war eine Art Replik gekommen. Auf dem Weg hinüber sagte er, Dirks Formulierung aufgreifend: »Und wusstet ihr, warum die Amerikaner das Bayreuther Festspielhaus nicht bombardiert haben? Weil sie dachten, es sei eine Bierbrauerei!« Damit hatte er Dirk in die Schranken verwiesen, so kam es ihr auch jetzt beim Grübeln wieder vor. Man konnte die »Bombe« weglachen.

Anders als in *Rheingold* hatte es in der *Walküre* zwei Pausen gegeben, die in Brigittes Erleben merkwürdig hektisch vergangen waren. Die Elbschlösschen-Gruppe hatte sich völlig aufgelöst – die einen waren lange auf dem Klo, Annegret hatte sich angeregt mit dem Mann unterhalten, an den sie Lenas Karte verkauft hatte, Diesterkamp und Schwemmers waren in ein Gespräch versunken und wirkten dabei, da sie leise sprachen, wie zwei Verschwörer; Eva war herumspaziert, hatte in der ersten Pause die Architektur und die ausgestellten Probenbilder betrachtet, in der zweiten Sekt geholt und auf einer rotsamtenen Flurbank aufmerksam im Programm gelesen. Thomas Diesterkamps Frau fehlte ja, da ihr Junge zu krank war. So blieben Dirk und sie übrig. Dirk hatte sie in beiden Pausen einfach stehen gelassen und war nach draußen in die schneidende Kälte getreten. Manchmal rauchte er, wenn er unter großer Anspannung stand. Schließlich hatte sich Brigitte neben Eva gesetzt, die ihr freundlich zugewunken hatte, als sie allein durch die Wandelgänge mäandert war. Eva war mit dem großen Streit zwischen Fricka und Wotan beschäftigt, aber Brigitte hatte sich wegen Dirks Fauxpas so geschämt, dass sie nicht viel beizusteuern vermochte.

»Hochspannungsgefahr, was?«, kam es plötzlich von Dirk zu ihr herüber und drang trotz der Stöpsel in ihr Bewusstsein. Brigitte zog sie heraus. Dirks Stimme schnarrte: »Hör mal, zu *Siegfried* machen wir das mit der Ausrede. Wir sagen, deinem Vater geht es schlechter, er habe nach uns verlangt, aber du seist dann doch mit in die Oper gekommen, weil sein Zustand stabil gewirkt habe an dem Tag und ich dich entlasten wollte. Du nimmst dein Handy mit und guckst in den Pausen immer wieder drauf. Das wirkt besorgt. Ich hab diese Tetraveranstaltung satt. Dieses Bildungsbürgergetue.« Brigitte schwieg. »Du redest wohl nicht mehr mit mir?«, kam es scharf vom Fahrersitz zu ihr herüber. Sie holte tief Luft. »Doch, ich hab nur nachgedacht. Über die Ausrede. Ob es noch was Besseres gibt. Und wenn du einfach krank bist?« »Das geht nicht, am nächsten Tag ist die wichtige Konferenz, da will ich hin, und Schwemmers ist auch da.« »Ach so.« »Wieso? Das war doch dein eigener Vorschlag mit deinem Vater. Passt es dir jetzt plötzlich nicht mehr?« »Doch, Dirk.« Gott, jetzt deeskalieren, das war ihr klar, aber wie? Sie hatte stundenlang auf ihrem Ärger gesessen. Langsam sagte sie: »Ja, vielleicht ist es wirklich besser, wenn du nicht mitkommst. Es schadet dir eher.« »Wieso schadet? Was meinst du mit schadet? Ich habe keine Lust, das ist es!« »Na, es macht dich unbeliebt, das aggressive Verhalten.« »Unbeliebt. Aha. Danke.« »Na, entschuldige, das hab ich vielleicht ungeschickt ausgedrückt. Ich meine, es schafft eine große Distanz. Vielleicht wäre es anders verlaufen, wenn du deine eigene Betroffenheit über diesen … diesen Fakt ausgedrückt hättest oder so.« »Betroffenheit? War 'n genialer militärischer Zug. Sonst hätten die's gar nicht getan. Hätten die Schwelle nicht überschritten. Musik ist eben gefährlich.« Brigitte seufzte. Es hatte einfach keinen Zweck, ein Gespräch mit Dirk zu führen, solange er selber eine Bombe war. Die explodieren wollte und überall nach einem Zünder suchte. Sie schwieg. Nicht provozieren lassen, dachte sie.

»Morgen habe ich früher Schluss und kann eine ganze Menge an deinem Manuskript machen.« Diesen Satz warf sie ihm hin, wie man einem Raubtier Fleisch vorwirft. »Wann hast du es denn fertig?«, fragte Dirk, augenblicklich besänftigt. Wie leicht das ging! Brigitte mochte es fast nicht glauben. »Vielleicht so Mitte nächster Woche.« »Was, so lange noch?« Dirk brauste auf. »Na, ich muss ja täglich zu meinem Vater. Außerdem brauch ich Zeit, bis ich mich wirklich hineingedacht habe. Das weißt du doch, und es ist bisher immer Gutes dabei rausgekommen.« Sie sprach jetzt ruhig wie zu einem aufgebrachten Kind in Dirks Schweigen hinein: »Also ich denke, zwischen *Siegfried* und *Götterdämmerung* hab ich es fertig. Und zwar ganz, mit allen Fußnoten. Ich hab nämlich einiges nachrecherchiert und noch dies und das gefunden, das will ich einbauen. Und wenn du am Sonntag nicht mit nach Dresden fährst, kannst du doch die Literaturliste bearbeiten, oder? Das kann ich dir nicht abnehmen.« Dirk schwieg weiter. »Wann soll nun eigentlich diese Punktion sein?«, fragte er unvermittelt. »Das erfahre ich Mitte dieser Woche«, sagte Brigitte vorsichtig, obwohl sie inzwischen wusste, dass es Montag, am Tag nach *Siegfried* sein würde. Aber sicher war sicher. »Warum fragst du?« Dirk antwortete nicht.

In Dirk brodelte es. Sie zieht es hin, weil sie mich und meinen Samen braucht, dachte er. Mich und meinen Samen – das klang nach Altem Testament. Abraham und seinen Samen. Brigitte hatte ihm das Spermiogramm gezeigt und die lobenden Worte ihres Arztes dazu zitiert. Einfach unerträglich, dass irgendwelche Ärzte ihn und seine Zeugungsfähigkeit beurteilten und ihre dummen Bemerkungen machten. Wie er das alles hasste. Hoffentlich klappte es auf Anhieb, und Schluss damit. Wie er außerdem die ganze *Ring*-Gesellschaft satthatte. »Schadet dir. Macht dich unbeliebt.« Brigittes Worte hallten in ihm wider. »Und ließ den Ring von seinen Söhnen dem geliebtesten …« »Meinst du eigentlich, dass Wagner Lessings *Nathan* gekannt hat?«, fragte er Brigitte. »Was?« »Kannst du nicht mal diese Stöpsel aus'm Gehörgang ziehen, verdammt noch mal?!«, brüllte er. »Du, mir ist das Radio einfach zu laut. Davon bekomme ich Kopfschmerzen. Was hattest du gesagt?« Oh, diese ruhige Gouvernantenstimme. Dirk beherrschte sich und drehte die Lautstärke herunter. »Ob Wagner Lessing gekannt hat. *Nathan der Weise*. Die Ringparabel«, zischte er gepresst hervor. »Das weiß ich nicht. Ich weiß nur, dass er die *Edda* gelesen hat und das *Nibelungenlied* natürlich, sogar auf Mittelhochdeutsch, glaube ich. Aber Lessing? Ich kann mal nachforschen. Warum interessiert es dich?« »Nur so. Ja, recherchier mal.« Dirk drehte die Lautstärke wieder auf.

»... die Kraft, vor Gott und Menschen angenehm zu machen ...« Wollte er angenehm sein? Verdammt – nein. Oder? »Ich will nicht und will doch«, knirschte er leise zwischen zusammengebissenen Zähnen hervor. Es war natürlich dumm gewesen, dass er das mit den Amerikanern gesagt hatte. Oder vielmehr: nicht dass, sondern wie und wann er es gesagt hatte. Aber er hatte sich nicht zurückhalten können. Das Getue zwischen Schwemmers und Diesterkamp hatte ihn zur Weißglut gebracht. Bis dahin war alles gut gegangen. Er hatte Schwemmers beobachtet, genau wie er es sich vorgenommen hatte. Zwei Dinge waren ihm aufgefallen. Schwemmers hatte offenbar eine Art innere Pufferzone. In der ließ er allerlei versacken, er war nie zu provozieren, und er konnte sortieren, was ihn interessierte und was nicht. Dadurch wirkte er souverän. Aber die Pufferzone war wiederum auch kein Wall, der ihn unnahbar machte; nein, sie verschaffte ihm einfach nur Respekt. Wahrscheinlich war sie von Stimmen bewohnt, die ihm permanent einen Wert zusprachen. So dass er ganz selbstverständlich von sich und seinem Wert überzeugt war. Genau. Er war von wohlklingenden Eumenidenstimmen umgeben, während er, Dirk, mehr mit den herabsetzenden Erynnienstimmen zu tun hatte. Die ihn jagten. So dass er sich immerzu in die Nesseln setzte. Und dann konnten sie ihn mit noch mehr Recht weiter quälen. Wie ungerecht das war! Einfach ausweglos.

Dirk musste das Tempo drosseln hinter einem behäbig auf der Überholspur dahinrollenden Mercedes, fuhr auf zwei Meter Abstand heran und betätigte wütend die Lichthupe.

»Dirk!«, hörte er Brigittes Aufschrei. Betont lässig lehnte er sich zurück und blieb an den Rücklichtern kleben, so nah es ging. Sollte sie schreien. Er wollte sie provozieren. Aber sie schwieg. Pufferzone, dachte er ruhiger, als die Straße wieder frei vor ihm lag. Kein Wunder, dass Schwemmers nicht so schnell erregbar war wie er selbst, dummerweise. Und was die Beliebtheit bei den Frauen anging, so war Dirk aufgefallen, dass Schwemmers gar nicht so besonders höflich war. Aber immer so schwebend interessiert. Flirtig wäre zu viel gesagt. Dezidiert höflich, aber ohne solche Zwischentöne war er seltsamerweise heute zu Brigitte gewesen, hatte sie freundlich begrüßt, ihr aus dem Mantel geholfen, nach Neuigkeiten aus der Bibliothek gefragt. Es hatte wie echtes Interesse geklungen, aber war es garantiert nicht. Warum sollte er sich für Brigitte interessieren? Wahrscheinlich wollte er ihm, Dirk, eine Lektion erteilen. Wie er mit seiner Frau umzugehen hatte. Ihn klein machen.

Ich hab es gesagt, dachte er plötzlich mit seltener Klarheit, weil ich auf mich aufmerksam machen wollte. Und da ich nicht weiß, wie ich es auf liebenswürdige Art tun kann, dann eben so. Mit der Bombe. Ich bin eifersüchtig auf Thomas Diesterkamp. Der in aller Ruhe irgendwelche Gedanken und sogar Gefühle ausbreitet. Ohne anzugeben. Ja, der muss nicht angeben. Und Schwemmers mag ihn. Mag ihn richtig. Das ist ja mehr als spürbar. Thomas ist der Beliebte, und ich bin es nicht. Mit oder ohne Bombe. Schwemmers überreicht Diesterkamp den Ring. Einfach so. Dirk knirschte mit den Zähnen. Zum Heulen war das, verdammt noch mal. Und ich muss den Alberich markieren, dem nichts bleibt, als den Ring zu rauben. Oder Hagen, der seinem Glück nachhilft.

Alles aus Enttäuschung. Dirk schluckte. Dann brauste er innerlich auf: Na wartet! Rache ist auch süß. Und wer zuletzt lacht, lacht am besten. Im Programmheft, fiel ihm ein, war ein Alberich abgebildet, der mit der Weltkugel spielte und als Einziger übrig blieb. Ach, trostloser Triumph.

Er atmete heftig, aber unterdrückt, und versuchte sich zu beruhigen. Brigitte sollte nichts mitbekommen. Vor allem seinen Schmerz nicht. Vielleicht würde alles besser werden, wenn er auch einen Lehrstuhl hätte. Das würde ihn abpuffern. Er grinste vor sich hin. Was man mit Stühlen alles machen konnte, das zeigte ja Willi Decker auf der Bühne. Mit Lehrstuhl würde auch er anders sein. Was er sich ehrlicherweise wünschte. Sollte er nicht doch zu *Siegfried* mitfahren? Er könnte die Scharte von heute auswetzen; einfach das Gespräch auf die Hitler-Verstrickung der Wagner-Nachkommen lenken. Das würde ihn als historisch Interessierten hinstellen und seiner heutigen Bombenbemerkung die Aggressivität nehmen. Alles relativieren. Ja, er würde sich gleich morgen ein bisschen darüber belesen. Und dann sein Wissen hier und da einfließen lassen. Nicht zu sehr ausbreiten. Oder doch besser eine Oper lang pausieren? Besser. Ja. Es musste reichen, wenn er zur *Götterdämmerung* wieder dabei sein würde. Vielleicht war dann auch schon alles vergessen. Brigitte hatte außerdem recht, wie leider oft: Er brauchte die Zeit.

Glückliche Rückfahrt

Thomas passierte den *Rheingold*-Parkplatz vom letzten Sonntag und lächelte. Ein paar Tage danach hatte er von Ulrike eine SMS bekommen: »Denke gerade an *Rheingold.* War doch zu schön, oder?« »Vor allem der Parkplatz«, hatte er zurückgesimst und einen Smily von ihr bekommen. Ulrike war drauf und dran gewesen, den fast genesenen Nico ihrer Mutter zu überlassen, um mit in die *Walküre* zu kommen, doch hatte sich Nico überraschend am Sonntagmorgen erneut übergeben. »Ich hab keine Ruhe in der Oper, ich bleib lieber bei ihm.« Damit war es entschieden gewesen. Und eigentlich, dachte Thomas, bin ich doch nicht ungern allein gefahren. Ich bezieh mich immer etwas zu viel auf sie, und das ist jetzt mal entfallen.

Er schaltete das Fernlicht ein, da die Autobahn völlig leer war, und starrte auf das erleuchtete dunkle Band vor ihm. Ja, in dem Moment, wo er sich in den roten Samtsessel hineingedrückt hatte, war alles von ihm abgefallen, auch die lebhaften Gespräche von vorher im Elbschlösschen mit den unterschiedlichen Gefühlen: Zum Beispiel, dass er sich Annegret gegenüber immer etwas unbeholfen fühlte. Als Ossi? Bei den anderen ging ihm das nicht so. Vielleicht weil sie Medizinerin war? Er nannte sich manchmal »Seelenarzt«, aber von Haus aus war er Psychologe und siedelte als solcher mehr im Ungefähren des Seelengebiets. Annegret kam auf die Seele vom Körper her zu, er dagegen versuchte körperliche Symptome vom Seelischen her zu verstehen. Einem Arzt glaubte man die Verflochtenheit von Leib und Seele aber eher! Oder? Ob Annegret in Wahrheit ein bisschen auf ihn herabsah oder vielleicht – als Psychoanalytiker – sogar zu ihm aufblickte? Beides wäre unpassend. Aber vielleicht war sie wirklich so unbefangen, wie sie tat. Jedenfalls war sie ausgesucht aufmerksam ihm gegenüber; vielleicht sollte er das einfach genießen. Kurt wiederum war eigentlich allen gegenüber sehr aufmerksam. Sogar Brigitte wandte er sich zu, die er heute zu ihrer Arbeit befragt hatte und die dadurch erstmals ein bisschen Kontur gewann. Kurt ist wie ein Leuchtturm, dessen Licht mal auf dieses, mal auf jenes fällt und es schlagartig kurz erhellt, dachte er. Ich mag ihn richtig. Er ist mein einziger älterer Freund. Ob er ihn bewunderte? Kurt war nicht gerade väterlich; dazu wirkte er viel zu vital. Aber doch eine Autorität. Er kannte keinen so umfassend gebildeten Mann, der gleichzeitig so unaufdringlich blieb mit seinem Hintergrundwissen und seine Klugheit nicht zur Schau stellte. Wie es Thomas' Institutsleiter ständig tat und worüber er sich immer wieder ärgerte. Und der war angeblich »durchanalysiert«, während Kurt seines Wissens keine Analyse gemacht hatte. Auch keine brauchte! Verflixt, was blendet der!, dachte er verärgert, als ein Auto ihm mit Lichthupe entgegenkam, aber schaltete dann schnell sein eigenes Fernlicht aus und grinste. Eben so war Kurt nicht, kein Blender. Und ich genieße meine eigene Wirkung auf Kurt. Dass er in den Pausen immer das Zweiergespräch mit mir sucht. Warum eigentlich? Vielleicht weil ich mich nicht verstelle, kam es ihm in den Sinn, wie ein versprengter Gedanke, der lange herumgelegen hatte und den er nun aufsammelte. Und vielleicht achtet mich Annegret auch einfach nur? Aber bei Frauen konnte man nie so genau wissen, dachte er und blendete wieder auf.

Mit dem Verdämmern der Beleuchtung im Opernrund waren die Elbschlösschen-Eindrücke von ihm abgefallen. Wäre sie dabei gewesen, hätte er Ulrike die Hand gedrückt und ihr ein »Viel Freude!« ins Ohr geraunt. Aber heute war er völlig in ein Leeregefühl hineingeglitten, von dem er vorfreudig wusste, dass es sich sogleich füllen würde. Thomas drückte sich körperlich müde, aber innerlich wach in seinen Autositz hinein und ruckelte sich genüsslich zurecht. Er kannte die »schöne Leere«, wie er es nannte, auch vor manchen Patientenstunden, und liebte es, sich so für die Welt des anderen zu öffnen. Aber die heutige war doch die »schönste Leere«, denn das Bühnengeschehen verlangte nichts von einem. Man musste nicht reagieren, nichts verstehen, nichts tun. Und dieses Fahren hier allein über die Autobahn kam ihm jetzt vor wie eine Verlängerung des Dunkels von vorhin. In seinem Innenraum pulsierte und wogte noch die Musik, anbrandend, abschwellend, ein fast körperliches Geschehen. Ja, dachte er, man zieht die Musik in sich hinein, und gleichzeitig umhüllt sie einen wie ein großer Klanguterus. In dem man wie ein Embryo von »draußen« Stimmen hört. Vor allem hatten es ihm die rauen Stimmen von Alberich und einem der Riesen angetan, einem finnischen Sänger, die sich mit Kontrabässen und Fagotten verbanden. Ebenso jeder Auftritt Wotans mit seiner ihm schon vertrauten Stimme, aber auch das metallisch tiefe Grollen und Herrschen Hundings, des betrogenen Ehemanns. »Und ich war alle!« rief er plötzlich laut aus und lachte. Was in *Rheingold* gegen seine Erwartungen nicht geschehen war, hatte er nun in der *Wal-*

küre erlebt: Er weinte. Mal mehr, mal weniger. Aber im Großen und Ganzen alle drei Akte hindurch. Die Tränen kamen einfach still herausgeflossen, und er tupfte sich mit dem vorsorglich mitgenommenen, von Ulrike sogar extra gebügelten Taschentuch ab, ohne sich zu schnäuzen, damit die Nachbarn nicht gestört wurden. Nachbarinnen. Die ältere Dame, der er Ulrikes Karte verkauft hatte, hatte ihn immer wieder von der Seite angesehen und in der ersten Pause gefragt: »Was hat Sie denn so mitgenommen? Das Traurige kommt doch erst im letzten Akt!«

Ja, etwas hatte ihn mitgenommen, in ein Weinen mitgenommen, das er sonst nicht kannte. Nicht dass er sich sonst das Weinen verbot, aber es kam doch äußerst selten vor. Bei Nicos Geburt hatte er geweint. Und neulich bei Herrn M. Nein, so rigide ging er nicht mit sich um, und von Ulrike hatte er schon gar nichts zu befürchten. Jedenfalls keine Kritik. Höchstens ihre Sorge. Sie hatte ihn ja neulich gleich in Therapie schicken wollen. Ob er selten weinte, um sie nicht in Sorge zu stürzen? Unwahrscheinlich, aber nicht auszuschließen. Thomas merkte, wie er in ein Grübeln versank. In ihm lag also ein Weinen bereit, das kein Ausdruck von Verzweiflung war. Auch nicht von Traurigkeit allein. Von Rührung? Wo war es denn am stärksten gewesen? Wohl in der Szene, als Siegmund in stürmischer Nacht an dem fremden Haus anklopft und verwundet nach Schutz sucht. Genau genommen hatte es begonnen, als Sieglinde auf den Fremden zutrat mit einem Krug in der Hand. Kommt so was nicht auch in Nicos Kinderbibel vor? Rebecca am Brunnen? Eine archaische Fantasie ist das, dachte er. Männer übernehmen sich, führen blödsinnige Kriege und blenden aus, was für ein Unheil sie damit anrichten. Und dann fehlt ihnen auf einmal Arm oder Bein, sie stehen da, kommen zur Besinnung und wissen nicht, wohin mit ihrem Schmerz. Da braucht es die liebende Frau. Genau: Da habe ich zum zweiten Mal geweint, als Sieglinde den Fremden nach seinem Namen fragte. Wie heißt du? So eine einfache Frage: Wer bist du?

Thomas schraubte mit einer Hand die Kappe von einer Mineralwasserflasche ab. Gott sei Dank war er bald zu Hause und konnte sich im Bett an Ulrikes warmen Körper kuscheln. Wie er sich auf einmal nach ihr sehnte! Den geisterhaften Soldaten aus der Dienstagstunde hatte er nicht nach dessen Namen gefragt, war nicht auf ihn zugekommen wie Sieglinde auf Siegmund, hatte ihn wieder ziehen lassen in seine abgeschiedene Unberührbarkeit. Was wäre gewesen, wenn? Bei Wagner wurde aus dem versehrten Siegmund ein kraftvoller Krieger, der das für alle anderen zu fest sitzende Schwert mit einem gewaltigen Ruck aus dem Stamm zog, der natürlich aus aufeinandergetürmten Stühlen gebildet, sonst aber ganz naturalistisch inszeniert worden war – das hatte ihn nicht gestört. Aber alle anderen hatten sich mokiert; besonders Kurt. Hatte der sich in der Pause darüber aufgeregt! Einen Bruch in der Inszenierung konstatiert. Auch dass Siegmund dazu auf einen Stuhl steigen musste, hatte Thomas nicht genervt wie Kurt. Ihm war das alles egal! Er lächelte ins Dunkel hinein: Ich hab einfach alles mit den Augen eines kleinen Jungen gesehen, für den Wünsche in Erfüllung gehen: Erst heilt ihn die Frau, dadurch erstarkt er, wird zum Retter und Beschützer dieser Frau und kann sich als Sohn eines mächtigen Vaters zu erkennen geben. Außerdem spannt er die Frau dem gewalttätigen Ehemann aus, die Liebe mündet in körperliche Erfüllung, und dabei wird auch noch ein Sohn gezeugt – das war doch der Wahnsinn! Thomas nahm sich fest vor, Nico später in die Wagner-Welt einzuführen.

Schlafwandlerisch wich er einem Drängler aus. Die nächste Ausfahrt musste er nehmen, ja, er war bald da. Aber warum hatte er während des großen Streits zwischen Wotan und seiner Frau Fricka auch weinen müssen? Und während des Abschieds zwischen Wotan und Brünnhilde? Das waren doch völlig andere Themen! Jetzt, bei hellem Bewusstsein betrachtet und ohne die Musik, fand er sie nicht so aufregend. Ein Ehestreit. Die Frau setzt die gemeinsamen Normen durch. Das war ja oft so. Eine zu enge Vater-Tochter-Beziehung. Was hatte das mit ihm zu tun! War fast was Berufliches! Offenbar lag in ihm ein See ungeweinter Tränen bereit, zu dem er durch die Oper Zugang bekommen hatte. Ihm fiel ein Patient ein, ein Politiker, der wochenends in seine Hütte auf dem Land fuhr und dort seiner Jagdleidenschaft frönte. Und der immer gemeint hatte, er kenne die Gegend dort wie seine Westentasche. Bis er dann eines Tages vom Försterjungen gebeten wurde, einen erlegten Hirsch mit aus dem Dickicht zu ziehen. Der Junge habe ihn im Auto zu der Abschussstelle gefahren, den Rest mussten sie zu Fuß durch den Wald. Weit sei es gar nicht gewesen, aber der Politiker habe bestürzt gemerkt, wie er mehr und mehr die Orientierung verloren und sich schließlich erstaunt an einem kleinen Weiher befunden habe, gefühlt kilometertief im Wald. Den er noch nie gesehen, von dem er noch nicht mal gehört hatte! »Der Bernsteinteich«, habe der Junge gesagt. »Kennst du doch, oder? Hier kommen morgens zig Stück Wild. Alles.

Rotwild. Damwild. Sauen. Guck mal.« Alles ringsherum sei aufgewühlt gewesen von Hufspuren. »Wissen Sie?«, hatte der Politiker zu Thomas gesagt, »ich war einfach platt, wieso ich den Teich nicht kannte. Der war gar nicht weit entfernt von meiner Hütte!«

Ein Lächeln huschte über Thomas Gesicht. Ja, so kam es ihm auch vor. Er war in ein unbekanntes Gebiet gelangt, geführt von Wagner und dessen unberechenbarer Musik. Und in diesem Gebiet war er ein anderer. »Ein Berührter«, sagte Thomas laut ins Fahrgeräusch hinein. »Ein Berührter am Bernsteinteich.« Das klang oberkitschig, aber fasste es. In der Pause hatte er sich mit Kurt, der nach seiner Einschätzung auch »ein Berührter« war, es aber besser verheimlichen konnte, darüber unterhalten, warum so viele Männer in Wagner-Opern gingen. Sonst dominierten ja im Musikpublikum die Frauen. Verdi –Puccini – das war überhaupt mehr was für Frauen, hatte Kurt behauptet. Mozart und Bach sei für alle. Aber Wagner – es schwirre doch von schwarzen Anzügen um sie herum. Wagner bediene abgründige Männerfantasien und ziehe daher Männer und Vatertöchter an. Für »normale« Frauen, hatte Kurt gesagt und dabei zwinkernd mit den Händen das Zeichen für Anführungszeichen angedeutet, sei Wagner nichts. Weil sie keine Abgründe hätten. Worauf Thomas natürlich protestiert hatte: »Jeder hat Abgründe. Allerdings will nicht jeder da hineingucken.«

Kurt hatte ihn etwas erschrocken angesehen. Ein merkwürdiger Blick war das gewesen, wenn er jetzt so darüber nachdachte. Dass man nicht in eigene Abgründe schauen mag, konnte einen Mann wie Kurt doch nicht erschüttert haben. »Oder kann«, hatte Kurt noch dezidiert hinzugefügt.

Ob er dabei an seine eigene Frau gedacht hatte? Oder an sich selbst? Mhm. Was gab es denn in Kurt für Abgründe? Mit den Abgründen der anderen, das wusste Thomas nur zu gut, konnte man sich sehr vertun, indem man in ihnen das vermutete, was in einem selbst herumlag. Manchmal wirkte Kurt seltsam abwesend, fiel ihm ein. Nicht gedankenverloren, sondern völlig abwesend. Als sie im Elbschlösschen über die Inszenierung des Brudermords von Fafner an Fasolt diskutiert hatten zum Beispiel. Ja, das war auffällig gewesen. Weil sein jüngerer Bruder als Kind bei einem Verkehrsunfall ums Leben gekommen war? Eva hatte das einmal angedeutet; auf jeden Fall war das Bruderthema heikel bei Kurt, unbedingt. Bestimmt aber gab es bei ihm die eine oder andere Frauengeschichte unter innerem Verschluss. Unbedingt. So würde er ihn schon einschätzen! Thomas bog in ihre Straße ein und suchte nach einem Parkplatz. Was auch immer seine Abgründe enthalten, dachte er, auf jeden Fall kann er sie besser verschleiern als ich. Aber das ist mir ziemlich egal. Ich jedenfalls habe in mir einen Bernsteinteich gefunden und bin froh, dass ich dahin geraten bin. Das werd ich Ulrike erzählen.

Kaputt

»Das habe ich nicht kaputt gemacht.« Nico zupfte müde an seinem Schlafanzug herum, sprach aber deutlich, geradezu mit Betonung. »Was? Was hast du nicht kaputt gemacht?« Ulrike saß im Kinderzimmer an dem kleinen Tisch und hatte die Lampe so gedreht, dass das Licht auf die Spieluhr fiel. Sinnend betrachtete sie die hellgrüne, Rasen symbolisierende hochpolierte Holzhalbkugel, auf der drei Rehe um zwei kunstvoll geschnitzte Tannenbäume herumstanden: ein Bock, eine Ricke und ein kleines Kitz mit Flecken. Alle drei mit offenen Mäulern, so dass es aussah, als ob sie sangen. Nun war der Rehbock abgeknickt, zwei seiner Beine waren durchgebrochen, er baumelte kläglich herunter.

»Den Rehpapa.« »Nein«, entgegnete Ulrike, »das weiß ich doch. Der ist kaputtgegangen, als Oma was runtergefallen ist, als du krank warst. Ist aber nicht so schlimm. Den mach ich jetzt wieder heile.« Nico brabbelte vor sich hin. Umrahmt von den Kuscheltieren auf der Bettumrandung turnte er herum, griff sich plötzlich seinen Lieblingsbären, zog ihn am Ohr und legte ihn übers Knie: »Böser Bär! Du hast Rehpapa kaputt gemacht, du kriegst jetzt Haue.« Er schlug ihn und jammerte gleich darauf mit Bärenstimme, warf ihn aus dem Bett, hechtete hinterher, holte ihn wieder und tröstete ihn liebevoll, um ihn dann aufs Neue zu verhauen. Ulrike betrachtete ihn und dachte: Nach jeder Krankheit wirkt er älter. Jungenhafter. Ist wohl der Kita-Einfluss.

Sie versuchte den richtigen Moment zu erwischen, in dem der Kleber am besten wirken würde. Jetzt. Es war schwierig, die Rehbeine zusammenzubringen, da die anderen beiden Rehe eng danebenstanden. Nico spielte sein Bärenspiel weiter. »Ach, Nico, was haust du ihn denn so? Der hat doch gar nichts getan!«, sagte Ulrike. »Riecht das gut!«, rief Nico. Er kam mit dem Bären im Arm zum Tisch, schnüffelte und schaute zu, wie Ulrike vorsichtig ihre klebrig gewordenen Finger zurückzog, aber der Rehbock blieb trotzdem daran haften, und die Bruchstelle öffnete sich wieder etwas. »Lass mich machen!«, rief Nico eifrig. »Ja, versuch du es, du hast kleinere Finger, damit kommst du bestimmt besser an den beiden Rehen vorbei«, nickte Ulrike und rieb sich die Uhureste von den Händen. »Aber mach schnell, sonst wird der Kleber zu trocken.« Eifrig und geschickt setzte Nico den Rehbock in die ursprüngliche Positur. »Bravo!«, rief Ulrike, »und jetzt noch einen Moment festhalten. Nicht so drücken, einfach ruhig draufhalten.« Nico ließ lockerer, und Ulrike pustete etwas. »Tut es dem Rehpapa weh? Pustest du sein Aua weg?«, fragte Nico. »Nee, das ist, damit die Klebe trocknet. So, ich glaube, du kannst jetzt loslassen. Ganz vorsichtig.«

Der Rehbock stand wieder auf seinen vier Beinen. Nico betrachtete ihn stolz und wollte sogleich die Spieluhr aufziehen, aber Ulrike wehrte ab. »Das muss jetzt noch durchtrocknen. Ganz gesund werden. Wie du auch. Ich glaube, morgen bist du wieder ganz hergestellt und kannst in den Kindergarten. Und morgen ziehen wir dann auch die Spieluhr wieder auf. Das erzähl ich gleich Papa, wenn er nach Hause kommt, dass du den Rehpapa heilgemacht hast. Nun leg dich hin, Nico.«

»Wo ist Papa denn?« »Papa ist in der Oper.« »Opa?« »Oper. Wie neulich. 'ne Oper ist so ähnlich wie ein Kasperletheater. Nur viel größer. Und mit Singen. So, ich spiel dir was zum Einschlafen auf der Flöte vor.« Ulrike ging nach unten und holte die Querflöte. Auf dem Rückweg nach oben wurde sie von den singenden Rehen empfangen. »Mama, es geht wieder. Hörst du?« »Nico, hab ich nicht gesagt: morgen?« Ulrike war ärgerlich, aber angesichts der Freude in seinen Augen musste sie lachen. »Du bist ja jetzt selber ein Heilemacher!«, sagte sie. »Wie Papa. Der macht Seelen heil.«

»Seele – was ist das?«, murmelte Nico schläfrig. »Seele ist unser Lebendigsein. Dass wir uns freuen oder wütend sind oder neugierig. Seelen können auch kaputtgehen. Dann fühlt man nichts mehr. Oder nur Schlimmes.« Nico nahm ihre Erklärung schweigend auf, rollte sich zum Schlafen ein und murmelte seinem Bären Seele, Seele, Seele ins Fell. So, nun noch das kleine Überblickslicht anknipsen und dann nach unten. Ulrike zog die Spieluhr wieder auf und hörte bald an Nicos Schnarchtönen, dass er schon eingeschlafen war; schneller als sonst. Er war wohl doch noch etwas mitgenommen. Am liebsten hätte sie sich ebenfalls ins Bett gelegt mit einem Buch, aber unten warteten die Unterrichtsvorbereitungen, und die Wagner-Arbeiten der 10c waren auch erst zur Hälfte geschafft. Sie schaute auf die Uhr: erst halb neun. Was war sie so müde?

Die anderen sitzen jetzt in der *Walküre*, dachte sie beim Hinuntergehen. Wahrscheinlich war das Geschehen schon ziemlich vorangeschritten, und Brünnhilde erschien Siegmund und bereitete ihn auf sein Ende vor. Die Todesankündigung war Ulrikes Lieblingsstelle: nicht die Liebesszene, nicht der große Streit zwischen Wotan und Fricka und auch nicht »Dieser Augen strahlendes Paar« – Wotans Abschiedsgesang für Brünnhilde, die er in den Feuerring verbannte. Ja, dachte sie, für jeden war in dieser Oper etwas dabei, die sie einmal mit einer Tante im Bayreuther Festspielhaus erlebt hatte. Bei der Todesankündigung hatte sie damals geweint und gedacht: Wenn der Tod so käme, als Frau, die sie an der Hand in etwas Neues führt, dann wäre er erträglich. Nur dass sie an so etwas nicht glauben konnte.

Ton für Ton tröpfelte die Spieluhr oben vor sich hin und

blieb stehen. Aus. Die ganze Woche über hatte sie überlegt: mitfahren oder hierbleiben? Thomas hatte sie gedrängt, aber nicht bedrängt. Wie es so seine Art war. Rücksichtsvoll. Oder wollte er allein fahren? Sie vielleicht nicht dabei haben? Was ihr für absurde Gedanken kamen! Aber manchmal gab es wohl für jeden »schwarze Momente«. Wie würde Kurt reagieren, wenn er merkte, dass sie nicht dabei war? Würde er Annegret wieder so viel Aufmerksamkeit schenken? Es hatte ja letztes Mal an Flirten gegrenzt, wie er sie ansah, sie zum Lachen brachte. Eva schien es nicht zu stören. Oder sie ließ sich nichts anmerken. Natürlich würde Kurt seine Enttäuschung überspielen, wenn er denn überhaupt über ihre Abwesenheit wirklich enttäuscht war. Sein Verhalten war so schwer einzuschätzen! Was sie als quälend empfand. Immer diese Unsicherheit. Am liebsten Schluss mit dem ganzen Wagner-Projekt!, dachte sie plötzlich. Das wird mir alles zu viel. Sie schob die Papiere auf dem Tisch hin und her und versuchte, sie in eine Ordnung zu bringen. Thomas neigte nicht zum Flirten, dieser Gedanke beruhigte sie schließlich. Auch wenn er sicherlich Annegret anziehend fand. Sie machte einfach Eindruck auf Männer. Auf Frauen auch! An dem Tod ihres Mannes war sie nicht zerbrochen, den sie doch sehr geliebt haben musste, denn sie hatte sich nicht wieder gebunden. Bewundernswert – ihre Lebendigkeit! Aber jetzt der Unterricht morgen. Grammatikübungen! Lustlos blätterte sie in ihren Unterrichtsmaterialien. Hie Beamtin auf Lebenszeit – da selbständige Ärztin in eigener Praxis. Ja, Annegret gegenüber kam sie sich ziemlich langweilig vor. Ob sie heute wohl Rotes trug? »Achte bitte auf Annegrets Kleid – ich will wissen, was sie anhat!«, hatte sie

Thomas vorhin noch nachgerufen. War dieser Auftrag klug gewesen? Ulrike war nur ein einziges Mal fremdgegangen, damals mit Kurt. Was, wenn Thomas mir untreu wird?, dachte sie. Gelegentlich überkam sie Eifersucht auf Thomas Patientinnen, obwohl Thomas ihr mehrfach auseinandergesetzt hatte, warum er Liebesgefühle, wie Patientinnen sie ihren Therapeuten oft entgegenbrachten, nicht ausnutzte. Trotzdem: Wenn er eine neue Patientin hatte, fragte sie automatisch nach deren Aussehen, so dass Thomas langsam anfing, sie damit aufzuziehen.

Ulrike schob die Papiere energisch beiseite. Montags waren die Schüler ohnehin immer erledigt vom Wochenende: Da würde sie morgen einfach wiederholen lassen. Lieber noch ein bisschen fantasieren! Wie würde Thomas reagieren, wenn er das mit Kurt erführe? Schon tausende Male hatte sie über diese Kardinalfrage gebrütet und sich – verrückterweise, wie sie fand – bisher immer vorgestellt, dass es für sie selbst schlimmer sein würde als für Thomas. Diese alles überflutende Scham! Schon bei dem Gedanken daran konnte sie in den Boden versinken. Und Thomas? Natürlich wäre er sehr verletzt. Auf jeden Fall. Wahrscheinlich würde er sich eine Weile zurückziehen. Darüber grübeln, wieso er es nicht gemerkt, ob er ihr Fremdgehen sogar unbewusst mitverursacht hatte durch irgendetwas. Ja, so war er. Explodieren würde er nicht. Er wäre einfach tief verletzt. Und das wäre fast schlimmer zu ertragen als ein Explodieren. Den Kontakt zu Kurt und Eva – den würde er allerdings abbrechen. Vorher aber ein Vieraugengespräch mit Kurt führen. Und wahrscheinlich würde er Kurt nicht fragen, was der sich dabei gedacht hatte, mit seiner Frau eine Affäre zu haben, sondern warum er ganz bewusst danach die Freundschaft der Paare betrieben habe. Denn das war ja von Kurt ausgegangen, nicht von ihr. Mir wäre es lieber gewesen, dachte Ulrike, wir hätten uns nie wieder gesehen. Ich hätte alles bewahrt und wie Maria in meinem Herzen bewegt. Die Formulierung aus der Bibel passte genau. Wir hätten keinen verletzt. Sie schluckte und ballte die Faust. So klar hatte sie es noch nie empfunden wie heute Abend. Ja, und Thomas würde ihn sicher fragen: Bist du immer noch an Ulrike interessiert? Oder vielleicht sogar: Liebst du sie noch? Ja, so direkt und schlicht würde er fragen. Und egal, wie Kurts Antwort ausfiel, würde er zurückgeben: Wie soll ich dir denn nach all dem glauben? Ich glaube dir nichts mehr. Sie hörte ihn förmlich: ruhig, ernst und wie abschließend. Aber ihr selbst – ihr selbst würde Thomas glauben. Davon war sie überzeugt. Aufs Wort. Dass seit damals nichts mehr war mit Kurt und auch mit keinem anderen, dass damals etwas Unerklärliches über sie gekommen, es aber vorbei war. Aber wenn sie doch wusste, dass er ihr – nicht Kurt! – glauben würde und sich also zwischen ihnen nichts Grundlegendes ändern würde – warum ihn dann überhaupt verletzen? Oder war das zu einfach? Log sie sich in die Tasche? Sie seufzte, stand auf, kochte sich einen Tee und begann mit den Aufsatzkorrekturen.

Rückfahrt mit Verstummen

Annegret stand neben Eva vor der Oper, während Kurt den geparkten Wagen holte. Beide Frauen schwiegen und fröstelten; Annegret hüllte sich in ihren Schal, und Eva schlug den pelzbesetzten Kragen ihres Mantels hoch. Plötzlich spürte Annegret, wie Eva sich bei ihr einhakte: »Danke für die schnelle Untersuchung. Du glaubst gar nicht, wie erleichtert ich bin. Hatte keine Gelegenheit, es dir vorher zu sagen, darum jetzt schnell.« Annegret nahm Evas Hand in ihre. »Wieso warst du denn so besorgt? Aus medizinischer Sicht besteht gar kein Anlass, wirklich nicht.« Sie streichelte Evas Hand im Handschuh. Eva schwieg einen Moment und sagte dann: »Kurt ist komisch im Moment. Ich hab den Eindruck, dass ihn etwas belastet, aber er rückt nicht raus damit. Ich kenne ihn. Ein Projekt wie dieses hier macht er nicht einfach so. Um die fünfundfünfzig herum war er schon mal in dieser Verfassung. Damals schrieb er ein Buch, weißt du, dieses: »Die Kunst des Anfangens. Romanbeginne in der europäischen Literatur«. Fing plötzlich an, Selbstgespräche zu führen, schlief nicht mehr, wanderte nachts unablässig durch die Gegend. Dann verreiste er. Unangekündigt. Hinterließ mir einen Zettel, ich solle mich nicht sorgen, er komme bald zurück. Er brauche das für sein Buch. Dabei hatte er schon x Bücher geschrieben, ohne auszurücken! Nach zwei Wochen war er wieder da, ruhiger, und entschuldigte sich fürchterlich. Erklärte aber nicht wirklich was. Schenkte mir teuren Schmuck. Jetzt ja auch wieder« – sie zeigte in Richtung der neuen Goldkette, die sie auch heute getragen hatte. »Es dauerte gut ein Jahr, bis zwischen uns wieder alles normal war. Oder bis er wieder normal war. Es war einfach nicht mit ihm zu reden. Ich hab natürlich erst gedacht, er geht fremd. Ihm auch etwas nachspioniert, unter uns gesagt. Aber nichts. Und alles, was er sagte, klang so komisch, so vage, dass ich dann doch eher dachte, er ist krank. Psychisch krank, verstehst du? Ich kam nicht klar damit, dass er sich mir nicht anvertraute, und hab dann eine Therapie gemacht. Eigentlich nur so ein paar Gespräche. Dir kann ich das ja sagen. Er nicht. Obwohl er sicher eine richtige Therapie gebraucht hätte. Bei so einem wie Thomas. Wir waren damals schon dreiundzwanzig Jahre lang verheiratet, weißt du, und er war auf einen Schlag wie verschollen. Kennst du den Film mit Tom Hanks, *Verschollen*? Den hab ich kürzlich gesehen, da wird ein Schiffbrüchiger auf einer Insel angeschwemmt …«

Der Wagen kam herangerollt und hielt knirschend vor ihnen. »Geh du nach vorn, Annegret«, drängte Eva. Aber Annegret hatte schon die hintere Tür aufgemacht. »Nö, nö«, sagte sie und kletterte mit ihrem langen roten Kleid vorsichtig in den Fond. Sie war die Einzige, die im Kleid gekommen war. Es stand ihr ideal und hatte Aufsehen erregt: Kurt hatte gemeint, damit könne sie als Kundry über den grünen Hügel in Bayreuth wallen. »Wieso ausgerechnet Kundry?«, hatte Eva gemurmelt, etwas spitz war es Annegret vorgekommen; aber sie hatte sich nicht nachzufragen getraut, was es mit dieser Kundry auf sich hatte, um ihr Wagner-Unwissen vor den Geisteswissenschaftlern zu verbergen. Dirk hatte in ihr Schweigen Gott sei Dank etwas wie »Doch eher Pretty Woman« hervorgebracht; zum Staunen! Dirk! Woraufhin seine Frau ihre buschigen dunklen Augenbrauen zusammengezogen hatte, wie Annegret nicht entgangen war. Überhaupt hatte es ihr die Elbschlösschen-Ankunft etwas verdorben, dass die letztes Mal so apart gekleidete Ulrike fehlte und die anderen beiden Frauen mit dem Rot geizten: Eva – von der doch die Idee gekommen war! – hatte sich auf eine rote Paillettenbluse zu einer schwarzen Hose und Brigitte sogar auf einen roten Schal zu dem schlichten schwarzen Kleid beschränkt, das sie schon zu *Rheingold* getragen hatte. So stach Annegret nach ihrem eigenen Gefühl doch sehr hervor. Kurt hatte außerdem noch darauf bestanden, von den drei Damen ein Bild neben der Wagner-Büste im Flur der Semperoper zu machen: Während sich Brigitte halb hinter der Skulptur versteckte, schlang Eva mit großer Geste ihren Arm um »den Meister«, wie sie Wagner immer leicht ironisch nannte, und sah gespielt bewundernd zu ihm auf, während Annegret direkt in die Kamera gesehen und dabei das Gefühl gehabt hatte, sie gucke in ihrem flammenden Rot durch den Sucher direkt in Kurts Augen und er in ihre.

Irritierend alles heute, dachte sie, als sie sich auf der hinteren Sitzbank einrichtete und das Kleid glatt strich. Gut, dass sie sich durchgesetzt hatte; hier war sie etwas mehr für sich. Von vorne kam Kurts muntere Stimme mit einem Spruch über Loge, »dem Feuergott und Herren der Sitzheizung«, der ihm geholfen habe, die Plätze für die Damen anzuwärmen. Während er auf den nächtlichen Dresdner Straßen Richtung Autobahn fuhr, unterhielt er sie mit einer kleinen Loge-Vorlesung, indem er nordische Namensvariationen hervorschnurrte, als läse er sie von einem unsichtbaren Prompter ab: »Loki, Logi, Lodur, Loge, Lofn, auch Loptr heißt Feuerbringer, Gott der Lohe, schmuck und schön von

Gestalt, aber bös von Gemüt und unbeständig, ein Blutsbruder Wotans. Loki, Logi, Lodur, Loge, Lofn, Loptr ist Gott des Feuers, Gott des Schabernacks, Gott des Bösen, Gott der Verwandlung, Gott der List; ein Trickser, halb Gott, halb Riese, ein dämonischer Gestaltenwechsler, der mal als Adler, als Stute, als Lachs, dann auch als eine Fliege oder als altes Weib auftritt …« »Altes Weib«?, unterbrach ihn Eva. »Wohl eher: Alter Ego.«

Während zwischen den beiden eine Kabbelei begann, lehnte sich Annegret ins Polster zurück und sah aus dem Fenster ins Dunkle. Die Hinfahrt war harmlos, ja nett gewesen. Beide hatten interessiert nach Lena und ihrer Entwicklung gefragt, nach der Schule, nach Lenas Plänen. Aber jetzt bereute sie es, mitgefahren zu sein. Erst Evas Eröffnungen, nun Kurts intellektueller Feuerzauber, der sie zu anderer Zeit amüsiert hätte – sicherlich überspielte er irgendetwas. Aber was? Und was hatte es mit dem zu tun, was Eva ihr soeben anvertraut hatte? Die atmosphärischen Beziehungsrätsel um die beiden schoben die Operneindrücke in den Hintergrund, mit denen sie sich viel lieber beschäftigt hätte. Denn in ihr dröhnte noch der Abschied von Wotan und Brünnhilde, ein, wie sie fand, völlig unnötiger, da nur aus Wotans gekränkter Eitelkeit stammender Abschied. Sie hasste Abschiede. Wahrscheinlich bleibt das so, dachte sie. Wer sich für immer trennen musste, hat da einen wunden Punkt. Abschiede sind nur in Musik schön. Was die an Gefühlen hochspült, wartet im wahren Leben jahrelang im Untergrund. Setzte denn Musik den Willen außer Kraft?, grübelte sie. Schwemmte das hoch, was dran war? Bereitlag? So gesehen kam sie durch dieses *Ring*-Projekt langsam etwas aus dem Tritt: erst das Freiwild-

Erleben mit der Kurt-Wolke und nun der Abschied. Als sie zu Hause den Text dann doch noch gelesen hatte, hatte die in dem Flammenring liegende Brünnhilde sie kaltgelassen. Aber in der Inszenierung hatte es ausgesehen wie in einem Krematorium. Freunde hatten ihr damals abgeraten zuzusehen, wie Alfred in seinem Sarg eingeäschert wurde. Aber sie hatte es doch getan. Als das Feuer den Sarg erfasste, hatte sie außer sich »Anhalten, anhalten!« geschrien und mit aller Kraft an das dicke Fensterglas geschlagen. Dass der Körper wirklich nichts mehr fühlt – sie konnte es nicht mit Alfred als ihrem Mann zusammenbringen. Im Sezierkurs vor vielen Jahren hatte sie mit wenig Mühe, nicht einmal mit Ekel, an Leichen herumgeschnitten, und als Medizinerin fiel es ihr leicht, an lebenden Körpern Untersuchungen durchzuführen – aber damals hatte sie geschrien wie bei Lenas Geburt. Gott sei Dank war sie allein in dem kleinen Raum gewesen, allerdings hatten ihr Bruder und ihre Schwägerin draußen gewartet. Hinterher war es Annegret peinlich gewesen.

»Annegret, bist du noch da?«, kam Evas Stimme von vorn. »Ja, entschuldigt bitte. Ich bin in Erinnerungen geraten durch … durch eine Szene in der *Walküre*. Etwas mit Alfred.« Annegret wollte nicht weiter darüber sprechen, aber Gott sei Dank fragte keiner der beiden nach. Alle schwiegen. Nach einer Weile hörte sie Kurts Stimme, dieses Mal ganz frei von Ironie und Witzigkeit: »Ja. So ist es. Die Wagner-Musik ist gefährlich. Für jeden kommt der Moment, wo sie uns in etwas zieht, in das wir gar nicht wollen. Oder nur halb wollen.« Gefährlich? Hatte sie nicht gerade das Gleiche gedacht? Nur halb wollen? Was meinte er? »Gefährlich finde ich nun etwas übertrieben«, sagte Eva mit verengter Stimme. »Und ihr? Wo hat es euch denn reingezogen?«, fragte Annegret schnell, ohne auf Evas Kritik einzugehen. Sie musste dringend von sich ablenken und versuchte, locker und interessiert zu wirken, aber konnte nicht verhindern, dass ihre Stimme zitterte. Von vorn kam längeres Schweigen. Offenbar suchten beide nach der passenden Antwort. Eva meinte schließlich, ihr sei der Streit zwischen dem Götterpaar Wotan und Fricka nahe gegangen. Obwohl er in der Inszenierung ja sehr ausgedehnt worden sei. Nicht so nah dagegen die stürmische Siegmund-Sieglinde-Geschichte oder das Wotan-Brünnhilde-Thema.

Es gab wieder eine Pause. Annegret wartete auf Kurts Antwort, aber er sagte nichts. Sollte sie ihn direkt ansprechen? Lieber nicht. Etwas unsicher, ob das schon ein »Einmischen« war, fragte sie nach: »Und wer hat nach deiner Ansicht den Streit gewonnen?« Ehestreitigkeiten boten auf jeden Fall ein passenderes Gesprächsthema als ihre Gefühle bei Alfreds Bestattung. Eva antwortete zögernd, oberflächlich betrachtet habe ja Fricka sich durchgesetzt und Wotan musste tun, was sie wollte. »Aber ist das nicht ein Pyrrhussieg? Ist nicht bei einem so alten Ehepaar jeder Sieg auch eine Niederlage?« Die Frage, mit erhobener, rauer Stimme gestellt, hing bedeutungsschwanger im Raum. Annegret wartete auf einen Kommentar von Kurt, aber es kam keiner. »Kurt antwortet manchmal nicht«, sagte Eva, als ob sie ihre Gedanken erraten hätte. »Hüllt sich in Schweigen. Oder, Kurt? Was ist?«

Er sei noch in seinem Wagner-Trichter, kam als Antwort. Ohne seine habituelle Nonchalance hatte er eine tiefere

Stimme, fiel Annegret plötzlich auf. Merkwürdig. Sie sah innerlich seinen durchtrainierten kräftigen Oberkörper, zu der diese Stimme besser zu passen schien als seine übliche. Er ist biologisch jung, dachte sie. Viel jünger als Eva. Manchmal gab es so etwas. Nicht jungenhaft. Das gab es auch. Männer, die einfach immer Söhne blieben. Sich etwas darauf einbildeten, jünger auszusehen, als sie waren. Die Annegret aber völlig unattraktiv fand. Unerotisch. Welche Frau wollte einen Sohn oder Bruder als Mann? Nein. Kurt war auf eine besondere Weise vital. Ja, das war das Wort. Während Eva nur vital war, wenn sie auf ihrem Pferd saß. Jetzt, neben Kurt, wirkte sie flach. Angestrengt. Zäh. Wie sie eben gefragt hatte: »Kurt? Was ist?« Mit tonloser Stimme. Raspelnd. Annegret erschrak vor diesen Eindrücken. So Fricka-ähnlich hatte sie Eva noch nie erlebt. Fricka, die alles in ihre engen Regeln zwängte: ihre Seele, ihren Mann. Die alles immerzu bewertete. Na, nun übertrieb sie aber. Wo kam plötzlich diese Kritik an ihrer Freundin her?

Im Auto breitete sich wieder Schweigen aus. »Worüber hast du dich denn so angeregt mit dem Mann unterhalten, dem du Lenas Karte verkauft hast?«, wollte Eva schließlich wissen. Es war ein deutlicher Schwenk weg vom Persönlichen. Annegret griff ihn dankbar auf: »Über Bayreuth-Karten. Wie man an welche rankommt, wie lange man warten muss.« »Und?«, hielt Eva das Gespräch in Gang. »Also er steht seit sieben Jahren auf der Warteliste«, berichtete Annegret. »Seine Großtante seit acht Jahren. Die ist aber schon fünfundachtzig. Darum schickte sie einen handschriftlichen, so quasi in zitterndem Sütterlin verfassten Brief an das Kartenbüro, in dem sie fragte, ob sie wohl vor ihrem Ableben einmal im Festspielhaus eine Wagner-Oper erleben dürfe. Sie bekam tatsächlich eine Zuteilung, und so konnte er erstmals als ihr Begleiter mit auf den Hügel. *Tristan*. Und jetzt hat er erfahren, dass sein Zahnarzt mit einer Musikerin verheiratet ist, die jeden Sommer im Festspielorchester mitspielt. Die bekommen immer ein paar Karten, so dass die Hoffnung besteht, über die Frau diesen Sommer welche zu kriegen. Er geht jetzt ständig zum Zahnarzt«, lachte sie, »verwickelt ihn in Gespräche und bringt ihm Artikel mit. Das war ganz interessant für mich. Wozu man als Arzt so alles herhalten muss.«

Annegret sprach mit möglichst leichtem Ton in die Nacken der beiden vor ihr. War vielleicht unvorsichtig gewesen, der letzte Satz? Musste sie denn bei den beiden für etwas herhalten? Das war doch abwegig! Sie dachte plötzlich an Kurts Muttermal, verborgen im Dämmer des Autos und unter dem Kragen. Seit Alfreds Tod hatte sie in ihrer Praxis zwar fast täglich männliche Körper gesehen, aber das war ja Meilen entfernt von der Intimität, die darin lag, wenn man über Muttermal oder Leberflecken am Körper des Partners fuhr, sie streichelte, sich darin aufhielt wie in einer vertrauten Landschaft. Verstohlen legte sie ihre Hand auf Kurts Mantel, den er auf den Sitz neben sie gelegt hatte. Oft hatte sie nach Alfreds Tod an dessen Kleidung gerochen. Als ob er darin noch anwesend wäre oder dadurch wieder hergezaubert werden könnte. Einmal hatte sie Lena gesehen, wie sie an dem Bademantel ihres Vaters schnupperte, der noch lange unberührt im Bad hing. Sie hatte sich abgewendet und geweint. Gedankenabwesend fuhr sie mit der Hand über den Stoff von Kurts Mantel, ein teurer, angenehmer Wollstoff; sie ließ die Hand darauf liegen und schlüpfte dann mit den Fingern in die Manteltasche. Kurts Handy. Sie zog es hervor. Es blinkte. Sollte sie es ihm geben? Sie verspürte den Impuls, daraufzuschauen, aber bezwang sich. Was tat sie denn da! Wie ertappt zog sie ihre Hand zurück.

Eva kam auf den Mann mit den Bayreuth-Karten zurück. »Sag mal, wenn Lena also jetzt zu keiner der Opern mitwill, dann könnte ich dir vielleicht die *Siegfried*-Karte abkaufen für meinen Bruder Olaf? Ich möchte ihn fragen, ob er Lust hat.« »Natürlich«, sagte Annegret. »Ulrike wird ja wohl nächstes Mal hoffentlich wieder dabei sein, was meint ihr?« »Auf jeden Fall«, erwiderte Eva. »Nicos Infekt ist schon im Abklingen. Ich glaube, Thomas war etwas niedergeschlagen, dass Ulrike trotzdem nicht mitgekommen ist.« Der Satz schien wieder eine Redeaufforderung an Kurt zu enthalten, der Thomas Hauptgesprächspartner gewesen war. Diesmal reagierte er. Wie es Annegret schien, eine Spur verärgert. Nein, Thomas sei im Gegenteil beeindruckt gewesen von der Fürsorglichkeit seiner Frau. »Auf Thomas lässt du nichts kommen, oder?«, fragte Eva fast schnippisch.

Annegret wollte keinen Streit. Wäre sie doch bloß allein gefahren! Sie ärgerte sich über sich selbst. »Ich habe neulich Gutes über ihn gehört«, fiel ihr ein. »Er hat am Berliner Institut einen Vortrag über Herzneurosen gehalten, der sehr gelobt wurde. Ein Kollege von mir war da, ich konnte leider nicht«, sagte sie. »Der Kollege findet ihn mutig, weil er therapiemethodisch neue Wege beschreite und nicht wie manche Analytiker so orthodox und starr sei. Er muss auch gute Erfolge haben. Zu schade, dass er nicht in Berlin wohnt.« »Herzneurose. Herzneurotiker. Wie das klingt«, sagte Eva versonnen. »Gibts eigentlich auch Blasenneurotiker? Ich muss schon wieder mal.« Annegret meinte lachend, das sei eigentlich eher ein Männerleiden. Aber natürlich, psychosomatische Blasenbeschwerden gebe es in Hülle und Fülle. Ob Eva ablenken wollte? Herrgott, war es schwierig mit den beiden auf einmal!

Um festeren Boden unter die Füße zu bekommen, erzählte Annegret von einer Tagung, auf der die psychosomatische Medizin einen großen Raum eingenommen hatte. Zu ihrem Bericht und Evas Nachfragen fuhr der ausdauernd stumme Kurt sie auf Berlin zu, und Annegret dachte, Eva hat recht. Kurt ist komisch. Das kann man doch nicht machen, erst aufdrehen: Kundry, Foto, Feuerzauber, Loge – und dann einfach nur noch schweigen. Verschollen. Mhm. Wenn ich Eva nächstes Mal in Spandau treffe, werde ich genauer nachfragen. Aber würde sie überhaupt eine Antwort bekommen? Eigentlich hatte sich ihr Eva erstmalig in dieser Weise anvertraut. Annegret fiel plötzlich auf, dass meist sie Eva etwas erzählt hatte, nicht umgekehrt. »Erzähl mir was aus deinem Leben«, sagte Eva gern. »Ich bin langweilig.« Annegret hatte diesen Satz natürlich nie ernst genommen. Jetzt verwirrte er sie. Freias Äpfel kamen ihr in den Sinn. Es konnte doch nicht sein, dass Eva ihre Äpfel brauchte?

III

Siegfried

Max Brückner, 10c, Siegfried (Inhaltsangabe)

Der Text Siegfried behandelt ein typisches Männerschicksal. Siegfried wird als Findelkind im Wald von einem Schmied namens Mime aufgezogen. Siegfried ist ein starker Naturbursche, der auch Bären besiegt, aber sonst weder von seiner Herkunft noch von der Welt etwas weiß. Er mag Mime nicht, weil er spürt, dass Mime seine Kraft und Furchtlosigkeit für seine Zwecke benutzen will: Er soll für ihn den Ring rauben, der Macht verleiht und von einem gewaltigen Drachen namens Fafner in einer Höhle bewacht wird. Auch Alberich, Mimes Bruder, will den Ring, während der Gott Wotan, der in Gestalt eines Wanderers auftaucht, Mime warnen will, dass der Ring Unheil verbreitet; aber Mime versteht ihn nicht. Nachdem Siegfried den Drachen getötet und sich mit dessen Blut bespritzt hat, versteht er die Vogelsprache und kann auch zwischen dem, was Menschen sagen und was sie wirklich meinen, unterscheiden.
Als Mime ihn mit einem Trunk vergiften will, aber so tut, als ob er ihn nach dem Kampf erfrischen möchte, durchschaut ihn Siegfried und tötet Mime mit dem vorher selbst zusammengeschmiedeten Schwert. Danach folgt er einem klugen sprechenden Waldvögelein, das ihn

auch über seine Herkunft aufklärt und ihn dann zu einer schönen Frau namens Brünnhilde führt, die in einem Feuerring schläft. Siegfried küsst sie wach, da er furchtlos das Feuer durchschreitet. Auf dem Weg dorthin will ihm Wotan, wieder als Wanderer verkleidet, den Weg versperren. Wotan freut sich an Siegfrieds Kühnheit, aber sie ärgert ihn auch, weil Siegfried ihn als Älteren nicht respektiert. Als Siegfried begreift, wen er vor sich hat, rächt er sich an Wotan – der ja seinen Vater Siegmund getötet hat. Er haut ihm den Speer in zwei Stücke. Wotan schleicht entmachtet von dannen. Aber er hat es eigentlich selbst so gewollt; das geht aus seinem Gespräch mit der Urmutter Erda hervor, das er kurz vorher führt. Wotan will den Ring und die Macht nun nicht mehr für sich, sondern will sie einem nicht immer wie er von Sorge und Gewissensbissen Gequälten überlassen: Siegfried. Und das hat er auch erreicht. Siegfried und Brünnhilde werden nun ein Liebespaar.

Zusatzaufgabe (hab ich mir selbst gestellt, Frau Diesterkamp, weil ich schon fertig bin und die anderen alle so viel schreiben): Vergleiche Siegfried und Harry Potter Gemeinsamkeiten: Siegfried kann die Vogelsprache, und Harry kann sich mit Schlangen unterhalten. Beide haben Zauberdinge wie Tarnhilfen. Und beide sind Waisenkinder, die ihre Eltern schon bei der Geburt durch die Macht eines Bösen verloren haben. Unterschiede: Aber Siegfried hat überhaupt keine Freunde und ist daher – meine Interpretation – so etwas dumm. Er haut immer gleich los, während Harry sich immer nur verteidigt und auch für andere kämpft, was Siegfried gar nicht tut. Er denkt immer nur an sich. Harry wächst zwar wie Siegfried bei einer Ersatzfamilie auf und muss da in einem kleinen Verschlag leben. Aber immerhin ist das eine Familie! Während Siegfried nur bei einer Art gehässigem heuchlerischem Zwerg aufwächst. Aber Siegfried ist musikalischer als Harry, er spielt Horn, während Harry der bessere Sportler ist; er spielt in der Quidditsch-Mannschaft als Sucher, was die wichtigste Position ist. Zusammenfassende Beurteilung: Fasse ich alles zusammen, muss ich sagen, dass mir Harry besser gefällt, er denkt mehr nach, hat mehr Freunde und dadurch auch mehr Hilfe. Er hat auch Respekt vor alten Männern, zum Beispiel vor Dumbledore, seinem Schulleiter. Nie hätte er sich so verhalten wie Siegfried zu Wotan, von dem er eigentlich was lernen könnte. Aber das Wichtigste: Wenn Siegfried einen Freund wie Ron oder Hermine dabeigehabt hätte, hätte der ihm vielleicht gesagt: Nun lass doch diesen alten Mann. Aber Siegfried haut immer nur drauf und ist dadurch ziemlich langweilig. Eigentlich gönnt man ihm Brünnhilde nicht, die ist doch viel zu klug für ihn, und den Ring noch weniger – der kann doch gar nichts damit anfangen!

Hellhörig

Brigitte saß oben im Schlafzimmer, wo sie sich einen Arbeitsplatz mit PC eingerichtet hatte. Von unten hörte sie leise die Tagesschaumelodie durch die Stöpsel in den Ohren: Dirk sah fern. Wahrscheinlich wieder zu laut. Sie wohnten in einer ruhigen Gegend in einem Zehlendorfer Einfamilienhausviertel zur Miete, und das hatte zwei Nachteile: die Hellhörigkeit und dass Brigitte zweimal umsteigen musste, um zu ihrer Bibliothek in Kreuzberg zu gelangen. Aber die Hellhörigkeit war schlimmer, fand sie. Dass Dirk Radio und Fernsehen zu laut aufdrehte, isolierte sie. Alle ringsherum hatten sich schon beschwert. Es war Brigitte unangenehm, die gern im Einvernehmen mit den Nachbarn lebte, aber sie sah sich außerstande, auf Dirk einzuwirken. Eigentlich ein Scheidungsgrund, dachte sie wie schon oft. Zwar hörte man auch von den Nachbarn dies und das, denn es war eine bildungsbürgerliche Gegend, wo viele Kinder Musikinstrumente lernten. »Ich soll runterdrehen, aber dieses Geschrape soll man aushalten«, schnaubte Dirk, wenn im Nachbarhaus der Junge auf der Geige übte. Überhaupt wohnten hier nur Leute mit Kindern. Aus dem Grund hatte Brigitte Dirk gedrängt, in diese seiner Ansicht nach spießige Gegend zu ziehen. Aber mit dem Argument, dass es für Dirk bequem nahe zur FU war, hatte sie ihn überzeugen können. Und für sie war der Umzug nach Zehlendorf der allererste, von Dirk völlig unbemerkte Schritt auf ihr Kind zu gewesen, denn hier war einfach alles kindgerecht: Zwischen den nah aneinandergebauten Hauszeilen mit den übersichtlichen Gärtchen dahinter zogen sich schmale Verbindungspfade entlang, reine Fußwege; und auf den Straßen wurde nie mehr als dreißig gefahren; es war eng, alle mussten aufpassen und taten es auch.

Erschöpft, aber konzentriert saß Brigitte an Dirks Kapitel und arbeitete. Die Follikeluntersuchung per Ultraschall war befriedigend verlaufen, und hinterher bei ihrem Vater hatte der Besuch zwar schlimm begonnen, aber gut geendet: Er hatte unbedingt seine alten Logbücher vom Segeln sehen wollen; und als sie die nicht auf Anhieb finden konnte, war er ausgerastet wie so oft jetzt, hatte sogar einen Apfel genommen und damit nach ihr geworfen. Zwar war das alzheimerbedingt, aber es hatte sie dennoch getroffen. In jedem Sinn!, dachte sie und tilgte ein überflüssiges Wort im Text. So schwer, wie es ist: Ich muss ihn jetzt sehen wie ein Kind! Dem sie dann einfach ein anderes Buch als Logbuch verkauft hatte: Hornblowers Geschichten. Beim Vorlesen hatten seine Augen geleuchtet, und so waren sie ganz friedlich auseinandergegangen. Danach mit einem schweigsamen Dirk zusammen zu Abend gegessen, und nun saß sie hier. Es war Montag. Wenn weiter alles gut lief, noch eine Woche bis zum Tag X. Woher nehme ich bloß die Geduld und Kraft für all dies?, dachte sie. Weil ich warte. Ich warte auf meinen Siegfried, und dann komme ich zu mir.

Sie scrollte den Absatz noch einmal hoch. Dirk hatte

wirklich eine merkwürdige Art von Klugheit; ging Wege, die keiner ging, und förderte auf ihnen dann Beachtliches zutage. Zum Beispiel diese Gedanken über Wedekind. Brigitte brachte den Absatz in eine andere Ordnung und las ihn erneut durch. Früher hatte sie die Überprüfungsfunktion ihres Schreibprogramms benutzt und Dirk mithilfe von seitlichen Kommentaren und Farbmarkierungen jede ihrer Korrekturen nachvollziehen lassen. Die vielen roten Striche und Verweise und Randbemerkungen in seinem Text hatten ihn so genervt, dass er sie beschworen hatte: »Korrigier einfach rein. Wie du meinst. Ich hab ja den ursprünglichen Artikel. Wenn ich will, kann ich immer noch vergleichen.« Genau wie sie gehofft hatte. Ja, sie wusste eben immer, wie er reagierte. So konnte sie streichen, umsetzen, neu formulieren – schalten und walten, wie es gut passte und ihr Spaß machte. Auch jetzt: wie ein Innenarchitekt, der einen interessanten, aber verkorksten Rohbau zur Geltung bringt.

»Dirk! Hast du mich erschreckt!« Dirk hatte sich die Treppe hochgeschlichen und von hinten die Hände um ihren Hals gelegt. Gott, klopfte ihr Herz, und schon wieder so ein Schweißausbruch! »Psst, hier ist es doch hellhörig«, sagte er, sie nachahmend. »Nicht so laut, mein Bücherschneckchen.« Sein Alkoholatem drang auf sie ein. Eklig – er hatte getrunken. »Wollte nur mal schauen, wie weit du bist.« »Du weißt doch, ich mag es nicht, wenn du mich beim Überarbeiten störst«, sagte sie. Er beugte sich vor und tippte auf den Bildschirm. »Was – da erst? Wann hast du denn angefangen?« »Na, nach dem Abendbrot. Weißt du doch.« »Wenn du nicht immer zu deinem Stinkepapa gehen würdest, kämst du schneller voran.« Mühsam unterdrückte sie ein: Du stinkst viel mehr. »Dirk, du weißt, dass er Ansprache braucht. Und dass Elsbeth ihm nicht guttut.« »Guttut. Blödes Wort mit zwei U. Wie Blutschuh. Uhu. Du du.« Brigitte schwieg. Wenn Dirk getrunken hatte, war es das Beste, ihn einfach reden zu lassen.

Schwungvoll drehte Dirk Brigitte auf dem Arbeitssessel zu sich herum und hielt ihr sein Handy vors Gesicht. »Guck mal.« »Dann halt auch still und fuchtel nicht so rum«, sagte Brigitte. »Ich kann gar nichts erkennen. Was ist denn das für ein Foto? Ich meine, wer ist auf dem Foto?« Brigitte sah einen Mann und dahinter einen jüngeren Mann. »Ja – und?« Sie sah fragend zu Dirk auf. »Das ist Dombrowski. Und ein Stricher.« »Der Dekan? Und ein was?« »Ein Stricher. Weißt du nicht, was das ist?« »Doch, natürlich. Aber woher weißt du, dass es ein Strichjunge ist?« Mit weit auseinandergebreiteten Armen ließ sich Dirk auf das Doppelbett fallen. »Das ist kein Foto, sondern ein Beweismittel. Damit hab ich Dombrowski in der Hand. Wenn der Lehrstuhl frei wird, soll er 'ne Hausbesetzung durchdrücken. Und vorher in der Habilkommission meine Sache vorantreiben, dass es schneller geht. Schneller, schneller, schneller. Und du auch, du sollst schneller werden, schneller, schneller, schneller. Zieh deine Blutschuh an, Leseeule, und schuhu, schuhu, schuhu ...« Dirk lachte.

Brigitte war sprachlos. »Du bist verrückt, Dirk. Das nimmt dir niemand ab. Das ...« Sie verstummte. Dirk sah sie mit starrem Blick an. Er hatte ein Glimmen in den Augen, das sie kannte. Auf keinen Fall konnte er jetzt Widerspruch gebrauchen. Er hatte schon manches an die Wand gepfeffert in solchen Zuständen. Brigitte war sich nicht sicher, ob er sie nicht eines Tages in dieser Verfassung schlagen würde. Und sie konnte jetzt keinen Streit gebrauchen. Es sollte alles ruhig ablaufen, Schritt für Schritt. »Ich werd auch schneller, Dirk«, versuchte sie so sachlich wie möglich zu sagen, obwohl ihr fast die Stimme versagte. Sachlich musste sie sprechen, bloß nicht beruhigend. Beruhigungssignale reizten ihn nur. »Morgen geh ich nicht zu meinem Vater. Dann hab ich zwei Stunden mehr. Du kannst dich darauf verlassen: Wenn du die Literaturliste und das Schlusswort fertig hast, dann bin ich auch fertig mit der Überarbeitung. Du hast das ganze Wochenende Zeit dafür. Fährst ja nicht mit nach Dresden, oder? Und dann ist alles fix und fertig. Die ganze Habilitationsschrift. Du kannst dann sogar noch im Februar einreichen. An mir wird's nicht liegen.«

Mit der Literaturliste hatte sie gewonnen. Das war ein Stichwort, das Dirk von jeher quälte. Weder speicherte er die gelesene und zitierte Literatur ordnungsgemäß ab, noch ergänzte er die Liste fortlaufend; sie war aber doch das Aushängeschild einer wissenschaftlichen Arbeit. Schließlich guckte jeder erst einmal in die Liste um zu schauen, was verwendet worden und ob er zitiert worden war. Oder ob es Hinweise auf Forschungen gab, die ihm bisher entgangen waren. »Scheißliste«, kam es denn auch wie auf Knopfdruck, aber das Glimmen verschwand, und Dirks Stimme wirkte belegt. »Kannst du mir nicht dabei helfen? Brigitti, Brigitti, bitti, bitti, mach mir auch die lange Litti.« Das war Dirk, der kleine Junge. Er wälzte sich auf den Bauch. »Gutes Spermiogramm – was?«, sagte er plötzlich, wieder mit seiner alltäglichen Stimme. »Ja, sehr gutes«, antwortete Brigitte vorsichtig. »Was bekomm ich dafür?« »Wie meinst du das?« »Na, was ich von dir für mein Mitmachen bekomme.«

Brigitte schwieg. Dann holte sie tief Luft: »Wir wollen ein Kind«, sagte sie so laut und deutlich sie konnte. »Du auch. Indem du akzeptiert hast, dass ich eines will. Dich einverstanden erklärst, mich darin zu unterstützen, so wie ich dich hier mit deiner Arbeit unterstütze. O.k.? Das ist doch ganz einfach. Ich verübel es dir nicht, dass du das Kind weniger willst als ich. Ich glaub, das ist bei vielen Männern so. Wenn es denn da ist, wirst du es schon mögen. Du bist nur ehrlicher als viele.« »Ehrlicher?« »Manchmal brutal ehrlich.«

Beide schwiegen. Der PC war in Ruhestellung gegangen, gegen das schräge Fenster klatschten dicke Regentropfen. »Soll ich dir mal was sagen, Brigitte? Ehrlich sagen?« »Ja?« »Ich glaube, dass der olle vaterlose Wagner Lessing gelesen hat und sein ganzes *Ring*-Drama ein Anti-Lessing ist. Im Leben läuft es nämlich nicht wie in der Ringparabel. Dass der Ring dem Geliebten gegeben wird. Dem geliebten Sohn.« Brigitte wusste nicht recht, was sie mit dieser Äußerung anfangen sollte, aber dann fiel ihr ein, dass Dirk schon auf der Rückfahrt von der *Walküre* Lessing erwähnt hatte. Sie hatte es vergessen und nicht recherchiert. Offenbar war es ein Fehler gewesen, es schien ihm ja wichtig zu sein. Sie setzte an, etwas dazu zu sagen, aber hielt sich zurück. Wahrscheinlich war es besser, Dirk einfach reden zu lassen. Aber er stand vom Bett auf, zog seinen Pullover zurecht und sagte: »Bitte sag du *Siegfried* ab für mich. Ich geh noch ein bisschen um die Ecke. Bleib vielleicht länger. Fahr ein bisschen rum. Steh du morgen leise und allein auf, ich will ausschlafen, ich geh später in die Uni.« »Hast du nicht das Tutorium?« »Tutorium – Tutorium, was geht dich mein Scheißtutorium an!!«, brüllte Dirk. »Entschuldige«, sagte Brigitte leise, stand auf und hob die Hände: »Gar nichts, ist schon gut. Bitte schrei nicht so. Es ist bald zehn Uhr.« Sie ging auf ihn zu, sah, wie er zum Brüllen ansetzte, sich aber plötzlich umdrehte und mit schweren Schritten die Treppe hinunterstiefelte. Ein Kleiderbügel fiel scheppernd auf den Fliesenfußboden, als er seinen Mantel aus der kleinen Garderobe holte. Alles, was er tut, ist laut, dachte sie, hörte ihn die Haustür aufschließen, die sie schon verriegelt hatte, und mit einem Rums hinter sich zuziehen. Wenig später rollte das Auto die kopfsteingepflasterte Straße entlang.

Was für ein elender Auftritt! Brigitte setzte sich wieder und brachte den PC in den Arbeitsmodus zurück. Die Geschichte mit dem Dekan und den Strichjungen war doch zu schräg. Sie schüttelte den Kopf. Ach, Dirk plusterte sich bestimmt nur vor ihr auf. Nicht mal er konnte so naiv sein zu glauben, auf diese Weise Druck ausüben zu können. Dombrowski zu erpressen – einfach abwegig! Bestimmt hatte Dirk sich alles eingebildet. Oder schnitt auf vor ihr. Dombrowski und Strichjungen. Sie kannte den Dekan von einer Lehrveranstaltung als einen höflichen, zurückgenommenen, ungeheuer belesenen und kenntnisreichen freundlichen Herrn. Sicher – auch sie hatte hin und wieder überlegt, ob er wohl schwul war. Aber pädophil! Wieder schüttelte sie entschieden den Kopf und entschloss sich, noch zwei weitere Seiten zu bearbeiten. Sie hatte sich alles genau eingeteilt, für jeden Tag, außer Sonntag, da fuhr sie ja zu *Siegfried*. Lessing? Ringparabel? Krauses Zeug. Waren doch völlig unterschiedliche Geschichten. Wagner hatte doch nicht jeden Text berücksichtigt, in dem ein Ring vorkam. Was für ein Quatsch.

Mitten im Korrigieren hielt Brigitte plötzlich inne. Er hat mich durchschaut, dachte sie. Er weiß es. Er weiß, dass ich es hinziehe, damit er am Montag seinen Samen abliefert. Aber er wird mitmachen. Kurz nach neun erst. Es war noch gar nicht so spät, wie sie gedacht hatte. Wahrscheinlich hatte sie zu Dirk aus reiner Gewohnheit gesagt, es sei gleich zehn. Auf jeden Fall konnte man um diese Zeit noch bei Schwemmers anrufen. Oder sollte sie mailen? Nein, das Persönliche war doch höflicher. Ja, erst einmal schnell diese unangenehme Absage hinter sich bringen. Brigitte legte sich genau die Worte für die Ausrede zurecht und rief Eva an.

Um die Ecke

»Gar nichts. Ist schon gut. Bitte brüll nicht so.« Wie Brigitte ausgesehen hatte! Wie ein Engel, die Hände erhoben: »Fürchtet euch nicht! Es ist schon gut.« Er konnte sie provozieren, wie er wollte: Sie blieb ruhig. Der unschuldige Engel. Der wohlmeinende und alles erledigende Engel. Der ihn immer und immer ins Unrecht setzende Engel. Dirk knirschte mit den Zähnen, als er das Viertel verließ und nach rechts auf die große, stadteinwärts führende Straße abbog, die mitten durch den Grunewald verlief. Es war stockdunkel. Hoffentlich sind keine Blitzer aufgestellt!, dachte er und gab Gas. Jetzt bis zum Hüttenweg durchbrettern und dann auf die Avus. Einmal runter – einmal rauf. Dampf ablassen. Im Fernlicht huschten die Bäume gespenstisch vorbei. Und wenn? Und wenn?

Manchmal dachte er daran, das Steuer herumzureißen – und peng. Unwillkürlich drosselte er das Tempo. Nein. Doch jetzt nicht. Wo er so kurz vor dem Erfolg stand.

Und vielleicht ist das mit dem Kind gar nicht so schlecht, dachte er. Es hob irgendwie die Reputation, wenn man sich als Vater ausweisen konnte. Gab einem so eine Extraexistenzberechtigung. Könnte auch bei der Bewerbung gut ankommen. Da war ja schon die Hüttenwegkreuzung. Dirk bog auf die Avus ab, die abends wenig befahren war, und trat erneut aufs Gas, drosselte jedoch schnell das Tempo wieder. Nein, wenn er heute in eine Falle fuhr, müsste er blasen – er ballte die Faust am Lenkrad – und könnte vielleicht sogar für ein paar Monate den Führerschein verlieren. Den brauchte er aber. Ohne Auto war er aufgeschmissen.

Schon beim Weggehen hatte Dirk gewusst, dass er heute wieder in die Kurfürstenstraße fahren würde. Wie soll man einen Engel ficken, dachte er, der einem die Arbeit korrigiert? Ob sie es weiß? Wie oft ich sie verschone? »Brüll nicht so laut.« Wenn Sie doch einmal laut gebrüllt hätte. Aber alles lief immer still und sauber ab. Gutes Spermiogramm. Tja, das hättest du nicht gedacht, was? Bloß weil wir's nur einmal die Woche treiben, bin ich noch lange kein Schlappschwanz. Wotan auch nicht, fiel ihm plötzlich ein. Der acht Walküren gezeugt hatte. Hoijotoho. Er lachte vor sich hin. In der Hinsicht war Wotan Alberich überlegen. Der immer nur die Nibelungen antrieb und Gold wollte. Es muss eben beides zusammenkommen: Macht und Liebe. Und in der Liebe muss auch beides zusammenkommen: Lust und Liebe. Bei ihm und Brigitte fiel das seit Langem auseinander. Sex war eben nichts für Engel.

Wie es wohl bei den anderen Elbschlösschen-Paaren damit aussah? Thomas Diesterkamp konnte bestimmt aus sich herausgehen. Und seine Frau wirkte zwar zart, aber nicht verkniffen, während Brigitte so moralisch geworden war mit der Zeit. Enger Engel. »Eng, eng, eng«, murmelte er vor sich hin. Unsinnlich. Annegret war schwer einzuschätzen. Sie hatte auf jeden Fall Sexappeal. Ne Art lustige Witwe? Suchte die wen? Oder hatte einen, der aber nicht präsentabel war? Den man nicht in die Semperoper mitnehmen konnte? War sie so eine Lady Chatterly? Als er neulich sein »Pretty Woman« bei ihr gelandet hatte – da hatte sie aber geguckt! Und Schwemmers? Garantiert ging der nicht zu Prostituierten, das war unter seinem Niveau. Der hielt sich vielleicht 'ne Geliebte. Wie Wotan Erda. Also 'ne Geliebte irgendwo außerhalb. In Werder zum Beispiel. Das hätte Stil: Erda in Werda. Die er besuchte, wenn seine Frau reiten ging. Die war ja 'ne Amazone. Amazonen brauchten keine Männer.

Dirk fuhr von der Avus hinunter und rollte über den verlassenen Kurfürstendamm, wo hier und da noch etwas Weihnachtsdekoration blinkte. Kurfürstenstraße? Oder doch lieber zum 17. Juni? Nee, in der Kurfürstenstraße hatte er neulich Dore mit den weißen Stiefeln kennengelernt, die es ihm gegen Aufpreis in ihrer Bude gemacht hatte, was besser war als im Auto. »Kannst auch 'n bisschen zulangen«, hatte sie gesagt. »Aber wenn ich sage aufhör'n, hörste auf, oder ich rufe meinen Typen.« Dirk hatte ihn gesehen, ihren Typen, im vorderen der drei Zimmer einer stickigen und versifften Goebenstraßenwohnung, die sie nach kurzem Verhandeln betreten hatten. Der Typ saß vor dem Fernseher und hatte seine beringten Hände um eine Flasche Bier gelegt. Er hatte noch nicht einmal aufgesehen, als Dore und er gekommen waren. Ein Blick auf seine nackten tätowierten Arme hatte Dirk gereicht.

Langsam fuhr er die Straße entlang und tastete die Prostituierten mit den Augen ab. Weißblonde Haare, schwarze Stiefel. Dunkle Haare, weiße Stiefel. An der Potsdamer Straße kehrte er um und fuhr auf der anderen Seite die Kurfürstenstraße wieder hoch. Rechts auf dem verlassenen Parkplatz eines großen Möbelhauses standen ein paar Autos. Mit Leuten drin? Er konnte nichts Genaues erkennen. Einmal würde er noch die Straße hinunter nach ihr suchen. Da, hinter dem Literaturcafé, war sie das? Dirk hielt an. Sofort trat von links eine Schwarze ans Auto, geschmeidig wie eine Schlange mit langen Beinen. Er schüttelte den Kopf und ließ das Fenster zur anderen Seite herunter. »Dore?«, rief er halblaut in Richtung der Frau auf dem Gehweg. Sie drehte sich um: Es war Dore. Langsam trat sie an das Auto heran und beugte sich hinein. »Können wir wieder zu dir?«, fragte Dirk. »Heute geht nicht, heute im Auto ficken«, sagte Dore in ihrem osteuropäisch klingenden Dialekt. Er sah ihr Gesicht mit den schief stehenden Zähnen nur schemenhaft im Dunkel vor dem Autofenster; wie beim ersten Mal fand er den kehligen Stimmklang extrem sexy, und seine Erregung machte sich bemerkbar. Jetzt endlich zum Schuss kommen, verdammt!, dachte er. Dann eben im Auto. Egal. Er öffnete die Tür: »Lass uns eben zum Tiergarten rüberfahren, o.k.?« »Nein, hier Parkplatz guter Platz.« Sie zeigte zum Möbelhaus. Aber Dirk bestand auf mehr Dunkelheit und sicherte ihr zu, sie gleich danach wieder zurückzubringen. Schon die Idee, beobachtet zu werden drüben auf dem Parkplatz, nervte ihn.

Dore nickte schließlich, setzte sich auf den Beifahrersitz und zündete sich eine Zigarette an. »Hör auf. Hier wird nicht geraucht«, fuhr er sie an. Ohne Reaktion sah sie ihm starr ins Gesicht, inhalierte einen tiefen Zug, ließ den Rauch aus dem offenen Fenster quellen, machte die Zigarette zwischen Daumen und Zeigefinger aus und steckte den Stummelrest in ihre Handtasche zurück. Ungeduldig fuhr Dirk mit einem Ruck los und schob am Tiergarten den Beifahrersitz ganz zurück. Die Rücksitze hatte er vor dem Losfahren schon flach gelegt. »Nur mit Gummi«, kam es von Dore, die genau wusste, was er wollte, und sich auf den Bauch drehte. Unter ihren kurzen weißen Lederhosen trug sie einen Tanga; beides war an der Seite aufzumachen, was sie geschickt schon bewerkstelligt hatte. Als Dirk endlich ihre Schenkel und den nackten Hintern vor sich hatte, fuhr er genüsslich mit beiden Händen darüber und drückte dann seine Fingernägel in ihr festes Fleisch. »Au«, sagte Dore. »Du kannst hauen und von hinten, aber nicht mit Nagel wehtun. Und Gummi. Und wenn Arschfick, Schwanz eincremen.« Sie gab ihm eine kleine Tube und nahm ihr Handy in die Hand. »Sonst ich rufe meinen Typ.«

Dirk befriedigte sich an Dore, so gut es im Auto ging. Es ging ganz gut. Sie hatte ihm das Präservativ übergestreift, ihr Stöhnen erregte ihn, und kaum, dass er sie wieder umgedreht hatte, trieb er seinen harten Schwanz in ihren Anus, den sie ihm entgegenstreckte. Der wehrlose nackte Hintern, der enge Anus, er keuchte vor Lust. »Jetzt zurückfahren«, sagte Dore, als er leer auf ihr lag, und wand sich seitlich unter ihm hervor. Um zu verhindern, dass das Kondom seinen Inhalt auf den Sitz ergoss, machte Dirk schnell das Fenster auf, warf es hinaus und richtete seine Kleidung. Bloß keine Flecken auf dem Polster! Die würden Brigitte nicht entgehen. Er fuhr Dore zurück und steckte ihr einen Fünfzig-Euro-Schein zu. »Achtzig«, sagte Dore. »Mir wehgetan.« Dirk ärgerte sich, weil er nur noch zwei Zwanziger hatte, die ihm Dore grinsend aus den Fingern nahm. Mit »Du kriegen nächstes Mal länger« und »Wir machen dann wieder. O.k.?«, schloss sie die Autotür und lächelte flüchtig. Wieder fielen Dirk die schiefen Zähne und dazu eine Schwellung unter dem Jochbein auf. Mein Gott! Da hat ihr einer die Fresse poliert, fuhr es ihm durch den Kopf. Beim Losfahren winkte er ihr zu, aber Dore war dabei, sich eine Zigarette anzuzünden, und schaute nicht auf.

Grün

Eva: Was ist denn das? Kurt!

Kurt: Darf ich vorstellen: Mein *Siegfried*-Smoking.

Eva: Heute ist doch erst Mittwoch!

Kurt: Ich probier ihn eben jetzt schon mal an. Und? Wie findest du die grüne Fliege dazu?

Eva: Ich – bin sprachlos.

Kurt: Ein seltener Moment. Ach, entschuldige. Sagte ich neulich schon. Das ist das vermaledeite Altwerden.

Eva: Koketiere nicht immer so damit! Mhm. Die Fliege sieht gar nicht mal schlecht aus. Wenn du mir vorher gesagt hättest, du gehst 'ne grüne Fliege kaufen, hätte ich dich für verrückt erklärt, aber es sieht wirklich edel aus. Und dazu das passende Einstecktuch.

Kurt: Ist ja auch ein Twinset.

Eva: Ein Twinset ist ganz was anderes. Du meinst, es gehört zusammen.

Kurt: Ja.

Eva: …

Kurt: Bitte hör auf, um mich herumzuwandern.

Eva: Ich wollte nur mal gucken, wie der Smoking sitzt. Sitzt gut. Sogar sehr gut. Sag mal, sind die Zierstreifen an der Seite dunkelgrün? Oder täuscht das?

Kurt: Das täuscht nicht.

Eva: Aber dann kannst du den ja nur zu *Siegfried* tragen. Ich meine, wo zu einem Anlass ein Smoking erwartet wird, da hat der schwarz zu sein. Mit schwarzen Streifen. Gut, es gibt auch die weiße Jacke zu schwarzer Hose, aber eigentlich nur für den Sommer. Und dann sind auch die Streifen schwarz, weiß sähe ja aus wie in einer Operette. Aber schwarz mit grünen Streifen, das gibt es eigentlich gar nicht.

Kurt: Das Grün ist so dunkel, wenn ich später eine schwarze Fliege dazu trage, fallen die keinem auf, ich schwör's dir.

Eva: Mir schon. Wo hast du den Anzug gekauft?

Kurt: Bei Lafayette in der Friedrichstraße.

Eva: Dass du ohne mich einen Smoking einkaufen gehst. Oder hattest du wen dabei?

Kurt: …

Eva: Ach ja. Verstehe. Dein »Handeln«. Aber wieso? Ich meine, als ich Weihnachten mit der Kleider- und Farbenordnung ankam, fandest du die Idee albern.

Kurt: Hat sich eben geändert.

Eva: Smokingkauf als wagnerbefeuerte Spontaneität. Was hat er denn gekostet?

Kurt: Weniger als die Goldkette. Samt Ohrringen.

Eva: Was soll das nun wieder? Ach, Schwamm drüber. Mal was anderes: Wusstest du, dass Blasius und seine Frau versuchen, mit IVF ein Kind zu kriegen?

Kurt: Nein. Über so etwas sprechen wir nicht. Woher weißt du es denn?

Eva: Brigitte Blasius rief gestern Abend an. Nach dem Porträt dieser Springreiterin im Fernsehen, dieser – wie heißt sie noch …

Kurt: Du wolltest was über Blasius erzählen.

Eva: Sie sagte, ihrem Vater gehe es zu schlecht, Dirk werde nicht mitkommen können am Sonntag. Sie war so derangiert! Weinte fast. Ich war einfach nur nett zu ihr, hab mich natürlich etwas gewundert, wieso er dann bei dem Vater bleibt und nicht sie. Da sagte sie was von sich gegenseitig ablösen, sie sei schon so viel bei dem Vater gewesen. Sie geht jeden Tag nach der Arbeit hin, stell dir vor. Was für ein Stress. Ich hab herausgehört, dass der Vater ein ziemliches Ekelpaket sein muss. Wie ihr Mann, hab ich mir gedacht.

Kurt. Aber nicht gesagt!

Eva: Natürlich nicht! Na, sie kam ins Erzählen, also ich glaub, es tat ihr gut, mal die Schleusen zu öffnen. Sie wurde mir richtig sympathisch. Sonst ist sie ja immer so zurückgenommen. Die bescheidene, zugeknöpfte Bibliothekarin.

Kurt: Stimmt. Sehr zugeknöpft.

Eva: Ja. Aber wenn man mehr in Kontakt kommt, sieht eben manches anders aus. Da die Blasii ja um die Ecke wohnen und ich den Kamin gerade anhatte, hab ich sie gefragt, ob sie nicht eben rumkommen möchte. War ja noch nicht spät. So als Spontaneinladung. Wir planen ja nichts mehr. Und es passte gut, du warst nicht da. Wo warst du übrigens? Du bist spät gekommen. Wann eigentlich? Ich hab dich gar nicht gehört.

Kurt: …

Eva: Also, sie war in einer viertel Stunde da. Wir haben uns wunderbar unterhalten. Erstaunliche Frau. Tja, und dann ließ sie fallen, sie habe sich von den vier Opern am meisten auf *Siegfried* gefreut. Das hat mich verblüfft. Diese Oper sei für mich eigentlich mehr ein Muss, hab ich ihr gesagt. *Siegfried* werde doch erst zum Schluss interessant, wenn Siegfried die schlafende Brünnhilde weckt. Aber vorher das Ganze mit der Schmiede da im Wald und dem albernen Lindwurm – abgesehen von der Musik ist das doch Kinderoper.

Kurt: Ja und? Was hat sie gesagt?

Eva: Dass sie es toll findet, wie Siegfried sich macht. Was er aus seinem Leben rausholt. Seine Entwicklung.

Kurt: Entwicklung?

Eva: Ja. Sie sieht es so: Siegfried ist ein Waisenkind, die Mutter gestorben, der Vater unbekannt …

Kurt: Moment mal: Der Vater ist doch auch tot.

Eva: Das hab ich auch gesagt. Aber laut Brigitte ist eben der eigentliche Vater nicht Siegmund, sondern Wotan. Er sei im Stück die symbolische Vaterfigur. Es sei im *Ring* genauso verworren wie in Wagners Familie. Seine Frau Minna hat ihrem unehelichen Kind weisgemacht, sie sei ihre jüngere Schwester, nicht ihre Tochter. Zum Beispiel.

Kurt: Aha.

Eva: Brigittes Punkt ist nun: Siegfried besitzt die Freiheit des Traumatisierten. Der nichts zu verlieren hat, sowieso keine Nähe herstellen kann und will. Wotan wie Mime benutzen Siegfried von Anfang an für eigene Zwecke. Und beide stellen es so hin, als täten sie ihm was Gutes: Wotan sieht ihn als »frei«! Frei von Beeinflussung durch die Eltern! Sie hat sich richtig aufgeregt darüber.

Kurt: Komisch. Siegfried ist doch nichts als ein tumber Draufhauer. Symbol der deutschen Bestie! Der hat gar keine Entwicklung.

Eva: Ich sag doch: Sie hat Mitleid mit ihm und findet, er befreie sich. Zumindest ansatzweise. Indem er Mime und dann Wotan besiegt. Darin sieht sie Entwicklungsschritte.

Kurt: Immer druff ist immer druff und keine Entwicklung. Er haut sich den Weg frei, ja, aber wofür und wovon – davon hat er doch gar keine Ahnung.

Eva: Brigitte sagt: Siegfried sucht hartnäckig in dem falschen Leben nach dem richtigen.

Kurt: Eva! Was sitzt du für Platitüden auf! Hätte ich von meiner ehemaligen Glanzstudentin gar nicht erwartet.

Eva: Lass mich doch mal: Immerhin deckt Siegfried auf, was ihm verschwiegen wird. Was nicht jedem gelingt, unter uns gesagt. Oder, Kurt?

Kurt: …

Eva: Sucht also nach sich selbst. Allen, die ihn benutzen, angefangen bei Mime, denen haut er das um die Ohren. In seiner Siegfried-Art. Bum, bum. Brigitte hat sich jedenfalls richtig echauffiert. Ich fand sie überzeugend.

Kurt: Ob sie in Wirklichkeit über sich sprach?

Eva: Das ist mir zu kompliziert gedacht. Über diese ganzen Generationsverkettungen kamen wir jedenfalls auf das Kinderthema, und sie fragte, warum wir keine Kinder haben. Erstaunlich, dass sie sich das traute. Und danach wurde das Gespräch sehr emotional. Ich erzählte ihr von meinen Fehlgeburten, der Totaloperation und dass wir uns dann damit abgefunden hätten. Dass meine Pferde meine Kinder sind! Sie wusste gar nicht, dass ich reite. Und ich fragte dann zurück, wie es bei ihnen ist. So ergab ein Wort das andere. Montag nach *Siegfried* soll der … der … das Sperma eingesetzt werden.

Kurt: Eingesetzt?

Eva: Ja, das wird im Reagenzglas befruchtet und … und angebrütet, dann wird es rausgenommen und ihr eingesetzt.

In Vollnarkose. Weiß nicht mehr. Irgendwas war in Vollnarkose.

Kurt: Oh. Aha.

Eva: Wie in *Faust II* mit dem Homunculus. Hab ich gedacht, aber natürlich nicht gesagt. Nur gefragt, warum es ihr so wichtig sei.

Kurt: Eine ziemlich intime Frage! Was ihr Frauen so besprecht …

Eva: Ja, ich war auch ein bisschen erschrocken über mich selbst. Aber es kam viel hoch in dem Moment. Auch hinterher, als sie schon längst weg war und du immer noch nicht wieder da warst. Die Hoffnung von damals, die Enttäuschung. Die ganzen Sinnfragen. Ich …

Kurt: Eva, lass doch …

Eva: Nein, es war gut so. Wie einem manchmal ein anderer unverhofft ein eigenes Thema wiederbringt. Ich hab hinterher gedacht: Ich finde es gut, dass wir, du und ich, diese künstliche Prozedur nicht gemacht haben. Ich glaube, diese Technik war damals auch noch so in den Babyschuhen …

Kurt: Babyschuhen? Ach, Eva.

Eva: Ich finde, wir sind uns dadurch erhalten geblieben als die, die wir sind. In unseren schicksalsbedingten Grenzen. Wie sie eben Unfruchtbarkeit darstellen. Ich kann mir jedenfalls nicht vorstellen, dass du dich in einen Klinikraum begibst und da in ein Reagenzglas onanierst. Oder du? Oder alternativ irgendeinem Arzt deinen Hoden hinhältst, dass er da reinpiekt und Spermien raussaugt. Oder? Und irgendein fremder Mann mir dann mit ner Spritze das im Reagenzglas Befruchtete einsetzt. Nee. Soweit hätte ich mich nicht entstellt.

Kurt: Entstellt?

Eva: Ich meine, zum Körpermaterial gemacht. Von mir entfernt. Entschuldige, ich kann es schwer ausdrücken. Aber es liegt eben vielleicht auch nur daran, dass ich nicht noch mal hätte enttäuscht werden wollen! Einfach zu schwach bin für so etwas. Wenn das Ganze nun schiefgegangen wäre? Nach dem ganzen Aufstand? Das hätte ich nicht verkraftet! Vielleicht ist Brigitte viel konsequenter. Aufrechter. Durchsetzungsstärker. Ein weiblicher Siegfried! Sie steht zu ihrem Wunsch.

Kurt: Oder besessener?

Eva: Ich würde das nicht werten. Sie tut mir jetzt schon leid. Wenn's nicht klappt.

Kurt: Mir tut er leid. Wenn's klappt.

Eva: Wieso?

Kurt: Ich wette, er tut es ihr zuliebe. Ich schätze ihn so ein. Er ist doch eigentlich das Kind bei denen! Und wenn dann das richtige Kind da ist, ist er abgemeldet. Bum, bum. Da hat er doch bei Brigitte nichts mehr zu melden. Wenn sie es so unbedingt will.

Eva: Wie Bum, bum?

Kurt: Siegfried haut Wotan einfach den Speer weg. Bum, bum. Siegfried ist bei Brigitte die Nummer eins – alles klar? Dirk zählt nicht mehr.

Eva: Ach Quatsch. Dirk Blasius will ihr Kind sein? Du übertreibst. Wirklich. Ich geh jetzt zu meinen Pferden.

Kurt: Woran liegt es eigentlich, dass sie keine Kinder bekommen? An ihm oder an ihr?

Eva: Ich habe nicht gefragt. Wie du das sagst! Als ob einer die Schuld hat. Was konnte ich denn für die Fehlgeburten! Ich hab mir wie wahnsinnig Kinder gewünscht! Ich …

Kurt: So habe ich es doch gar nicht gemeint! Eva! Komm, bleib mal hier jetzt. Ich mach uns einen Milchkaffee. Wir lesen uns *Siegfried* vor. Ist wirklich interessant, was Brigitte dazu gesagt hat. Ich sag's ja: Man darf sie nicht unterschätzen. Gute Arbeiten damals. So hab ich das mit *Siegfried* jedenfalls noch nie gesehen.

Eva: Ich will an die Luft und zu den Pferden.

Kurt: Es regnet. Es liegt Schneematsch. Da kann man selbst als Pferd ausrutschen.

Eva: Ist mir egal. Lass mich doch »handeln« wie ich will.

Der Junge am Bernsteinteich

Thomas beeilte sich auf dem Nachhauseweg. Mit dem Dienstagspatienten war es heute ganz gut abgelaufen. Wenn man von »gut« überhaupt sprechen durfte. Der Sohn war jetzt im Hospiz, und positiv überrascht hatte Herr M. erzählt, wie liebevoll und individuell dort alles gestaltet wurde. So dass er sich entlastet fühlte, womit er gar nicht gerechnet hatte. Es sei auch ein Mädchen im Alter seines Sohnes da.

Sehr blass und sehr dünn und sehr nett. Er hatte Thomas erzählt, wie gut die beiden sich unterhalten und dass sie dann alle drei Halma gespielt hätten und vergnügt gewesen seien. »Vergnügt!«, sagte er unter Tränen, und sie hatten sich angelächelt. Thomas war froh, dass sein Patient reden und sogar weinen konnte und sich nicht in den Schweigekokon hüllen musste.

Als er durch die dicken nassen Schneeflocken hindurch in ihre Straße einbog, fiel ihm ein, dass Ulrike gar nicht da sein würde; an ihrer Schule fand ja heute der Elternsprechtag statt, daher war jetzt Ulrikes Mutter bei Nico. »Hallo, Ilse«, rief er in den Flur hinein. »Hallo, Nico!« Mit »Ilse-Bilse, keiner willse, kam der Koch, nahm se doch!« kam Nico auf seinem Bobby-Car, den Bären hinter sich im rumpelnden Anhänger, auf ihn zu. Thomas wusste, dass seine Schwiegermutter diesen Spruch, den er Nico aus einem Büchlein mit Abzählreimen kürzlich vorgelesen hatte, nicht sonderlich schätzte, und machte zu seinem Sohn eine verschwörerische »Psssssst«-Geste. Ohne Erfolg. Nico wendete und rollte mit lautem »Ilse-Bilse« wieder zurück zum Wohnzimmer, um den Glastisch herum und weiter über den Flur in die Küche.

»Der Junge ist schier außer Rand und Band«, empfing ihn seine Schwiegermutter schlecht gelaunt. »Der ist ja hyperaktiv. Guck dir das an! Das ist doch nicht normal.« Überall lagen Kuscheltiere kreuz und quer herum, der Küchenfußboden war übersät mit Stücken eines König-der-Löwen-Puzzles und der Tisch mit Essensresten. Die Oma hatte offenbar versucht, Nico durch Essen und Puzzeln ruhigzustellen, und war gescheitert. Thomas hätte am liebsten

»Ruhe hier!« gebrüllt, sowohl zu der genervten Ilse-Stimme als auch zu Nico hin, aber er bezwang sich. Er dachte an Herrn M. Wenn der ihn so sehen würde!

Erst einmal »Ilse-Bilse« aus dem Haus komplimentieren, beschloss er, was ihm umso leichter gelang, als seine Schwiegermutter dringend wegwollte. »Ich ruf dir schnell 'ne Taxe!«, sagte Thomas. Sie lehnte vehement ab: »Die paar Schritte.« Doch Thomas bestand darauf. »Es ist Schneeregen. Es könnte glatt sein.« Während sie warteten, räumte Thomas die Puzzlestückchen in den Kasten. »Ich glaube, dieses Puzzle ist noch zu schwer für Nico«, sagte er vorsichtig. »So? Neulich bei mir hat er es ohne Weiteres gekonnt«, behauptete Ilse. »Hast du ihm eigentlich den blöden Spruch beigebracht?« »Ja«, sagte Thomas. »Tut mir leid, wenn es dich nervt, aber es ist eine Erinnerung aus meiner Kindheit. Ich hatte eine Tante Ilse und ...«, begann er eine ausführliche Erklärung; doch da klingelte bereits der Taxifahrer. Ilse hörte ihm nicht zu, sondern suchte in dem Durcheinander auf dem Flurfußboden ihre Handschuhe. »Vielen Dank, Ilse. Was würden wir ohne dich machen. Hab noch einen schönen Abend!« Besänftigt und leutselig nickend stieg seine Schwiegermutter ins Auto. Thomas hatte schon oft bemerkt, dass sich Ilse in dem Moment, wo sie aus dem Omadienst entlassen war, entspannte. Er lächelte zurück und winkte. Nico kam mit dem BobbyCar durch die geöffnete Tür in Socken den Gartenweg entlanggedonnert und rief laut und mit Schmelz in der Stimme: »Tschüs Oma! Hier! Deine Handschuhe! Komm bald wieder!« Ilses Gesicht leuchtete auf.

»Nico! Rein mit dir!« Umständlich wendete Nico sein Gefährt und drückte sich mit den Socken im schneenassen

Rasen ab. Er ist wieder gesund, dachte Thomas. Gesund, mein Gott. »Gesund, gesund, gesund!«, rief er und rannte auf allen vieren dem Bobby-Car nach. Nico juchzte, dass er mitspielte und nicht über die nassen Socken und die Dreckspuren auf dem Dielenfußboden meckerte. Er wusste, dass er mit dem Spielauto nicht hinausfahren durfte. Aber heute hatte Thomas keine Lust zu erzieherischer Konsequenz: Stattdessen lauerte er dem Auto ein paarmal aus verschiedenen Ecken auf, es gab Karambolagen, Nico tobte, Thomas lachte, bis er schließlich genug hatte. »Noch mal noch mal noch mal«, brüllte Nico als Teletubby. Nein. Thomas half ihm, die Kuscheltiere per Anhänger vor der Treppe aufzuhäufen, und stellte sich hungrig eine Portion Tagliatelle in die Mikrowelle. Schön, mal einen Abend mit Nico allein zu haben!, dachte er, nahm die Teller aus dem Schrank und rief ihn zum Essen in die Küche. Keine Antwort. Es war verdächtig still geworden, so dass er nach ihm schaute. Nico saß auf dem Fußboden. Er hatte Thomas Portemonnaie aus der Manteltasche gezogen und hielt ein Foto von Ulrike in der Hand, das hinter der Klarsichthülle gesteckt hatte. Es zeigte sie im Bikini am Strand in dem Jahr, wo sie sich kennengelernt hatten. Die Haare flatterten, sie hob eine Hand und winkte lachend. Thomas beugte sich über Nico und sagte: »Das ist Mama.« Nico hielt das Foto weiter weg, als ob er es mit Abstand betrachten wollte, und riss es abrupt mitten durch. »Nico!«, rief Thomas, und ehe er sich's versah, hatte er ihm eine Ohrfeige gegeben. Beide erstarrten. Dann drehte sich Nico weg und rannte die Treppe hoch in sein Zimmer. Die beiden Bildfetzen ließ er fallen.

Thomas atmete schwer, bückte sich und hielt die Fotohälften zusammen. Er hatte ihn geschlagen! Sein Herz pochte. Gott, wie war das schnell gegangen. Er drehte die Hälften hin und her und spürte einen ohnmächtigen Ärger abebben – nein: Es war Wut! Eine Wut, vor der er selbst zurückschreckte. »Dreimal tief durchatmen, bevor Sie etwas sagen, schon gar etwas deuten«, hatte ein Supervisor ihm in der Ausbildung gesagt. »Wenn Sie vorschnell sind, hilft das keinem. Die Seele braucht Raum und Zeit.« Thomas hörte die Mikrowelle piepen, drehte sich langsam um und ging in die Küche. Mechanisch holte er das Essen heraus, setzte sich an den Küchentisch und schob sich ein paar Bissen in den Mund. Nach einer kleinen Weile wurde er ruhiger. Warum hast du ihn geschlagen? Warum nicht gefragt: Nico, warum tust du das? Das würde er nachholen. Er lauschte nach oben. Nico weinte.

Langsam stieg Thomas die Treppe hoch und sah, wie Nico seinen Bären an sich gedrückt hielt und immer wieder »Böser Papa haut Nico, böser Papa haut Nico« schluchzte. Thomas trat zu den beiden und hockte sich nieder. »Nico, ich war so sauer, da hab ich gehau'n. Das war dumm von mir. Ich hätte erst durchatmen sollen. Dich fragen sollen: ›Warum hast du das Bild von Mama kaputt gemacht?‹ Ich frag dich jetzt: Warum hast du das getan?« Nach einer Weile antwortete Nico: »Das ist nicht Mama.« »Doch! Du hast sie nur nicht erkannt. Das ist Mama. Wie sie früher aussah. Bevor es dich gab.« Nico sah ihn mit großen Augen an, und Thomas begriff, dass Nico sich eine Zeit, bevor es ihn gab, nicht vorstellen konnte. »Wollen wir uns wieder vertragen?«, bot er an. »Es tut mir leid. Ich entschuldige mich bei dir. Lass uns Abendbrot essen, und dann bring ich dich ins Bett. Ich hab mir eine Geschichte ausgedacht, die ich dir heut Abend erzählen will. ›Der Junge am Bernsteinteich‹.« Nico schwieg. Aber dann ergriff er die Hand, die Thomas ihm hinstreckte. Sie gingen langsam die Treppe hinunter.

Thomas setzte ihn auf seinen Platz und stellte ihm die inzwischen abgekühlten Tagliatelle hin. Nach dem ersten Bissen ließ Nico die Gabel sinken. Recht hat er, dachte Thomas. Schmeckt überhaupt nicht. »Möchtest du lieber 'ne Scheibe mit Nutella?« Ulrike war sehr gegen Nutella, aber heute erschien Thomas eine Ausnahme angebracht. Nico nickte, und Thomas schmierte ihm dick Nutella auf eine Weißbrotscheibe und verscheuchte dabei das leise Gefühl, seinen Sohn zu bestechen; aber dann schnitt er sogar das Brot in kleine Happen: »Wie früher!«, und hielt Nico eine Kuchengabel hin, zog sie aber schnell wieder zurück: »Die ist viel zu spitz. Warte.« Er steckte ein Brotstückchen auf Nicos Kindergabel, die er schnell aus dem Geschirrspüler genommen hatte, und hielt es an Nicos Mund. Nico schüttelte den Kopf und ließ die Lippen fest geschlossen. Energisch nahm er die Kuchengabel vom Tisch und spießte ein Häppchen nach dem anderen mit seiner Kinderfaust auf. In null Komma nichts war alles verspeist. Thomas konnte sich ein Lächeln nicht verkneifen, und Nico grinste zurück. Zwei Männer!, dachte Thomas und fragte: »Noch mehr?« Nico nickte. »Wieder mundgerechte Happen?« Nico nickte. Beide lachten.

»So, nun müssen wir heute Abend aber gründlich Zähne putzen.« »Nutella macht die Zähne kaputt, sagt Mama.« »Ja, aber wenn du ganz gut putzt und Nutella selten isst, dann nicht.« »Wann kommt Mama?« »Mama kommt spät. Wenn du schon schläfst. Heut bring ich dich ins Bett und erzähl dir eine Geschichte.« »Mit dem Steinteich?« »Ja. Bernsteinteich.« »Was ist Bernstein?« »Ein Edelstein. Man kann ihn sammeln und Schmuck daraus machen. Für Frauen. Bernstein ist goldgelb.«

Thomas setzte sich in den Sessel, als Nico im Bett auf dem Rücken lag, seinen Bären im Arm, dem er immer wieder etwas ins Ohr flüsterte. »Was sagst du deinem Bären?«, fragte Thomas. »Erzählen, Papa. Erzählen.« »Gut: Es war einmal ein Junge, der lebte in einem Haus am Wald. Seine Mutter sammelte Pilze und Kräuter und verkaufte die auf dem Markt. Sein Vater war ein Holzfäller. Er zog mit anderen Männern los, und sie schlugen mit Äxten große Bäume um.« »Warum?« »Weil die Bäume kaputt waren. Die Männer retteten so vielen Menschen das Leben, denn sonst wären die kaputten Bäume einfach umgekracht. An einem Tag war der Junge ganz allein. Sein Vater war im Wald, seine Mutter auf dem Markt. Der Junge hatte einen Freund, mit dem er immer spielte, wenn er allein war. Das war ein junges Reh. Aber heute kam das Reh nicht herbeigesprungen wie sonst; es humpelte langsam heran. ›Was ist denn?‹, fragte der Junge. ›Ein Jäger hat auf mich geschossen. Mein Bein ist kaputt.‹ ›Wenn meine Mama kommt, hilft sie dir‹, sagte der Junge. ›Sie kennt Heilkräuter.‹ ›Mir hilft kein Heilkraut‹, sagte das Reh. ›Was denn? Was hilft dir denn?‹, fragte der Junge ängstlich. Denn das Reh war sein bester Freund.« Nico kam aus dem Bett gestiegen und kletterte zu Thomas auf den Schoß. Glücklich zog Thomas ihn an sich und erzählte weiter: »›Das Einzige, was mir hilft, ist Bernstein‹, sagte das Reh. ›Wo gibt es Bernstein?‹, fragte der Junge. ›Tief im Wald liegt der Bernsteinteich voller schöner gelber Bernsteine. Aber der Teich ist schwer zu finden.‹ ›Ich suche ihn. Ich bring dir einen Bernstein‹, sagte der Junge eifrig. ›Bleib du hier liegen.‹ Der Junge durfte eigentlich nicht allein in den Wald. Aber nun musste es sein: für seinen Freund. Er nahm sich ein Stück Brot mit –« »Will er das zerkrümeln wie Hänsel und Gretel?«, unterbrach ihn Nico. »Nein, warte – und stapfte in den Wald hinein. Als er den Weg nicht mehr kannte, schloss er die Augen und tastete sich ganz vorsichtig voran.« »Aber dann stößt er doch überall gegen und findet den Teich nicht!« »Blind erkennt man manches besser, weil man mehr fühlt«, antwortete Thomas und fuhr fort: »Er tastete sich von Baum zu Baum und befühlte jeden Stamm nach der moosigen Seite. Moos zeigt ja Feuchtigkeit an. Als er schließlich Wasser roch, schlug er die Augen auf: Es war ja schon dunkel geworden! Aber vor ihm lag der Bernsteinteich. Ängstlich und hungrig setzte er sich auf einen Baumstumpf und aß sein Brot. Plötzlich traten viele Hirsche und Rehe aus dem Wald, die beugten sich über den Teich und tranken. Auf dem Wasser blinkte etwas. Was mochte das sein? Es kam von einem silbrigen Ding, das an einem Baum hing und sich im Wasser spiegelte. Der Junge betrachtete es aus der Nähe …« »Da ist es aber gut, dass er die Augen aufgemacht hatte!«, rief Nico. »Was ist es für ein Ding?« »Es war eine silberne Videokamera, so ähnlich wie die, mit der ich dich und Mama immer aufnehme. Ein Jäger hatte sie da hingehängt. Sie zeigte ihm per SMS an, wann Wild kam. Damit er nicht so lange zu warten brauchte, wenn er einen Hirsch schießen wollte. Als der Junge das erkannt hatte, nahm er die Kamera herunter, warf sie ins Wasser und erklärte den

Tieren, was das für ein gefährliches Ding war. Das sie verriet. Der größte Hirsch bedankte sich bei ihm. ›Was können wir für dich tun?‹, fragte er. ›Ich suche einen Bernstein für meinen kranken Freund‹, sagte der Junge. Der große Hirsch wühlte mit seinen Geweihstangen das Wasser auf. Dann hob er den Kopf und hielt etwas gelbgold Glänzendes im Maul. Einen schönen großen Bernstein. Der Junge freute sich und nahm ihn in die Hand. Er war glatt und schön. Aber nun war es ganz finster geworden, und er war müde. Da trug ihn der große Hirsch auf seinem Rücken bis ans Haus zurück. Der Junge rutschte herunter und verabschiedete sich. Das Reh lag ganz schwach auf der Seite. Es hatte viel Blut verloren, aber die Mutter war schon da und hatte ihm einen Heilverband gemacht. Der Junge legte ihm den Bernstein an die Wange. Das Reh schaute ihn dankbar an, dabei merkte der Junge, dass die Rehaugen bernsteinfarben waren. Das Reh sagte: ›Bernstein ist ein Schatz. Wie Freundschaft. Danke.‹« Thomas griff in seine Hosentasche und zog einen Bernstein hervor. »Hier. Den schenk ich dir. Als ich ein Junge war, hab ich den gefunden.« »Am Bernsteinteich?« »Nein, an der Ostsee.« Nico nahm ihn in die Hand und bewegte ihn hin und her. »Ist schön glatt, nicht?«, sagte Thomas. »Er wird warm, wenn man ihn in der Hand hält. Halt ihn mal an die Wange.« »Ja, warm«, sagte Nico. Er hielt ihn auch dem Bären ans Gesicht. »Und? Wie findet es der Bär?« »Gut«, sagte Nico. Er kletterte mit Bär und Bernstein ins Bett. »Freust du dich?«, fragte Thomas. »Ja, Papa.« Nico strahlte ihn an. »Papa, lässt du jetzt die Rehe singen? Ich hab den Rehpapa heil gemacht. Wie in der Geschichte. Aber mit Klebe.«

Thomas zog die Spieluhr auf, legte sich im Sessel zurück

und schloss die Augen. Gesund, gesund, gesund. Was bedeutet ein Ausrutscher, dachte er, betrachtet auf ein Leben.

Elternsprechtag

Früher hatte die Schulleitung für den Elternsprechtag einfach den Unterricht ausfallen lassen. Da war der Sprechtag sehr beliebt gewesen. Aber kürzlich war er auf die Abende verlegt worden, damit beide Eltern kommen konnten. Eine nachvollziehbare Verbesserung, aber es hatte bei vielen Lehrern Riesenschlangen gegeben und Ärger über die langen Wartezeiten. Inzwischen war alles aufs Beste durchorganisiert: Eltern hatten sich über ihre Kinder anzumelden und wurden namentlich im Zeitraum zwischen 18 und 22 Uhr eingetragen. Und wenn es auf dem Zettel, der außen an die Klassentür geklebt wurde, freie halbe Stunden gab, konnten sich Eltern auch spontan am Elternsprechtag noch eintragen. Tja, und so musste sie eben hier sitzen, dachte Ulrike missmutig.

Ihre ersten beiden Gespräche hatte sie hinter sich, füllte sich nun aus einer Thermoskanne Tee ein und aß die mitgebrachte Stulle. An der Wand gegenüber hingen große Papierbogen mit Ergebnissen von Gruppenarbeiten zu dem Thema »Australia«. »Life of the Aborigines«, »Work and Travel Programmes for Foreign Students« stand da mit dicken bunten Filzstiften notiert und umrandet. Ihr stachen gleich zwei Fehler ins Auge, aber sie hatte keine Lust, sie zu korrigieren. An der anderen Wand hingen Bilder und Poster, zum Teil schief und krumm. Im Schulalltag fällt das alles gar nicht auf, dachte sie; warum stört es mich jetzt? Wie diese kantigen Neonröhren, die sich in den Fenstern mit der Dunkelheit dahinter spiegelten und gleich doppelt ihr kaltes Licht verströmten. Seh ich sonst gar nicht! Ulrike gähnte und ging zur Tür, um nachzuschauen, ob sich jemand nachträglich eingetragen hatte. Ja. 20.30 Uhr; wahrscheinlich jemand aus ihrer 10c. Sie hatte ohnehin mehr Eltern aus dieser Problemklasse erwartet, wo ein Viertel der Schüler auf fünf stand. Kinder, die nicht lernen, und Eltern, die nicht zum Sprechtag kommen: Passt doch!, dachte sie und zuckte mit den Achseln.

Bis zu dem Gespräch hatte sie noch eineinhalb Stunden Zeit. Sie nahm die Hefte mit den Wagner-Aufsätzen aus der Tasche, stapelte sie vor sich auf und begann zu korrigieren. Eigentlich doch gut, dass ich hier sitzen muss, fand sie plötzlich. In diesem Raum um diese Zeit und in diesem Licht kann man gar nichts anderes tun als Hefte korrigieren, und dann habe ich es schnell hinter mir und schiebe es nicht wieder ewig auf. Ulrike korrigierte ungern, weil sie unter ihrer eigenen Gründlichkeit litt. Bei jeder Unsicherheit schlug sie nach. Außerdem bot sie jedem Schüler individuelle Hilfestellungen an und hatte davon auch dann nicht abgelassen, als sie merkte, die Schüler guckten nur auf die Note und nicht auf ihre »Sermone«, wie sie die Erläuterungen unter der Arbeit für sich selbst nannte. Verschrecke ich die mit dem vielen Rot?, hatte sie erst gedacht. Sie war daher für den Sermon auf ein freundliches Orange ausgewichen. Grün hätte sie noch lieber genommen, doch Grün war die Direktorenfarbe. Aber auch die orangenen Sermone wurden von den meisten Schülern nicht gewürdigt. Sinnlose Arbeit!, sagte sie sich oft. Warum konnte sie bloß nicht davon ablassen? Musste sie ein gutes Bild von sich vermitteln? Wem? Sich selbst? Musste sie ihre schlimme rote Note durch das viele Orange abfedern? Damit man sie nicht angriff? Schwierige Fragen.

Es war sehr ruhig. Ungewohnt friedlich. Fast angenehm, hier zu arbeiten. Manchmal drangen Gesprächfetzen ins Zimmer von Eltern, die draußen den Flur zu anderen Lehrern entlanggingen. Erstaunlich, wie gut Nina ihr Märchen zur *Walküre* hingekriegt hatte! Und Max Brückners Inhaltsangabe von *Siegfried* war mindestens genauso gelungen. Als Nächster war Milan dran. Ulrike seufzte. Was sollte sie ihm für sein *Rheingold* bloß für eine Zensur geben? Er hatte gegen alle Vorgaben verstoßen, aber sich rührend intensiv mit dem Text auseinandergesetzt. Und alles war korrekt, nur so ausufernd! Wertend! Sie markierte alle seine Fehler am Rand und brütete über ihren orangenen Bemerkungen, als es klopfte. Sie hatte ganz die Zeit vergessen! Beim Aufstehen strich sie schnell die Haare zurück, als ein Vater das Zimmer betrat. Nein, es war Kurt.

Ulrike stand wie vom Donner gerührt, fühlte ihr Herz wild schlagen und begann zu zittern. Kurt machte eine Bewegung mit den Armen, als wollte er sagen: »Nicht erschrecken«, und kam direkt auf sie zu, bog aber kurz vor ihr ab und ging zu einem der beiden Stühle hinüber, die Ulrike vor dem Pult schräg aufgestellt hatte. »Woher…wie…«, stotterte sie und schaute ihn über das Pult hinweg an. Wenn sie doch das Zittern abstellen könnte! Kurt war blass. Er wirkte schmaler als sonst, auf seinen Wangen zeichneten sich rote Flecken ab. Nach einer Weile unterbrach er die Stille und fragte, ob Thomas sie abhole. »Nein, der ist ja bei Nico«, brachte Ulrike heraus. Das schien Kurt etwas zu entspannen; er stand auf, zog seinen Mantel aus und legte ihn auf den Stuhl neben sich. »Was – was ist? Äh, ich meine, was machst du hier in Halle? Warum kommst du hierher?«, fragte sie schließlich. Auf einmal schwappte ein gewaltiger Ärger in ihr hoch. »Wir hatten verabredet, dass alles zu Ende ist, dass wir uns nie mehr alleine sehen wollen. Was soll das?« Kurt antwortete nicht. »Woher wusstest du überhaupt, dass ich Sprechtag habe?«, fügte Ulrike ruhiger hinzu, als ob ihre vorigen Fragen nur die Schaumkrone auf einer Woge gewesen waren, die durch sie hindurchgeflutet und nun schon wieder weggespült war.

Durch Kurts Schweigen bekam sie das unwirkliche Gefühl, in einem Film zu sitzen und ihn auf einer Leinwand zu sehen. In Großaufnahme mit seinen blaugrauen Augen, wie er die Zähne aufeinanderbiss, dass man seine Wangenmuskeln spielen sah. Seine Falten traten stark hervor in der Blässe. Er ist ein erloschener Vulkan, dachte Ulrike plötzlich. Ja, erloschen. Sie war erstaunt über diese Vision, und er tat ihr unmittelbar leid; spontan streckte sie ihre Hand über das Pult aus und legte sie auf seine, die eiskalt und zu einer Faust verkrampft war. »Was ist denn, Kurt? Was ist so wichtig, dass du zu mir gekommen bist?«, fragte sie leise.

Kurt beugte den Kopf zur Tischplatte, und einen Moment lang spürte sie seine Stirn auf ihrer Hand. Seine Faust entspannte sich, seine Achseln zuckten. »Weinst du?«, fragte Ulrike und hatte das Bedürfnis, ihn zu trösten. Was war nur los? Die Berührung wurde ihr unangenehm, und sie zog ihre Hand zurück. Kurt hob stumm den Kopf. Dann nahm er einen gefalteten Umschlag aus der Jacketttasche und strich ihn auf dem Pult glatt, setzte zum Sprechen an, verstummte jedoch wieder und schob Ulrike schließlich den Umschlag zu. Befremdet schaute sie auf das braune Papier und sah Kurt fragend an. Unterbrochen von Räuspern bat er sie, das darin Liegende herauszuziehen und zu lesen. Es war ein handschriftlich beschriebener Bogen: »Eigenhändig verfasstes Testament«, las sie als Titel. »Dein Testament?«, fragte sie und schluckte. Kurt nickte. »Das soll ich lesen? Laut?«, fragte sie. Wieder nickte Kurt. Ulrike hörte ihre Stimme in dem leeren Klassenraum hallen:

»Mit diesem Testament setze ich, Kurt Schwemmers, geb. am 6.6.1950, als meinen Letzten Willen fest: Im Fall meines Todes ist meine Frau, Eva Schwemmers, geb. 17.8.1948, meine Alleinerbin. Ihr soll all mein Hab und Gut gehören inkl. den Einnahmen aus meinen Büchern. Von diesem Alleinerbe soll es eine Ausnahme geben: Die von mir am 12.11.2002 gekaufte Eigentumswohnung in der Lomestraße in Berlin-Mitte vererbe ich an Nico Diesterkamp, geb. am 30.4.2009, wohnhaft Im Tannengehege 7, Halle. Er soll darüber verfügen wie er will, sie bewohnen, vermieten oder verkaufen. Sie soll ihm einen Freiraum ermöglichen, wofür auch immer er ihn nutzen möchte.«

Berlin, den 17. Januar 2012

Kurt Schwemmers

Ulrike wurde von einer heftigen Angst erfasst: »Kurt – warum schreibst du ein Testament? Bist du … bist du krank? Um Gottes willen, so sprich doch endlich!« Ihre Stimme überschlug sich vor widerstreitender Gefühle: »Aber wenn … wenn das eröffnet wird, wenn Eva das liest, wenn Thomas davon erfährt – was soll ich ihnen dann sagen? Dann ist doch auf einmal – und dann steh ich ganz allein damit – das kannst du doch nicht wollen, das ist doch … Ich begreife das nicht – was hat denn Nico mit dir und uns zu tun?!«, rief sie schließlich laut und erschrak vor ihrem eigenen Echo. »Ich will nicht, dass du ihn da reinziehst. Verstehst du?« Von draußen hörte man Schritte. Ulrike erstarrte. Es klopfte, und eine Mutter schaute herein: »Entschuldigung, Frau Diesterkamp, ich dachte, weil hier niemand eingetragen war, könnte ich … aber ich kann später noch einmal vorbeikommen …«

Ulrike riss sich zusammen. »Ja, bitte, vielleicht in einer halben Stunde.« Als die Frau die Tür hinter sich zugezogen hatte, begann Kurt mit leiser, eindringlicher Stimme zu reden. Er habe sich alles genau überlegt, sie müsse nichts befürchten: Er und Eva hätten keine Kinder, er habe auch keine Geschwister mehr, sein einziger, viel jüngerer Bruder sei ja ganz jung gestorben. Mit drei. Ulrike zuckte zusammen. Davon hatte Kurt nie gesprochen. Er fuhr fort: Eva könne an ihre Verwandten vererben. Das sei ja Evas, nicht seine Sache. Er, Kurt, habe Nico von Anfang an gern gehabt. Der jetzt drei sei, wie sein Bruder damals. Er verfolge Nicos Entwicklung – etwas aus der Ferne, aber immerhin. Er würde sich in der nächsten Zeit gern aktiver für Nico interessieren, wenn es ihr und Thomas recht sei. Ihn zum Beispiel mal ins Kindertheater einladen. An der Deutschen Oper gäbe es übrigens einen hochgelobten *Ring*-Verschnitt für Kinder, genannt *Klein-Siegfried*, das wär bald was für Nico. Das würden sowohl Eva als auch Thomas bestimmt einfach nur nett finden. So von einem kinderlosen Onkel. Wieder zuckte Ulrike zusammen. Onkel passte schlecht zu

Kurt. Seine Zuneigung sei echt, sagte Kurt beschwörend. Es habe nichts mehr mit damals zu tun. In Nico sähe er seinen jüngeren Bruder als Kind, in Thomas den jüngeren Bruder, wie er hätte werden können. Wenn. Wenn der Unfall nicht gewesen wäre. Und irgendwann würde er Eva von seinem Wunsch, Nico die Wohnung zu vererben, erzählen. In nicht allzu ferner Zukunft. So dass nach seinem Tod Eva Thomas erzählen könne, dass das schon lange sein Plan gewesen sei. Ja, Nico bringe ihm etwas von seiner und – seine Stimme wurde fast unhörbar leise – ja, auch von ihrer gemeinsamen Geschichte zurück. Ja, fuhr er nach einer kleinen Pause nachdrücklicher fort, und zu ihr sei er heute Abend gekommen, um sie zu informieren; damit sie nicht aus allen Wolken fallen würde. Später. Im Falle des Falles. Von dem man eben nie wisse, wann er eintrete. Es sei ihm wichtig, dass sie nichts Falsches denke, wenn er jetzt auf Nico peu à peu zukäme. Er habe sich bisher strikt an ihre Vereinbarung gehalten. Das wisse sie doch. Kein Verdacht würde also bei solcher »Vorbereitung« – er machte das Anführungszeichen – je auf sie und ihn fallen, keiner würde vermuten, dass es etwas mit »damals« zu tun habe, da keiner etwas von dem »Damals« wisse, das ausschließlich sie und ihn etwas angehe.

Mit angehaltenem Atem hörte Ulrike zu, wie Kurt hastig und ohne Pause redete; seine Stimme war immer eindringlicher geworden, aber er schloss nun ruhig mit: »Ist das denn so schlimm? Dass etwas von uns weiterlebt? Freust du dich nicht für Nico?«

Ulrike war verwirrt: »Schlimm? Von uns? Oder von dir? Nein – nur, ich meine, du wirst in diesem Jahr doch erst sechzig, Kurt. Wieso kommst du jetzt plötzlich auf ein Testament? Das – das beschäftigt mich!« Aber dann sah sie auf die Uhr. »Lass uns mit mehr Zeit darüber reden. Ich habe so viele Fragen. Zu deinem ... deinem Bruder. Und ... und, warum du damit heute hierherkommst. Aber auch viele andere Fragen. Ich ... ich weiß nicht ... ich will eigentlich nicht ... ich muss erst einmal in Ruhe nachdenken.« Kurt stimmte zu. Er stand auf, entschuldigte sich für den »Überfall«, aber es sei ihm eben extrem wichtig, und er habe nicht auf einen günstigen Zeitpunkt warten wollen. Die Idee mit dem Testament sei übrigens durch das Wagner-Projekt entstanden. »Wie? In *Rheingold* oder in der *Walküre*?«, fragte Ulrike. Sie war vollkommen perplex. Wieder klopfte es. Kurt winkte Ulrike zu, hauchte mehr mit den Lippen als der Stimme, es habe mit den Nornen zu tun, ging zur Tür und winkte, auf einmal ganz der alte Kurt, die draußen wartende Frau charmant herein.

Kurt war krank. Anders konnte es nicht sein. Als Ulrike nach Hause fuhr, war sie überzeugt davon. Sein gehauchtes »Mit den Nornen« war doch eindeutig: Es ging um eine Schicksalswendung. Rot! Ulrike musste eine Vollbremsung machen, weil sie fast die Ampel übersehen hatte. In Gegenwart der Schülermutter hatte sie sich noch zusammenreißen können, jetzt aber war sie zwischen Entsetzen, Verwirrung und Verunsicherung hin und her gerissen. Die Nornen kamen doch erst in der *Götterdämmerung* dran mit ihren Schicksalsfäden! Aber was sollte er mit dem Nornenspruch anderes gemeint haben, als dass er das Abreißen seines Lebensfadens befürchtete? Es kam immer wieder nur auf das eine heraus: Kurt wollte sein Haus bestellen. Weil er wahrscheinlich Krebs hatte. Darum hatte er auch »erloschen« auf sie gewirkt. Nur wenn er krank war, dann passte alles. Nicht nur, dass er extra gekommen war. Nein, das ganze *Ring*-Projekt passte dann auf einmal. Das hatte also dahintergestanden. Er wollte denen nah sein, die ihm viel bedeuteten, ein zwangloses Beisammensein ohne Sorgen. Ohne dass ihn wer wie einen Kranken behandelte. Er hatte ja außerdem recht – er war ihr nicht nahegetreten. Und seine Zuneigung für ihren Sohn und die Testamentsidee, das war vielleicht einfach ein Überfließen seiner Zuneigung zu ihr auf Nico. Sein Flirten mit Annegret passte dann auch: Er wollte noch mal seine Anziehung erleben. Dass er noch Feuerchen anzünden konnte in einer Frau. Die allerdings nie mehr abbrennen würden! Ulrike schämte sich ihrer Eifersucht und weinte. Unter diesen Umständen gönnte sie ihm jeden Blick aus Annegrets Augen.

Wieder rot. Kurz entschlossen schickte Ulrike Thomas von der Ampel aus eine SMS, dass es länger dauern werde. Am liebsten wäre sie nach Hause gefahren und hätte ihm alles erzählt. Nicht das von damals, aber den Besuch von Kurt, seinen Vorschlag, ihre Vermutungen über seine Krankheit. Sie konnte es fast nicht aushalten, jetzt nicht darüber mit Thomas zu sprechen, mit dem sie doch alles teilte! Aber das ging natürlich nicht. Vorher musste sie mit Kurt reden, ausgiebig. Sie brauchte Klarheit, was er wirklich hatte, und dann würde sich alles finden. Bevor sie nach Hause fuhr, musste sie sich aber etwas beruhigen. Auf einem Parkplatz an der Saale stieg sie aus und atmete tief durch. So aufgewühlt konnte sie Thomas nicht entgegentreten! Die Wohnung in der Lomestraße. Damals war sie immer vom U-Bahn-Ausgang darauf zugekommen, und Kurt hatte schon nach ihr aus dem Fenster gesehen und sie dann hineingezogen in die fast leeren großen Räume. Ein Altbau mit schönem Stuck. Den hatte sie gut in Erinnerung. Wenn sie nebeneinander auf dem Bett gelegen und an die Decke geschaut hatten, aber eigentlich gar nichts sahen. Sie verscheuchte die andrängenden Bilder. Heute war die Wohnung sicher vermietet. Natürlich, es war eine Geldanlage gewesen. Kurt und Eva wohnten ja ganz woanders, in Zehlendorf. Eigentlich hatte sie diese Wohnung nie wiedersehen wollen – und nun sollte sie Nico in Jahren dabei helfen, sie einzurichten? Absurd alles. Ulrike schaute auf den Kalender in ihrem Handy. Heute war Dienstag. Sie würde am liebsten schon vor *Siegfried* mit Kurt sprechen. Und sich seine Erlaubnis holen, mit Thomas über seine Testamentspläne zu reden. In dieser inneren Spannung würde sie den Opernbesuch Sonntag sonst nicht aushalten. Aber wie sollte sie Kurt unauffällig erreichen? Sein Handy wollte sie nicht benutzen. Der Mail traute sie auch nicht. Möglicherweise nutzte er mit Eva den PC zu Hause gemeinsam. In der Universität anrufen wollte sie nicht. Höchstens um sich zu verabreden. Ja. Sie würde ihn in der Uni anrufen und um ein baldiges Gespräch bitten. Eventuell müsste sie sich aber bis dahin doch noch gedulden und *Siegfried* so durchstehen. Wie fern ihr diese Oper auf einmal lag! Komisch, dass Kurt in seinem Zustand sich den *Ring* ausgesucht hatte. Ulrike hatte die vage Idee, wenn sie unheilbar krank wäre, würde sie nur Bach hören wollen. Aber das war jetzt egal. Sie brauchte Klarheit. Und dann konnten die Gefühle kommen, bestimmte sie. Und jetzt Schluss damit. Das musste sie einfach durchhalten. Sie ließ den Motor an, wendete auf dem leeren Parkplatz und fuhr nach Hause.

Achterbahn

Was musste Lena unbedingt schon im Januar ihren Weihnachtsgutschein einlösen, seufzte Annegret. »Ein Tag in Welaland« – mit dem Geschenk für den neuen Vergnügungspark in Brandenburg hatte Annegret eine Art Frühlingsrausch verbunden; jetzt kam ihr die Teenagerungeduld in die Quere. Ein ganzer Tag ging für Annegret an keinem der Januarwochenenden, weil sie die Samstage brauchte, um sich auf die Opernsonntage vorzubereiten. »Ich weiß gar nicht, ob die Achterbahn im Winter auf hat«, hatte sie eingewendet, aber umsonst: In der riesigen Anlage war genügend auf, recherchierte Lena, und so hatte sie sich schließlich erweichen lassen: Der Ausflug fand heute, an ihrem freien Mittwochnachmittag statt, wo sie lieber zu einer Fortbildung gegangen wäre. Und weil Lena über den »Schrumpfgutschein« – »Ist ja nur ’n halber Tag!« – maulte, durfte sie zum Trost Merle mitnehmen. Zu Welaland gehörte Gott sei Dank auch ein Schwimmbad, und dahin wollte Annegret gehen, während sich die Mädchen in den wahnsinnigen Drehmaschinen vergnügten.

Mürrisch strampelte Annegret von der Praxis nach Hause. Womit konnte sie ihre Laune verbessern? Den beiden die Stimmung verderben – das kam nicht infrage. Und wenn sie Eva fragen würde, ob sie nicht mitkommen wolle? Als Spontanaktion? Aber ob die sich so kurzfristig freimachen konnte? Eva war in ihrem kleinen Verlag nach Annegrets Eindruck nicht nur Lektorin, sondern Mädchen für alles. Viel konnte da nicht los sein, denn oft ging Eva nachmittags schon reiten. Manchmal war es Annegret so vorgekommen, als ob der Verlag nur so ein Feigenblatt war. Damit sie als »Verlegerin« – so sprach sie immer von sich – neben Kurt was darstellte. »Da hab ich was Eigenes! Da hab ich mein Jodeldiplom!«, fiel ihr Loriot ein, und sie musste lachen. Ich versuch's einfach, dachte sie, stieg an einer Bushaltestelle ab und rief Eva an, die direkt am Apparat war. »Hast du Lust, mit Lena, Merle und mir nach Welaland zu fahren?« »Welala? Was ist denn das? Hat es was mit *Rheingold* zu tun?« Annegret erklärte. Es gab eine kleine Pause. Dann tönte es munter: »Klar! Ich komme! Vier Frauen im Vergnügungspark mitten in der Woche im eiskalten Januar …« »Nein, es ist weitgehend überdacht und hoffentlich auch geheizt!« »Na umso besser. Das ist es. Autoscooter. Achterbahn. Rakete. Überdacht? Kann nicht sein. Bungee-Jumping. Dachschaden …« Annegret hörte sie ansteckend kichern. »Außerdem – es passt wunderbar. Bei uns zu Hause ist nämlich die totale Spontaneität in Form von Bauchhandeln ausgebrochen. Die du offenbar schon lebst. Du bist uns einfach immer einen Schritt voraus, Annegret!« »Wie bitte?« » Erklär ich dir nachher. Also, ich hör auf, mich durch das Manuskript hier zu quälen, und bin gleich bei dir. Wie lange fährt man dahin? Ich wollte eigentlich heute noch mit Dragoner zum Tierarzt, aber es ist nicht so dringlich.«

Annegrets Missstimmung war wie weggeblasen. Eva mit ihrem irren Kichern – das würde ein wunderbarer Nachmittag werden. Sie radelte im hohen Tempo nach Hause, wo zu ihrer Überraschung Lena und Merle schon dabei waren, einen Korb mit Lunchpaketen zu füllen. Sie hatten sogar eine Thermoskanne mit Kaffee für Annegret vorbereitet.

»Wieso seid ihr denn schon hier?« »Mama, wir haben Erdkunde ausfallen lassen. Wir hatten sowieso nur Vertretung, wir verpassen gar nichts, es fällt überhaupt nicht auf. Und dann haben wir mehr von Welaland.« »Aber nach Erdkunde habt ihr doch noch Deutsch?«, fragte Annegret mehr als sie es sagte. Sie schaute unsicher auf den Stundenplan am Kühlschrank. »Ja, aber wir kriegen nur die Arbeit wieder, das eilt nicht, das kann doch bis morgen warten.« Annegret runzelte die Stirn. »Nein, das mache ich nicht mit. Ihr könnt doch nicht zur Schule gehen, wie ihr lustig seid …« Es klingelte. Annegret unterbrach sich: »Das ist Eva, sie fährt mit. Mach doch mal auf, Lena.« Statt Lena ging Merle, und Lena begann dringlich zu flehen: »Mama, nun sei nicht so spießig. Wir sind beide gut genug in der Schule. Nun lass uns doch mal …«

Annegret schaute ihre Tochter an. Manchmal erkannte sie Alfreds Züge in Lenas Gesicht; je älter Lena wurde, desto ähnlicher wurde sie ihm. Annegret zögerte. »Na gut, dieses eine Mal. Weil Eva mitkommt. Ich schreib dir aber keine Entschuldigung. Die Stunde fehlst du eben unentschuldigt.« Sie hatte eigentlich die Prinzipien etwas strenger vertreten wollen, aber so würde es wohl reichen. Lena grinste: »Los, Frauen!«, rief sie. »Hoijotoho!« »Hoijotoho!«, fielen alle ein. Merle konnte gut singen und zog das »Ho« in bester Sopranmanier in höchste Höhen. »Mama, wo ist unsere Aufnahme von neulich? Wir spielen Eva auf dem Weg nach Welaland unsere *Walküren*-Version vor.« Die Mädchen lachten erleichtert. Sie kannten Eva und schienen sich bei ihr bedanken zu wollen, dass es mit dem Schwänzen glimpflich abgegangen war. Lena mochte Eva, das wusste Annegret.

Vielleicht entlastet es sie auch, dass Eva mitkommt, dachte sie. Dann fühlt sie sich für mich nicht so zuständig.

Auf der Fahrt hörten sie die *Walküren*-Verballhornung. Eva amüsierte sich: »Schade, dass ihr für *Siegfried* nicht auch so was gemacht habt.« »Nee, Siegfried ist langweilig«, fanden die beiden Mädchen. »Siegfried haut den Bären tot, ein unschuldiges Tier, dann haut er Mime tot, der ihn doch aufgezogen hat, dann haut er den Lindwurm tot, noch ein unschuldiges Tier, dann klaut er ihm den Ring, dann haut er Wotan den Spieß weg« – Lena blieb hartnäckig bei Spieß –, »und da kommen überhaupt keine Frauen vor! Erst zum Schluss, wo er Brünnhilde aufweckt. Und sie ist so blöd und will immer wieder in ihre Ritterrüstung zurück, wahrscheinlich hat ihr Wotan auch 'n Keuschheitsgürtel angelegt ...« Die Mädchen kicherten. »Aber das Waldvögelein?«, wandte Eva ein. »Das Siegfried den Weg weist? Das ist 'ne tragende Rolle und wird von einer Frau gesungen. Das ist überhaupt meine Lieblingsstelle in der Oper, wie Siegfried mit dem Horn das Vögelein nachmacht ...« »Vögelein? Vögelein? Ich höre immer Vögelein, was, Lena?« »Und ich hör immer Horn ...?!« Die Mädchen bogen sich vor Lachen, das auf Annegret und Eva übersprang.

In Welaland kapitulierte Eva, als sie die riesigen Anlagen sah. »Da kriegt ihr mich nicht rein. Das dreht sich ja gleichzeitig in alle Richtungen! Da wird's mir schlecht nur vom Zugucken! Das ist nichts für Leute jenseits der sechzig.« Annegret schloss sich erleichtert an: »Für jenseits der fünfzig auch nicht«, verkündete sie und gab Lena das Gutscheingeld. »Passt auf euch gegenseitig auf! Ärztliche Hilfe im Erlebnisbad, wo wir beide hingehen, und um neunzehn

Uhr treffen wir uns alle zum krönenden Abschluss am Autoscooter.« »Da werd ich zum Siegfried«, kündigte Eva drohend an. »Autoscooter liebe ich von früher her. Das ist mein Ding. Ihr werdet schon sehen.«

Im Bad schwamm Annegret Runde um Runde – es war angenehm leer dort, und auch ihr Kopf leerte sich in der ruhigen Bewegung – und suchte dann Eva in der Sauna auf. Sie schwitzten im Dampfraum vor sich hin, legten sich nach dem Tauchgang in den pflanzenbesetzten Ruhebereich und bestellten sich einen Kaffee. Als Annegret die Liege zurückkippte, hatte sie das Gefühl, schon tagelang im Urlaub zu sein. Ihr ging plötzlich auf, dass es das war, was sie bei Eva suchte, wenn sie mit ihr zu den Pferden fuhr: Entspannung. Da sie sonst von dem Gefühl der ständigen Alleinverantwortung kaum ablassen konnte: Lena, Praxis, Haushalt, Auto, Selbstverwaltung: Für alles, was sie sich mit Alfred früher geteilt hatte, war sie allein zuständig. Ja, diese ständige Anspannung!, dachte sie. Wo werd ich die überhaupt je los? Neulich beim Tanzen. In den beiden Opern auch, und wenn ich mit Eva draußen bin. Nachdenklich trank sie ihren Kaffee und spürte so etwas wie Dankbarkeit für Eva, aber auch eine Sehnsucht: Zeit zu haben, viel Zeit, die sie endlich wieder mit einem Mann verbringen könnte. Zeit zu reisen. Für einen Garten. Für einen Nachmittag im Bett. Allein und mit einem Mann. Einfache Dinge. Sie merkte, wie sie ins Träumen geriet, aber wollte dem in Evas Gegenwart nicht nachgeben: »Was hat denn Dragoner, dass du mit ihm zum Tierarzt musst?«, fragte sie schläfrig.

Eva auf der Liege neben ihr hielt die Augen geschlossen. War sie eingenickt? »Frag lieber, was Kurt hat«, war

Evas Antwort. »Wieso?« »Dragoner muss nur seine übliche Arthrosespritze bekommen. Aber Kurt macht mir Sorgen. Also gesundheitlich ja nun nicht mehr. Du hast ihn ja durchgecheckt. Da bin ich sehr froh. Aber er ist komisch. Und das war er schon einmal, nach der *Walküre* sprachen wir ja kurz davon.« Sie schwieg. »Hast du ihn denn angesprochen? Du hast recht, mir ist auch aufgefallen, wie er sich auf der Rückfahrt zurückzog.« Milde ausgedrückt, dachte Annegret. Er war doch geradezu enttäuschend unhöflich gewesen. Und sie hatte sich vorher noch Gedanken darüber gemacht, ob sie auch gut genug auf seine geistreiche Konversation vorbereitet sei! »Ansprechen hat keinen Sinn. Er weicht aus. Ich habe nie genau herausbekommen, was eigentlich damals war. Er sagte, er habe sich finden müssen. Er hat in der Zeit eine Wohnung gekauft in Mitte. Da hat er 'ne Weile gewohnt und gesagt, er schreibe da an seinem Buch. Vielleicht hat er sich doch behandeln lassen. Er hat später gesagt, dass er mir dankbar war, dass ich nicht so in ihn gedrungen bin. Ich hab mich damals mithilfe meiner Therapie entschließen können abzuwarten und ihm zu vertrauen. Das möchte ich heute auch wieder, aber es fällt mir so schwer.« »Vielleicht hat er 'ne Erda aufgesucht«, sagte Annegret spontan und bereute augenblicklich, den Einfall ausgesprochen zu haben. Eva setzte sich auf und wirkte alarmiert: »Was? Was meinst du?« »Na, als vorhin die Mädchen sagten, in *Siegfried* treten keine Frauen auf, ist mir Erda eingefallen, diese alte weise Frau, die Wotan aufsucht.« »Ach so, sich Rat geholt, meinst du.« Eva schien erleichtert. »Erda haben die Mädchen vergessen, weil sie weit über zwanzig ist, weißt du?« Sie legte sich wieder zurück. Annegret war froh über die Wendung des Gesprächs und spann ihren Faden weiter: »Ich finde das mit Erda am interessantesten in *Siegfried.* Allerdings will Wotan von ihr nur seine Ansicht bestätigt haben und hört ihr gar nicht zu, wenn ich das richtig verstanden hab. Aber Kurt hat vielleicht wirklich einen Rat gesucht und gefunden. So eine Kurztherapie oder so. Ich meine, du sagst doch, er habe sich damals auch wieder gefangen.«

Annegret war es ziemlich blümerant: Hatte sie sich zu weit vorgewagt? Aber schließlich hatte Eva sie ins Vertrauen gezogen. »Oder meinst du es allgemeiner; dass Kurt sich außerhalb der Beziehung zu mir Impulse holt? Meinst du das? Eine Erda aufsucht? Egal, ob alt, ob jung? Nur warum? Einmal hat er gesagt, ich enge ihn ein. Aber tu ich doch gar nicht!« Eva hatte sich wieder aufgesetzt und laut mit gepresster Stimme in den leeren Raum mit der Meditationsmusik hineingesprochen. »Ich weiß nicht«, sagte Annegret etwas hilflos. Was sollte sie mit dem »Tu ich doch gar nicht« und Evas Stimmmischung aus beleidigt und empört anfangen? Eva schaute sie auffordernd an, aber statt sich der Freundin nah zu fühlen, spürte Annegret einen Anflug von Genervtsein. Die Marmorplatte wär jetzt gut! kam ihr in den Sinn. Wie absurd. Ach, dieses Gespräch machte sie schwach. Dieses klasse Paar hatte ganz banale Beziehungsprobleme. Mit denen sie nicht unbedingt zu tun haben wollte! Aber durfte man als Freundin so sein? »Es fiel mir gerade eben so ein«, antwortete sie vorsichtig. »Man geht doch innerhalb einer Beziehung nicht wirklich verschollen, oder? Man zieht sich mal zurück, vielleicht. Um sich zu finden. Wie auch immer. Dann geht man wieder aufeinander zu. Wie bei euch. Man geht nur verschollen, wenn der andere stirbt.« Genau, dachte sie. Das ist es. Es nervt mich, dass sie gar nicht begreift, wie gut sie es hat. Verschollen – so ein Unsinn. »Oder wenn man das Vertrauen verliert«, kam es leise von Eva. Sie schwiegen. »Wir müssen langsam los, zum Autoskooter«, sagte Eva in einem leichteren Ton. »Danke, Annegret. Es tut mir gut, diese Dinge mit dir zu besprechen. Auch wenn wir zu keiner klaren Lösung kommen. Danke.«

Lena und Merle bildeten eine Fahrgemeinschaft, Eva und Annegret die andere. Sie kurvten herum, quietschten und johlten. Eva war eine rasante Fahrerin, sie hatte nicht zu viel versprochen, und bretterte zum Abschluss unerwartet heftig in Merles und Lenas Scooter. Merle drohte mit der Faust: »Nächste Runde Rache!« Aber da wurde schon das Ende eingeläutet, Annegret kletterte lachend aus dem Scooter und stolperte zur Bande. Erst mal das Gleichgewicht wieder finden! Als sie sich nach Eva umdrehte, sah sie, dass Eva im Gefährt sitzen geblieben war, ihr Gesicht vor Schmerz verzerrt. Erschrocken stürzte Annegret zum Scooter zurück, und zusammen mit den Mädchen half sie Eva aus dem Fahrzeug, dann die Bande hoch und wieder hinunter. Eva stützte sich schwer auf. »Hexenschuss«, sagte sie mit blecherner Stimme. »Passend zum Frauennachmittag.«

Die Rückfahrt verlief langsam und für Eva qualvoll. Die Mädchen drückten sich im Fond aneinander, Eva wurde im Liegen zur Praxis transportiert, wo Annegret ihr noch im Auto ein Schmerzmittel verabreichte, damit sie überhaupt aussteigen konnte und die Treppen hochkam. Als das Mittel wirkte, fuhr sie Eva nach Hause und klingelte Kurt herunter. Er stellte keine Fragen; zusammen stützten sie Eva, die mühselig nach oben wankte, und brachten sie ins Bett. Annegret gab Eva noch eine Spritze und besprach mit Kurt das Medizinische. Danach brachte er sie zur Haustür. »Autoscooter«, sagte er nachdenklich. Meinte er, dass sie sie dazu angestiftet hatte?, durchfuhr es Annegret. Gab er ihr die Schuld? »Eva wollte es so gern«, sagte sie leise. Kurt legte ihr die Hand auf die Schulter und meinte beruhigend, er wisse das. Sie sei früher auf jedem Jahrmarkt Autoscooter gefahren. Er gab ihr einen leichten Kuss auf die Wange und bedankte sich für ihre Fürsorge. Hatte er es mitbekommen?, dachte Annegret, als sie die Treppe hinablief. Dass sie sich schuldig fühlte? Sie staunte über sein Feingefühl. Er sprach sie ja quasi frei. Es war eben immer Evas Ding gewesen. Bevor sie das Haus verließ, schaute sie noch einmal nach oben: Kurt stand immer noch da und hob die Hand. Sie winkte zurück und spürte ihr Erröten: Was musste sie sich umdrehen? Aber was stand er da auch immer noch? In der kalten Luft draußen schüttelte sie den Kopf, teils über sich, teils über Kurt. Auf der Opernrückfahrt hatte sie ihn rücksichtslos gefunden, jetzt war er das Feingefühl selbst. Auf das sie sofort ansprang! Meine Güte! Jetzt aber Radio an, Nachrichten und Schluss. Und außerdem, dachte sie beim Fahren: Eva war eine erwachsene Frau. Musste sie nicht wissen, was sie tat? Sie ritt doch auch! Betrieb also eine der gefährlichsten Sportarten schlechthin! Aber trotzdem. Sie hatte Eva zu dem Ausflug angestiftet. Das war ein Fakt. Nein, eingeladen, korrigierte sie sich. Und Eva hätte auch Nein sagen können! Und der Autoscooter war auch Evas Idee gewesen! Trotzdem. In ihr blieb ein ungutes Gefühl zurück.

*

Rückfahrt ohne Pause

»Komisch«, sagte Ulrike, »ich bin heute nicht richtig reingekommen. In unser Grüppchen nicht, und in *Siegfried* noch viel weniger! Ob es so viel ausmacht, wenn man einmal gefehlt hat? Musikalisch fand ich's toll. Mitreißend. Die Inszenierung auch. Die überzeugt mich immer mehr. Daran kann es nicht gelegen haben. Und du? Wie war es für dich? Wie fandest du Siegfried sängerisch? Gespielt hat er ja großartig…« Ulrike sah zu Thomas hinüber und fühlte sich schlecht und angespannt. Was plapperte sie hier oberflächlich herum und wusste doch genau, was sie abgehalten hatte hineinzukommen, beschäftigt wie sie war mit ihrer Sorge und dem Verbergen ihrer Gefühle.

»Mich hat es heute auch nicht so bewegt. Also kein Vergleich zum letzten Mal!«, antwortete Thomas etwas abwesend. Lag es wirklich an der Oper oder daran, dass er sich zu zweit nicht so frei gefühlt hatte? überlegte er. Aber das sollte er lieber für sich behalten – sie könnte es missverstehen. Oder sogar verletzen. Er wollte auf den Opernbeginn zu sprechen kommen, zögerte aber. Die erste Szene, im Wald, hatte auf der kahlen dunklen Bühne gespielt, von der Mimes Behausung durch Stuhlformationen abgetrennt worden war. Der dunkle Raum hatte sich bedrückend um Thomas gelegt und ihn eigentlich die ganze Aufführung über beengt. In sich eingeschlossen. Er wurde ihn sogar jetzt im Auto nicht los! Ulrike schien es anders zu gehen, sie war ja in Unterhaltungslaune; beneidenswert, während er im Dunkeln feststeckte. Es erinnerte ihn plötzlich an Herrn M.s Schweigen. Wieso kann sie sich in der Oper emotional gut entziehen und bei Nico nicht, dachte er schlecht gelaunt. Mit einem Schlenker wich er auf die rechte Spur aus: »Blöder Drängler! Der sieht doch, dass ich überholt habe und von selbst rechts ranfahre. Genau wie Siegfried! Rechthaberisch, ansprüchlich, arrogant: Immerhin müht sich Mime jahrelang mit ihm ab! Einem fremden Kind! Als alleinerziehender Ersatzvater im Wald! Der ihm das Schwert schmieden soll und fertig. Ihn zum Mann machen. Als ob ein Vater das einfach so kann. Siegfried schiebt ihm was zu, dann verhöhnt er ihn, dann schiebt er ihn weg und ist nichts als aggressiv. Der lebt im Alles oder Nichts, hat keinerlei Schattierungen. Ein Typ ohne Persönlichkeit…« Es tat gut, sich in Rage zu reden, dachte er.

»Was regst du dich so auf?«, fragte Ulrike. Gleichzeitig war sie froh darüber. Geradezu entlastet, dass Thomas ihr ein Gesprächsthema bot. Sie hatte Kurt beobachtet, im Elbschlösschen und unauffällig während der Pausen, die heute alle zusammen verbracht hatten. Eva war ja nicht dabei wegen ihres Bandscheibenvorfalls, stattdessen waren ihr Bruder Olaf mit seiner Frau Susanne mitgekommen. Susanne hatte oft das Wort geführt und viel Interessantes über Wagner erzählt, während Kurt still und zurückgezogen gewirkt hatte. Genau wie Annegret, die im Restaurant wieder neben Kurt gesessen hatte. Wie es wohl zu dieser Sitzkonstellation gekommen war? Leider hatten Thomas und sie sich etwas verspätet; als sie das Restaurant betraten, saßen alle schon um den runden großen Tisch, und Ulrike hatte das Gefühl beschlichen, auf der falschen Veranstaltung zu sein: Eva und auch Dirk Blasius fehlten, neben den beiden unbekannten Verwandten von Eva saß etwas abseits Brigitte. Kurt und Annegret thronten am Fenster wie ein vertrautes Paar. Es hatte ihr einen Stich versetzt, wie gut die beiden aussahen, Kurt in einem tadellos sitzenden Smoking mit grüner Fliege, Annegret grün schillernd in einem eng anliegenden bodenlangen Kleid wie eine Schlange. Dass Eva nicht da war, hatte Ulrike, die von dem Scooterunfall nichts wusste, in dem Moment so interpretiert, dass sie es Kurt leicht machen wollte, mit Annegret eine Affäre zu haben. Dass Eva ihm sozusagen eine letzte Liebesgeschichte gönnte. Wie sie selber auch, selbst wenn es etwas stach. Als sie von dem Ausflug nach Welaland erfuhr, war ihr kurz durch den Kopf geschossen: Hat Annegret Eva irgendwie mattgesetzt? Aber sie hatte den Gedanken sofort verscheucht. Das konnte ja nicht sein.

Dennoch: Kurt und Annegret waren auffällig still. Aber vielleicht wusste Annegret als seine Ärztin von der Krankheit. Vielleicht hatte sie sie sogar diagnostiziert? Mein Gott, das wäre für alle nur furchtbar.

»Na, findest du es denn nicht zum Aufregen?«, hörte sie Thomas irritiert nachfragen. »Was? Entschuldige bitte, ich war kurz abgelenkt«, antwortete sie mit schlechtem Gewissen. Mein Gott, jetzt wollte sie sich aber zusammenreißen! »Na, wie Siegfried sich verhält! Ich versteh überhaupt nicht, warum Wagner so eine banale Figur ohne jeden Tiefgang ins Zentrum seiner Oper setzt!« »Wieso, er ist der Gegenspieler von Wotan …«, begann Ulrike, aber Thomas unterbrach sie: »Gegenspieler? Das ist 'ne Schießbudenfigur!« Oh, dachte sie alarmiert. Wenn Thomas so sprach, war er selbst beteiligt, und zwar sehr. Und sie hatte gar nicht mitbekommen, wieso. »Entschuldige«, sagte sie noch einmal und legte ihm kurz die Hand auf den Oberschenkel, »ich war mit den Gedanken woanders. Sag bitte noch mal, was dich aufregt.«

Thomas entwickelte nun etwas ruhiger seine These, dass Wotan gar keinen richtigen, jedenfalls keinen männlichen Gegenspieler hat. »Sein wahrer Gegenspieler ist weiblich. Brünnhilde.« »Es klingt, als fändest du das schlimm. Als könnte eine Frau kein Gegenspieler sein.« Thomas überlegte. »Schlimm? Nein, aber auffällig. Erklärungsbedürftig. Also mein Gegenspieler in unserem Kleinfamilienrahmen ist Nico, und deiner ist deine Mutter. Die wahren Gegenspieler sind meist vom gleichen Geschlecht, weil man sich selbst mit ihnen bis aufs Blut vergleicht.« »Bis aufs Blut?« »Ich meinte, bis ins Letzte.« Ulrike war nicht ganz überzeugt. »Allgemein gilt Alberich als Wotans Gegenspieler.« Thomas widersprach. Ein Gegenspieler sei einer, an dem man sich schmerzhaft reibe, der einen aber durch sein Anderssein auch voranbringe. Alberich und Wotan fechten einen banalen Machtkampf aus, während Brünnhilde ihren Vater zum Äußersten treibe. »Und das ist immer eine Chance. Wer seine Grenze nicht überschreitet, lernt sich nicht kennen.«

»Mein Gott, wie klug du bist, Thomas«, sagte Ulrike. Es kam schlicht und ehrlich heraus, und genauso meinte sie es. Er drehte ihr seinen runden Kopf zu, und sie lächelten sich kurz an. »Jetzt wird mir auch klar, warum ich Abstand gehalten hab zur Oper heut«, sagte Ulrike. »Mimes Heuchelei hat mich einfach zu sehr aufgeregt! Sie hat mir extrem wehgetan, genau genommen. Da hab ich dicht gemacht. Ich fürchte, das tu ich ja öfter«, fügte sie nachdenklich hinzu, um schnell weiterzusprechen. »Dieses Lied! Wo Mime Siegfried vorsäuselt, was er alles für ihn tut. Genau wie Ilse mir. Was sie alles für Nico tut! Und früher für mich getan hat. Genauso ein Gesülze!« Jetzt war ihr nach Weinen und Wüten; sie schlug sich mit geballter Faust auf den Oberschenkel. »Ach, Ulrike, nun mach es nicht schlimmer, als es ist. Nico kommt schon klar mit seiner Oma. Du bist einfach zu empfindlich.« »Mir fällt auf«, sagte Ulrike gereizt nach einem Moment des Schweigens, »dass ich mich für deinen Ärger interessieren soll, du aber meinen Ärger beschwichtigst. Du regst dich in aller Ruhe über Siegfried auf, ich soll aber nicht über meine Mime-Mutter meckern.« Es begann eine Art Streit, der oberflächlich scherzhaft, unterschwellig aber schwierig war, wie sie beide spürten. Ähnlich jenen Streits, was für Nico gut war und was nicht. Gott sei Dank passierten sie gerade den bewussten Parkplatz, und beide begannen zu lachen. »Heute leider nicht«, sagte Thomas ins Dunkle hinein. »Vielleicht gemütlich im Bett.« »Wenn Nico nicht aufwacht.« »Ja, ja!« Sie lachten.

»Weißt du«, begann Ulrike nach einer Weile nachdenklich, »Nico hat mir den Bernstein gezeigt und deine Geschichte nacherzählt. Er wollte mir den Stein schenken. Da hab ich gesagt: ›Das geht nicht. Den hast du von Papa. Und wenn du später mal ein Kind hast, dann erzählst du ihm die Geschichte und schenkst ihm den Stein.‹« Noch beim Sprechen musste sie schlucken. Hätte sie das nicht für sich behalten sollen? Wollte sie Thomas nur zeigen, was sie für ihn tat, und nahm seine Verletzung in Kauf? Sie schämte sich ein bisschen. Die kleine Scham und die große! Ach, ein verkorkster Abend!

Aber Thomas legte nach einer Weile seine Hand auf ihre: »Danke. Ich glaube, das war gut für ihn.« Er spürte eine Welle von Vertrauen und Zuneigung für seinen Sohn, der alles Schöne mit seiner Mutter teilen wollte und auch konnte. Wie vielen Kindern war das gar nicht möglich! Zum Beispiel Siegfried. Dieser Gedanke stimmte ihn augenblicklich milde, und das gemeinsame Lachen hatte auch die Beengung endlich gelöst. »Siegfried hat eben keine Mutter gehabt. Also kennt er seine eigene Gefühlswelt nicht. Nico wird sie aber später kennen. Wusstest du, was Wagners Lieblingsmärchen war? *Von einem, der auszog, das Fürchten zu lernen.* So einer ist Siegfried. Der nichts fürchten, weil er nichts empfinden kann. Das kann man ja nur entwickeln, wenn ein anderer sich dafür interessiert! Aber Nico wird es können, mit all der Zuwendung, die er bekommt von dir.« »Und dir«, setzte Ulrike hinzu und drückte seinen Arm, gerührt über seine Reaktion. »Und netten Onkels wie Kurt!« sagte Thomas. »Was?« Ulrike war augenblicklich irritiert. »Als wir zum Schluss die Treppen runtergingen, fragte er nach Nico und wie er denn die »*Ring*-Fahrten« überstehe. Da hab ich ihm von unseren Omafortschritten erzählt, und darauf kündigte er an, ihn in Berlin mal in *Klein-Siegfried* mitnehmen zu wollen. Diese Kinderoper. Fand ich nett. Auch etwas überraschend. Ich sagte, da würden wir gern mitkommen. Oder?« »Ja klar, natürlich. Ich hab auch schon dran gedacht. Es ist allerdings schwer, Karten dafür zu bekommen.« Ulrike versuchte das Thema zu wechseln. »Die arme Eva. Ist Annegret bestimmt sehr unangenehm, oder? Sie sagte, sie habe sie angestiftet mit in den Vergnügungspark zu kommen. Fandest du Kurt eigentlich wie sonst?« »Ja, genau wie sonst. Etwas stiller vielleicht. Vielleicht hat er sich auch gelangweilt ohne Eva.« »Langweilst du dich ohne mich?« »Eigentlich nicht«, sagte Thomas etwas beschämt. »Ich kann dann besser weinen.« Sie lachten wieder und fuhren in Ruhe weiter. Thomas summte, Ulrike summte mit. »Was ist das man noch?« »Das singt Erda. Nach *Rheingold* ist Wotans Stimme in mir umgegangen. Aber jetzt tönt Erda in mir: ›Mein Schlaf ist Träumen, mein Träumen Sinnen, mein Sinnen Walten des Wissens‹. Schön, nicht? Wotan lebt im Außen, Erda lebt im Innen. Und Innen – das ist doch mehr mein Reich als Wotans Außen.« »Ja, das ist dein Reich! Unbedingt. Milan Sukri findet Erda übrigens auch am besten. Ich les dir nachher seine Inhaltsangabe vor. Er meint allerdings, dass sie eigentlich Gerda heißt. Dass Reiner Wagner das vertüdelt hat.« Thomas lachte schallend. »Wotan und Gerda. Na bitte. Dann haben wir doch noch die wahren Gegenspieler gefunden, Milan sei Dank!«

Rückfahrt unter der Wotan-Esche

Vom Beifahrersitz aus glitt Annegrets Blick über die Anzeigen hinter dem Steuerrad, ohne etwas aufzunehmen. Kurt war dabei, das Auto aus der Auffahrt am Dresdner Hauptbahnhof herauszumanövrieren, wo sie Olaf und Susanne abgesetzt hatten. Nach dem lebhaften Gedankenaustausch mit den beiden über Wotans Mutieren zum Wanderer in *Siegfried* war es still im Auto. Ja, sinnierte Annegret, eine merkwürdige Entwicklung mit Wotan. Hat er abgedankt? Er überlässt Fricka einfach das Feld. Zieht sich zurück, streift herum und verstellt sich. Ein bisschen wie Kurt, aber da halt ich mich raus. Zu deren Beziehung äußer ich mich nicht mehr. Das hatte sie sich fest vorgenommen und extra für die Hinfahrt ihre CD mit den Leitmotiven und Wagner-Erklärungen mitgebracht. Wenn Kurt sie jetzt auch noch ins Vertrauen zöge – dann säße sie da. Außerdem hatte sie die CD als »Wolkenschutz« nutzen wollen. Den sie allerdings in der neuen Situation ihrer Ansicht nach nicht mehr brauchte. Aber sicher war sicher. Und alles hatte bestens gepasst: Nachdem sie den kurzen Austausch über Evas Befinden – rein medizinisch! – abgehakt hatten, war die Unterhaltung leicht und angeregt dahingeflossen. In Gesprächspausen half die CD weiter. Aber jetzt war es still; Annegret spürte, dass Kurt zu ihr herüberschaute, und fühlte sich befangen allein mit ihm. Was war sie für ein Feigling, dass sie sich nach dem

Vorfall mit Eva nicht getraut hatte, Nein zu sagen, als Kurt wie selbstverständlich ankündigte, sie zu *Siegfried* am Sonntag abzuholen.

An der unteren Anzeigenleiste flackerte ein gelbes Licht auf und brannte dann ununterbrochen. »Was ist das denn?«, fragte Annegret. Kurt reagierte irritiert. Er habe vor der Fahrt ausreichend Öl reingekippt. Eher zu viel als zu wenig. Wenn das jetzt schon wieder blinke, dann stimme etwas grundlegend nicht. So viel Öl konnte man doch gar nicht verlieren. Er steuerte eine große Tankstelle an. Auch das noch!

Annegret fühlte sich müde und schwach und blieb sitzen. Wieso hatte der *Siegfried*-Abend sie denn bloß so mitgenommen? Oder hatte sie sich einfach nur gelangweilt? Kurz bevor sie von der Autobahn die Ausfahrt nach Dresden genommen hatten, hatte Kurt gesagt, wie gern er jetzt weiterfahren würde, einfach immer weiter. Mit ihr. Sie hatte tief Luft geholt; diese zwei Wörtchen waren die einzigen Hinweise gewesen auf eine tiefere Strömung zwischen ihnen, aber sie hatte es vorgezogen, nicht darauf zu reagieren. Aber war es ihr in Wirklichkeit nicht genauso gegangen? Sie hatte es genossen, neben Kurt zu sitzen wie früher neben Alfred. Sich fahren zu lassen und nicht selbst fahren zu müssen wie jetzt immer. Und die Mädchen hatten recht gehabt: Außer der Szene, wo Wotan Erda um Rat bat, hatte nichts sie wirklich angesprochen. Dieser Siegfried war ein so tumber Junge! Von Erotik keine Spur: »Von Tuten und Blasen keine Ahnung«, hatte überraschenderweise Brigitte Blasius in der Pause gesagt, die ohne ihren Mann viel aufgeräumter wirkte, und sie hatten Brünnhilde lachend bemitleidet, dass sie mit diesem Haudegen zusammenkommen musste, ob sie wollte oder nicht. Eine gemeine Strafe! Obwohl so vernichtend ist sie denn doch auch wieder nicht, dachte Annegret plötzlich. Was hatte denn Brünnhilde sonst schon für Chancen? Als Vatergebundene? Und ging es ihr selbst denn anders? Als immer noch Alfredgebundene? Ja, dachte sie und ballte unwillkürlich die Faust. Mir geht es sehr wohl anders. Ich nehme eben nicht den erstbesten. Punkt. Ich bin einfach nur wählerisch. Brünnhilde muss den nehmen, den der Vater für sie ausgesucht hat. Ich nicht. Ich wähle, wen ich will. Und nur, wenn ich überhaupt will. Sie gähnte.

Kurt kam mit einem Mechaniker zurück, machte die Motorhaube auf, und beide Männer verschwanden dahinter. Nach einer Weile ließ der Mechaniker den Deckel fallen und trat zurück. »Unklarer Ölverlust, waren wir ja auch schon draufgekommen – muss sofort in 'ne Werkstatt, aber natürlich hat jetzt keine auf, er rät ab vom Weiterfahren nach Berlin – tja, da sitzen wir«, lautete Kurts knappes Bulletin. Er nahm sein iPhone heraus, steckte es aber gleich wieder ein, weil sein Blick aufs Hilton fiel, dessen Werbung am Ende der Straße leuchtete. Er wendete sich Annegret zu, schaute ihr in die Augen und legte ihr wie unbeteiligt mit sachlicher Stimme mehrere Möglichkeiten dar: Sie könnten jetzt für Annegret nach einem Zug schauen. Sie könne aber auch als sein Gast im Hilton übernachten und morgen früh fahren, da es ja mittlerweile doch schon recht spät sei. Und dann fiel das Wort: Tango. Sie könnten doch aus dem angebrochenen Abend etwas machen, oder? Er sei ewig nicht mehr tanzen gewesen, wisse aber von Eva, dass Annegret Tango liebe – ja, was sie denn davon halten würde?

Während er ohne mit der Wimper zu zucken redete, geriet Annegret in Wallung. In eine seltsame Melange aus Gefühlen, Gedanken und Impulsen. Das ging doch wohl nicht an! Ist das seine »Kunst des Anfangens«? Macht ’ne eiskalte Eröffnung, die alles mir überlässt. »Erwärme dich für Kühl«, fiel ihr eine Werbung ein. Na warte, dachte sie teils wütend, teils amüsiert, aber machtvoll hineingezogen in die Strömung, die immer da war zwischen ihnen, na warte, dich lock ich schon noch aus der Reserve. Jedenfalls war sie auf einen Schlag hellwach! Wie leicht hingeworfen antwortete sie: »Ein Tangotraum am Wotanbaum? Und wenn dabei was ins Auge geht? Willst du ewig mit ’ner Klappe herumlaufen?« Kurts Gesicht leuchtete auf, er lachte erst wie anerkennend, dann aber so ansteckend, dass sie einstimmen musste. Befreiend. Als ob einer verkünden würde: Die Schule fällt aus! Keine Klassenarbeit heute!

Sie fuhren Richtung Hilton. Im Foyer setzte sich Annegret in einen Sessel und überließ Kurt alles Weitere. Na gut, dachte sie, ihre inneren Einwände beschwichtigend. Warum nicht tanzen gehen? Recht hat er. Tanzen, Spaß haben, Leben. Ist ja wohl nicht verboten. Per Taxi fuhren sie in eine Bar mit Lifetango von einer kleinen Combo. Die Paare waren schick angezogen; Kurt und sie passten gut dazu, vielleicht etwas overdressed, sie in ihrem schillernden dunkelgrünen Schlangenkleid, er in Schwarz mit der grünen Fliege. Lena war begeistert gewesen von Annegrets Kleid: »Manno, Mama, endgeil.« Was würde sie sagen, wenn sie ihr von Kurts grünen Smokingstreifen erzählte? Annegret schmunzelte, und Kurt sah sie fragend an: »Endgeil«, sagte Annegret. Kurt platzte vor Lachen. Er hatte das Wort noch nie gehört. »Sagen deine

Studenten das nicht? Wahrscheinlich nur, wenn du nicht dabei bist«, spottete Annegret, fühlte sich aber gleichzeitig unwohl. Sie brauchte einen Schnaps! Wie vor dem Tanzen mit Theo! »Guck mal, hier gibt's einen Cocktail namens Tangotraum. Lass uns den nehmen«, sagte sie.

Von der Bar aus beobachteten sie die Paare, einige sehr versierte Tänzer, elegant und ineinander versunken. Das Gegenteil vom Autoscooter, schoss es Annegret durch den Kopf, und sie verbannte den Gedanken schnell. Kurt führte sie zur Tanzfläche und unmittelbar in die ersten Tanzschritte hinein, zielsicher, dann pausierend und vorsichtig, dann wieder energisch. Er denkt, ich kann mich nicht führen lassen, dachte Annegret. Tastet mich ab. Oder will es mir überlassen. Aber das tu ich nicht. Ich kann mich führen lassen. Wenn ich will. Sie konzentrierte sich darauf, zu ihm hin zu wittern, seinen Impulsen nachzugeben, auch wenn sie sich nur andeuteten. Alles andere verschwand aus ihrem Kopf. Nach einer Weile spürte sie, wie ihn diese auf ihn ausgerichtete Nachgiebigkeit anspornte und erregte. Und wie daraus die Wolke entstand. Die Nornen spinnen uns ein, dachte sie träumerisch. In einen schönen dicken Kokon. Anders als neulich mit Leo-Theo schien der gar nicht dünner zu werden, wenn sie das Tanzen unterbrachen. Die Nornen sind eigentlich erst nächstes Mal dran, ging ihr vage durch den Sinn. Sind wir schon in der *Götterdämmerung* gelandet?, murmelte sie an Kurts Ohr. Er schüttelte den Kopf und murmelte etwas von Morgendämmerung. Auch im Taxi zurück zum Hotel blieb der Kokon als Schicksalsschutz bestehen; nur einmal, vor der Tür zum Doppelzimmer, entstand eine Art Riss im Fädengespinst. Durch den plötzlich die Kälte hereinbrach: Das kannst du doch nicht tun! Als ob Kurt es gemerkt hätte, nahm er sie in den Arm, sehr leicht. Wieder staunte sie über seine stumme Einfühlung. Der Riss schloss sich, als Kurt eine Tangomelodie summte und sie langsam durch das Zimmer tanzten. Öffnete sich noch einmal kurz, als es ans Ausziehen ging. Beide Male dachte Annegret: Spinnt weiter, Nornen. Ich brauche euch. Ich tue unrecht, aber es gibt viel Unrecht auf der Welt, und ihr seid schuld an allem. Die drei Nornen nickten.

»Die Nornen haben zugestimmt, Kurt«, sagte Annegret später. »Wir müssen uns keine Vorwürfe machen. Einmal ist keinmal.« Ein blöder Spruch, aber auch ein guter Spruch. Kurt lag auf dem Bauch; mit der Fingerspitze zog Annegret sein Muttermal nach. »Du hast ein Muttermal.« Von Kurt kam etwas wie, er wisse das. »Wahrscheinlich hörst du das von jeder Frau«, sagte Annegret lächelnd. Keine Antwort. Es war halb fünf. Annegret legte sich neben ihn, aber konnte nicht schlafen. Schlief er denn? Sie achtete auf seinen Atem, der ganz regelmäßig kam und ging. Leise stand sie auf, zog sich im Badezimmer an und schrieb auf einen kleinen Zettel: »Wenn du aufwachst, wirst du dich an einen schönen Traum erinnern. Sprich nie darüber! Behalt ihn für dich, wie ich es auch tun werde. Nur so bleibt es, was es war: ein schöner Traum!«, legte den Zettel neben seinen Anzug und verließ leise das Zimmer. Im Zug nach Berlin schlief sie sofort ein.

Zügige Rückfahrt

Brigitte genoss die Stille nach all den Gesprächen und der Musik. Dirk hatte ihr eine SMS geschickt: »Litti fast fertig! Gute Rückfahrt!« Die Botschaft und dass er sie überhaupt geschickt hatte, beglückte sie. Alles würde gut werden. Morgen würde die Punktion sein. Dirk war guter Dinge und »in Form«. Kurz überlegte Brigitte wieder einmal, was er sich in der »Wichsbude« vorstellte. Sie hätte ihn gern danach gefragt, aber traute sich nicht. Als Mime Siegfried von den Umständen seiner Geburt erzählte, hatte sie, wie schon so oft zuvor, der Gedanke beschäftigt, die Zeugungsumstände beeinflussten die spätere Persönlichkeit des Kindes. Das war ja bald eine fixe Idee! »Quatsch. Esoterik. Schluss«, sagte sie laut vor sich hin. Ansonsten hatte sie *Siegfried* von vorne bis hinten genossen, und genoss die Oper im Fahren nun tagtraumartig noch einmal, wobei sie manches nach Wunsch umbaute: Nicht Mime, sondern sie zog Siegfried allein in einem Wald auf. Nicht diese Männerwirtschaft. Sie. Eine richtige Mutter. War das nicht bei Parsifal so gewesen?, fiel ihr ein. Der dann nachher Gralskönig wurde? Ja, dann parsifalisierte sie eben Siegfried, aber anders als es Parsifal vergönnt war, sollte ihr Siegfried-Sohn mit einer Frau glücklich werden, die sie später als Schwiegertochter lieben und versorgen würde. Und die ihr Enkel gebären würde. Brigitte griff weit voraus und verlor sich in Bildern eines späten Glücks mit ihrem erst kleinen, dann erwachsenen Siegfried-Sohn unterm Apfelbaum, der eine Frau heiraten würde, wie sie, Brigitte, sie mochte. So wie eine der Nachbarinnen bei ihr in der Siedlung. Sie dachte sich Namen, Beruf und Aussehen aus für die Schwiegertochter und schließlich den Namen für die Enkelin. Ja, eine Enkelin. Brigitte Antonia. Sie würde nach ihr heißen, darauf würde ihr Siegfried-Sohn bestehen. Nach seiner Mutter. Der wichtigsten Frau in seinem Leben.

Als Brigitte heimkam, erwartete Dirk sie mit einem späten Abendessen. Ein Wunder! Zwar schallte laut südamerikanische Musik durch die Wohnung, aber sonst war alles gut, so dass sie lebhaft von der Oper erzählte und sich von Dirks Tag berichten ließ. Dabei stellte sich heraus, dass er weniger weit gekommen war, als sie gedacht hatte. Wieso ihn eine knapp halb fertige Literaturliste dermaßen euphorisierte, blieb ihr ein Rätsel, aber das war jetzt nicht so wichtig. Nur sein Satz: »Wann müssen wir morgen los?« war wichtig. Er hatte es nicht vergessen, er stellte sich auf sie ein, er machte mit: Brigitte schossen die Tränen in die Augen. »Um acht. Ich muss nüchtern hin. Wegen der Narkose. Du kannst aber vorher frühstücken.« »Ja, tu ich auch«, sagte Dirk. »Wirst sehen, wird ein Prachtkind. Jetzt ab ins Bett, dass wir genug Schlaf kriegen.«

Brigitte lag lange wach und lauschte auf Dirks ruhiges Schnarchen. Hatte sie sich in ihm getäuscht? So guter Dinge war er lange nicht gewesen. Wahrscheinlich hing doch alles nur an dieser Habilitation, an seiner Sicherheit. Erst am frühen Morgen fiel sie in unruhigen Schlaf.

IV

Götterdämmerung

Vera Genthin, 10c

Das Märchen von der Götterdämmerung

Vor vielen Jahren, als das mit dem Spinnen noch geholfen hat, da saßen mal drei alte hässliche Hexen (Frau Diesterkamp, Nornen sind doch Hexen, oder?) in ihrer Höhle und spannen dicke Seile. Die eine passte nicht auf, und da riss das Seil. Dadurch starb Siegfried. Hagen, der zum ersten Mal in diesem Stück dabei ist, ein neidischer Typ, half etwas von hinten feige nach. Vorher haben aber die Hexen alle Seile verwirrt, darum gerät auch alles mit den Leuten im Stück durcheinander: Siegfried vergisst Brünnhilde, die er doch so liebte; stattdessen heiratet ein Gunther die, obwohl Brünnhilde ja eigentlich schon verheiratet ist und auch gar nicht will. Dieser Gunther ist auch zum ersten und gleich letzten Mal dabei, ebenso wie seine Schwester Gutrune. Die ist sehr dick und kriegt nun Siegfried zum Mann; sie hat ihm nämlich einen Liebestrank gemixt, und der wirkt auch. Hagen kriegt keine ab, aber er will auch nicht, er will nur den Ring, und sein Vater, Alberich, auch, aber den kriegen sie nicht, denn Brünnhilde schmeißt den am Ende in den Rhein zurück, wo er auch hingehört. Wotan ist völlig abgetaucht und spielt nicht mehr mit.

Vielleicht hat er sich als Hagen verkleidet? An allem haben jedenfalls die Hexen schuld, und sie müssen auch Brünnhilde verhext haben, denn die zündet zum Schluss alles an: ihren toten Siegfried – was ja noch in Ordnung ist –, das ganze große Schloss Walhall mit allen Göttern drin, sich selbst, aber, was ich am schlimmsten finde, auch ihr Pferd muss dran glauben (aber manche Märchen sind so grausam. Da ich auch Reiterin bin, finde ich das mit dem Pferd besonders schlimm). Und da sie alle gestorben sind, stehen sie auch nie mehr auf. Nur die Rheintöchter leben und haben ihren Goldring wieder, und wenn die drei nicht gestorben sind, schwimmen sie noch heute in Geld. Also ihnen haben die Hexen mit ihren komischen Seilen wirklich geholfen.

Der Tag danach

Am Dienstagmorgen rief Brigitte in der Bibliothek an und meldete sich krank. Das war noch nie vorgekommen; ihre Vorgesetzte zeigte sich besorgt. Mit schlechtem Gewissen brachte Brigitte ihre zusammengeholperte Entschuldigung hervor und versicherte, dass sie morgen wieder da sein würde. Nach dem Telefonat musste sie sich setzen und spürte ihr Herz laut und jagend pochen. Mittwoch würde ja ihr vorerst letzter Arbeitstag sein, das zu verschweigen fiel ihr entsetzlich schwer, aber darüber konnte sie wirklich erst sprechen, wenn alles klar war. Denn nach der Befruchtung am Donnerstag sollte sie strikt ruhen, und dann würde sie wirklich lange ausfallen. »Am besten ruhen Sie, bis die Schwangerschaft feststeht, und dann weiter die ganzen ersten drei Monate«, hatte der Arzt zu Beginn der ersten Gespräche sogar einmal gesagt. Er hieß Zwiefack, Dirk nannte ihn nur Zwieback. Brigitte hasste es aufzufallen, noch dazu unangenehm, und anderen Mehrarbeit zu verursachen. Das mit der Migräne heute war aber nicht gelogen. Sie fühlte sich mehr als elend.

Der gestrige Schock am frühen Morgen war ihr in alle Glieder gefahren. Dirks: »Ich komm nicht mit.« Ihr hilfloses: »Das – das kannst du mir nicht antun.« Dirks Ausrasten:

»Wer tut wem hier was an? Was tust du mir denn an? Du planst mich auszuschalten. Mit diesem Kind. Ich bin nicht blöd. Du planst diesen Siegfried-Angriff auf mich. Gibs doch zu. Du willst mich loswerden, und ich soll mich dazu hergeben? Sieh doch zu, wo du das Sperma herbekommst.« Wie er gebrüllt hatte! Brigitte schaute sich um, als ob es noch in der Luft hing. Nach dem schönen Nach-*Siegfried*-Abend war sie völlig unvorbereitet auf so eine Hölle gewesen. Ihr Reden, ihr Flehen, ihre Versprechungen, Drohungen, Verheißungen – nichts half. Dann sein plötzliches Einlenken. Unbegreiflich. Irgendetwas musste ihn ja erreicht haben. Vielleicht ihr Satz: »Mit fremdem Samen tue ich es nicht. Ich will doch ein Kind von dir.« Er hatte was von Abraham und seinem Samen gemurmelt. Dann gesagt: »Also los.« In der Klinik wäre sie vor Schwäche und Aufregung fast kollabiert, nachdem Dirk zur »Wichsbude« abgebogen war. Die Schwester hatte ihren Zustand auf Angst vor der Narkose zurückgeführt und beruhigend auf sie eingeredet. Als es endlich soweit war, als Doktor Zwiefack kam, ihr die Schultern tätschelte und zwinkernd sagte: »Ihr Mann ist schon fertig. Nun sind wir dran«, war die Aufregung schlagartig von ihr abgefallen. Sie war in die Narkose gerutscht wie in ein ersehntes Bad.

Im Aufwachraum hatte sie mit Übelkeit zu kämpfen gehabt. Im Bett neben ihr lag eine schluchzende, ganz junge Frau, ein Mädchen noch, die leise »Mama! Mama!« wimmerte. Sie hörte die Schwester im Hintergrund: »Erst treiben sie's wild, dann treiben sie ab, dann rufen sie nach Mama.« In ihrer Benommenheit hatte Brigitte den Satz auf sich bezogen und wollte nachfragen, ob man nicht aus Versehen etwas anderes an ihr vorgenommen habe, aber das ergab ja keinen Sinn… Sie hatte sich übergeben müssen. Urplötzlich. Eine Sauerei veranstaltet wie ihr alter Vater, hatte gehustet, sich verschluckt, gejapst, hyperventiliert, es war ein Trara um sie gemacht worden. Nur langsam wurde ihr klarer im Kopf. Dann hatte sie appetitlos etwas Tee und eine Scheibe Weißbrot hinuntergebracht. Und heute habe ich immer noch keinen Hunger, dachte sie. Aber ich darf mich nicht gehen lassen! Wie Zwiefack gesagt hatte: »Aber, aber! Sie müssen sich jetzt bald um zwei kümmern.« Mit diesem Satz war er gestern kurz an ihr Bett herangetreten und hatte ihr mitgeteilt, dass alles gut verlaufen sei, er habe mehrere Eizellen herausgenommen, nun heiße es Daumen drücken für die Befruchtung, am Donnerstag solle sie kommen zum Einsetzen, danach vierzehn Tage ruhen. Auf keinen Fall arbeiten. Er werde sie krankschreiben. »Wir wollen nichts riskieren, oder?« Tätschel, tätschel. »Ihr Mann hat es immer sehr eilig, nicht? Er hat wohl viel zu tun«, hatte er noch gesagt. »Ruhen Sie sich noch etwas bei uns aus, wir bestellen Ihnen eine Taxe nach Hause.«

Zu Hause hatte Brigitte den ganzen restlichen Montag auf dem Sofa vor sich hingedämmert. Dirk hatte sich per SMS entschuldigt, sie hatte nicht darauf reagiert. Als er kam, blieb sie einsilbig. Er war auf seine Art sogar fürsorglich gewesen, aber es hatte sie nichts erreicht. Sie war früh ins Bett gegangen und ohne Ohrstöpsel und Schlafbrille unmittelbar eingeschlafen.

Vor Brigitte dehnte sich nun die schier endlose Zeit des Wartens. Arbeit hätte sie abgelenkt. Aber wenn sie sich morgen noch so fühlen würde wie heute, dann würde sie wieder absagen. Lesen ging nicht, reden auch nicht, also wäre arbeiten wohl auch unangebracht. Sie legte die Hände auf den Bauch und schaute auf den Apfelbaum. Bitte hilf mir, Freia, dachte sie.

Auf dem Dekanat

Dirk suchte das Auto. Dass Brigitte morgens nicht aufgestanden war, gar nicht auf ihn reagiert hatte, und dass kein Frühstück bereitstand, hatte ihn verunsichert. Wo hatte er gestern bloß das verdammte Auto abgestellt? Diese IVF-Geschichte hatte nicht nur Brigitte durcheinandergebracht; selbst er hatte den ganzen Tag gebraucht, um sich davon zu erholen. Jetzt erst mal in Ruhe mein Tutorium abreißen, dachte er und suchte mit den Augen die Wagenreihen ab. Da war es ja. Na bitte. Beim Fahren entspannte er sich. Am Sonntag war es ihm geradezu hervorragend gegangen! Der Zufall hatte ihm ja noch einen »Beweis« geschenkt. Gut, dass er nicht die ganze Zeit an der Liste geackert hatte, sondern auf die Idee gekommen war, am späten Nachmittag mit dem Auto ein bisschen in der Gegend herumzufahren. Das hatte er einfach gebraucht, um seine schlechte Laune zu vertreiben nach den fünf Stunden Nichts-als-Literaturliste! Und ebenso gut war der Einfall gewesen, nicht zum Zoo zu fahren, sondern es mal bei Dombrowski zu Hause zu probieren. Wie von ungefähr mal vorbeizufahren und sich unauffällig in der Nähe zu postieren. Bei Dombrowski war Licht gewesen, das wenig später ausging, und tatsächlich: Dombrowski trat aus dem Haus. Einem prächtigen Zweifamilienhaus in Dahlem. Und noch besser:

Dombrowski war nicht allein. Der mit der Kapuze ging erst hinter ihm, dann auf dem Bürgersteig neben ihm her. Der Dekan hatte den Arm um den schmächtigen Jungen gelegt, Dirk war in einigem Abstand gefolgt und hatte wieder geknipst. Das Foto war allerdings verwackelt und zu dunkel geworden. Aber trotzdem. Vielleicht konnte man das doch verwenden. Dombrowski begleitete den Jungen zur Busstation, stand mit ihm eine ganze Weile an der Haltestelle, bis der Bus Richtung Zoo kam und der Junge einstieg. Dirk hatte sich in sein Auto gesetzt und war dem Bus erst hinterher und, nachdem er gemerkt hatte, dass der Junge nicht unterwegs ausstieg, vorausgefahren und hatte gewartet. Richtig, der Junge war am Bahnhof Zoo ausgestiegen und Richtung Eingangshalle getrabt. Dirk grinste. So könnte er seine Zeugenaussagen machen: Ich bin dem Jungen gefolgt und habe ihn in der Nähe des Obstsaftstandes angesprochen und gefragt: »Was macht der mit dir? Der, von dem du jetzt kommst? Der aus Dahlem?« Dass er dem Jungen einen Zwanzigeuroschein vor die Nase gehalten hatte, würde er natürlich nicht erwähnen, aber wohl, dass der Junge erst einen Schreck bekommen, aber dann trotzig gesagt hatte: »Na was schon. Was alle wollen.« »Musstest du ihm einen blasen?« »Warum willst du das wissen? Willst du auch mal?« Ich habe dann gefragt: »Würdest du es bezeugen?« Dirk musste an einer Ampel warten und überlegte. Er sollte sich seine Zeugenaussagen genauer durchdenken. So ging es gar nicht. Den Rest sollte er auf jeden Fall besser verschweigen; dass er dem Jungen den Geldschein hingehalten hatte mit den Worten: »Nicht vor den Bullen. Nur für mich. Ich hab was mit dem Dahlemer zu verhandeln. Hier, schreib auf den Zettel: ›Am 1. 12. bin ich mit Dombrowski auf seine Wohnung gegangen und hab auf seinen Wunsch hin Sex mit ihm gehabt. Dafür bekam ich … Euro.‹« »Und wenn du das den Bullen zeigst?« »Die wissen doch sowieso, dass du auf den Strich gehst.« »Dann geht die Resozialisierungsscheiße wieder los. Nee«, und dass der Junge ihm blöderweise den Geldschein aus der Hand gerissen und damit im U-Bahn-Eingang verschwunden war.

Ja, auf so was hätte er eigentlich vorbereitet sein müssen, dachte er auch jetzt wieder verärgert, während er sich der Silberlaube näherte. Aber egal – er konnte trotzdem zufrieden sein. Wenn er die Sache vor die Polizei brächte, würde der Junge schon aussagen. Der war jung und haltlos. O ja, der würde aussagen. Sonst hätte der sich keine Sekunde lang mit ihm abgegeben. Das mit dem Zettel war ja nur ein Versuch gewesen. Eigentlich konnte er mehr als zufrieden sein, und war es doch am Sonntag auch gewesen: glücklich nach Hause gefahren, Brigitte sogar mit einem *late late dinner* empfangen! Warum er Montag Morgen diesen wahnsinnigen Wutanfall bekommen hatte, wusste er selber nicht. Er wischte den Gedanken daran so schnell wie möglich wieder weg.

»Was alle wollen.« Er jedenfalls erst mal einen Kaffee. Dass Brigitte auch heute noch zu Hause geblieben war! Eine unerhörte Ausnahme. Ja, es wurde jetzt ernst. Er wurde Vater. Aber bitte nur mit Habilitation und Stelle! Als er seinen Raum betrat, klingelte das Telefon. Die Sekretärin des Dekans war am Apparat. Ob er vor oder nach seinem Tutorium einmal vorbeischauen könne? Herr Dombrowski wolle ihn kurz sprechen. Dirks Herz pochte. Es hatte unverbindlich geklungen, war aber ungewöhnlich. Der Tag der Ausnahmen. Na gut. Es wurde eben ernst.

Beim Dekan ging alles ganz schnell. Dombrowski stellte ihm in Aussicht, bei Einreichen der Habilitationsschrift bis Mitte Februar das Habilitationsverfahren beschleunigt durchzuführen. »Wir haben einen Engpass«, sagte er. »Ich möchte Sie dann bitten, den Lehrstuhl von Professor Kröger kommissarisch zu übernehmen. Als Vertretung, die aber etwas länger dauern könnte. Sparmaßnahmen, Sie wissen ja. Die Berufungen werden hingezogen. Die Bewerber wieder ausgeladen, eingeladen, ausgeladen. Der ganze Zirkus.« Dirks Herz schlug wie verrückt. »Vertretung mit Aussicht auf eine Hausberufung?«, fragte er vorpreschend. Der Dekan sah ihn an. »Vielleicht. Vielleicht auch nicht.« »Wovon hängt es ab?« »Hauptsächlich von Ihnen. Von Ihrer Arbeit. Und natürlich – wie Sie ankommen bei den Studenten. Von Ihrer Beliebtheit. Ihrem didaktischen Geschick. Heute läuft viel über Feedback-Bögen.« Dirk starrte ihn an. Beliebtheit. »Kann man das nicht etwas sicherer eintüten?«, hörte er sich sagen. »Wie meinen Sie das?« Dirk zögerte. Das Ganze war bisher gut gelaufen. Er sah Dombrowski an. Der schaute ohne mit der Wimper zu zucken zurück. Er weiß doch, dass ich es weiß, dachte Dirk. Oder nicht? Er nahm seinen Mut zusammen: »Ich war gestern am Bahnhof Zoo. Hab da mit einem Kapuzenjungen gesprochen. Sie wissen schon.« »Ist das für Ihre Arbeit nötig? Betreiben Sie Feldstudien?«, kam es kalt aus dem Mund des Dekans. »Für die Arbeit nicht. Für die Stelle vielleicht.«

Im Raum breitete sich Stille aus. Der Dekan stand auf, stellte sich ans Fenster, sah kurz hinaus und drehte sich dann zu Dirk um. »Warum haben Sie sich nicht über meinen Vorschlag gefreut und sind dankbar, dass ich Ihnen diese Chance gebe? Und gehen zufrieden aus dem Raum?« Dombrowski sprach langsam und vollkommen ruhig. »Ich werde Vater«, antwortete Dirk. Er fühlte sich kläglich. Elend. »Ich brauche Sicherheit.« »Sicher ist es nur im Grab«, sagte der Dekan und drehte sich zum Schreibtisch. »Ich kümmere mich um sozial schwache Jungen. Ich glaube, deren Unsicherheit können Sie sich gar nicht vorstellen, Herr Blasius. Reichen Sie nun Ihre Arbeit im Februar ein, oder soll ich mich um eine andere Lösung bemühen? Frau Allensdorf wäre auch bereit einzuspringen; sie würde notfalls früher aus dem Erziehungsurlaub zurückkehren. Ich sage Ihnen ehrlich: An Sie habe ich mich auf Rat von Kurt Schwemmers gewendet. Schwemmers hält Sie für sehr geeignet.« Aha. So drehte er das hin. Sozial Schwache. Und dagegen hatte er nichts, gar nichts in der Hand. Warum hatte er nicht früher an diese Möglichkeit gedacht? Dirk fühlte, wie ihm schwindlig wurde. Er nickte. Ja, auf jeden Fall nehme er an, er sei dankbar für die Chance, er werde die Arbeit unbedingt bis Mitte Februar abgeben.

»Na schön«, sagte Dombrowski und ging voraus zur Tür. Dirk folgte wie ein Schaf. »Und? Wie gefällt Ihnen die Semperoper? Schwemmers hat mir von Ihrem *Ring*-Projekt erzählt. Ist ja toll.« Dirk bedauerte, dass er leider nicht durchgehend daran teilnehmen konnte, eben wegen der Fertigstellung seiner Arbeit. Als er den Raum verließ, fragte der Dekan: »Wann ist es denn soweit?« »Mitte Februar«, stotterte Dirk. »Auf jeden Fall.« »Nein, mit der Vaterschaft?« »Ach so, na, noch unklar.« »Unklar? Na ja. Schönen Tag.«

Der Brief

Die Tage nach *Siegfried* und dem unerwarteten Tangotraum war viel los in Annegrets Praxis, was ihr sehr gelegen kam. Sie schuftete konzentriert und half am Abend Lena, die ihre MSA-Arbeit abgeben musste. Das neue Thema erwies sich als recht weitläufig, und Lena bedauerte inzwischen, die Opern geschwänzt und die ursprüngliche Idee aufgegeben zu haben. Sie wollte wenigstens zur *Götterdämmerung* am Sonntag mitkommen und über ein freiwilliges Kurzreferat ihre Note absichern.

Passt mir das eigentlich?, dachte Annegret, als sie an ihrem freien Mittwochnachmittag auf dem Sofa saß, neben sich einen Stapel Zeitungen, weil sie seit dem Wochenende zu nichts gekommen war. Sie suchte sich die Feuilletons heraus und schlug den Montag auf. Ja, es war ihr recht. Durch Lenas Anwesenheit würde bestimmt alles einfacher sein. Unbefangener. Aber sie hatte andererseits wenig Lust zur *Götterdämmerung*. Am liebsten würde sie aussteigen aus dem Wagner-Projekt. Es reichte. Wenn die Nornen im Vorspiel zum Beispiel nicht nicken würden? Wenn denen alle Fäden rissen? Ach, was bin ich abergläubisch, dachte sie. Albern. Zu Hause bleiben wäre trotzdem besser, dachte Annegret. Ich möchte mich erst mal sortieren.

Sie blätterte durch die Zeitung und merkte, dass sie sich nicht vertiefen konnte. Arbeiten war gut gewesen, Muße passte jetzt nicht. Mit wem konnte sie über ihr Erlebnis reden? Mit Cora auf keinen Fall; sie vertrat klare Ansichten zur ehelichen Treue und würde garantiert zu ihr auf Distanz gehen. Von den Freunden, die sie mit Alfred gemeinsam gehabt hatte, war sie im Lauf der Jahre unmerklich abgerückt. In der Therapie hatte sie herausgefunden, dass sie die anderen Frauen um ihre Männer beneidete. Auf die Männer war sie unbewusst sauer, dass sie einfach weiterlebten, und auf die Freundinnen, dass sie sie weiter hatten. Die Freundschaft zu Eva war im Grunde die einzige, die sie seit Alfreds Tod neu aufgebaut hatte. Und die hab ich ja wohl jetzt zerstört. Die Frage ist: Warum? Und die nächste: Wie gehe ich jetzt mit Eva um?

Am meisten irritierte Annegret, dass sie so wenig fühlte. Keine Sehnsucht nach Kurt. Kaum Schuldgefühle Eva gegenüber. Klar war eigentlich nur, dass sie nicht mitwollte in die letzte Oper und ihr das Ganze reichte. Es wurde ihr schon zu viel, wenn sie an die Musik nur dachte. Dieses ganze Gefühlsgewoge! Sie brauchte Rückzug. Aber nicht, um Wunden zu lecken. Oder aus Reue. Sie hatte diese Paareveranstaltung einfach satt. Dankbar sein zu müssen, dass man sie mitnahm. Die sollen sich nicht um mich kümmern!, dachte sie voll plötzlicher Wut. Ich war ja Eva die ganze Zeit dankbar! Wie unangebracht das war. Es fiel ihr wie Schuppen von den Augen. Eva hatte doch mindestens so viel von ihr gehabt wie sie von ihr! Sie war doch nicht bei ihr untergekrochen! Aber sie gab ihr immer das Gefühl. O ja, Eva hatte ihr Gebrauchtwerden sehr gut brauchen können, sie hatte sich durch Teilnahme an Annegrets Leben aufgepeppt. Da ihr eigenes ja ein bisschen langweilig war, wie sie selbst sagte. Kurt machte seines – wie sehr, das war ja jetzt klar! –, und Eva hatte den Verlag, von dem sie wenig erzählte, und Dragoner. An meinem ganzen Leben hat sie teilgehabt, dachte Annegret in einer

Mischung aus Ärger und Traurigkeit: an meinen Problemen und Freuden mit Lena, an meiner Trauer um Alfred, auch am Tangoabend mit Theo-Leo, und eben auch an Welaland, verdammt. Aber nun war sie aus Evas Nest hervorgeschlüpft. Dem Evaring. Ja, sie hatte lange genug im Flammenring gelegen. Für dieses Bild war sie Wagner, Decker und Kurt dankbar. Das war ihre persönliche *Ring*-Ausbeute, und die reichte. Man kam eben nur durch einen anderen Partner aus der Erstarrung heraus, und den würde sie jetzt suchen. Kurt? Das war einfach nur ein Mann des Übergangs, zur rechten Zeit geschickt von einem himmlischen Regisseur, der hilfreich in die Dramaturgie des Lebens eingegriffen hatte. Durch Ölverlust! Das sah einfach mehr nach männlicher Regie aus als die Nornen-Verstrickung. Sie lachte. Schon mit Theo war sie aufgewacht. Mit Kurt noch mehr. Hatte ihre Anziehungskraft gespürt. Sie musste sich nicht verkriechen, verdammt, brauchte keinen Unterschlupf.

Annegret grübelte noch eine Weile und begann dann den Artikel über Friederike Mayröcker zum dritten Mal. Diese sperrige Schriftstellerin hatte überhaupt keinen Hehl daraus gemacht, wie es ihr nach dem Tod ihres Mannes gegangen war. Und zwar jahrelang. Von der konnte sie sich eine Scheibe abschneiden. Es war tröstlich, dass es anderen auch so ging. Tröstlich war kürzlich auch ein Artikel im *Ärzteblatt* gewesen, den ein österreichischer Psychiater über die unterschiedlichen Trauerzeiten bei Männern und Frauen veröffentlicht hatte. Bei gleich langer Ehedauer bänden sich Männer nach ihrer Verwitwung im Durchschnitt nach drei Jahren wieder. Bei Frauen dauere es durchschnittlich zehn Jahre.

»Und? Was sagt das?«, sagte Annegret laut. »Gar nichts. Ich lege mir dies und das zurecht, um damit klarzukommen. Dass Kurt mich als Feuergott Loge aufgesucht habe und ich nichts habe anbrennen lassen, obwohl es der Mann meiner Freundin Eva ist. Und dass es so aussieht, als ob ich sie außer Gefecht setzen wollte, um in aller Ruhe mit ihrem Mann zusammenzukommen.« Aber das stimmte eben nicht, dachte sie. Eva hatte den fatalen Ruck selbst herbeigeführt. Sie hatte ja selbst neben ihr gesessen und konnte den Stoß noch spüren! Aber dennoch traute sie ihrer Erinnerung nicht. Immer wieder war sie unsicher, ob nicht in Wahrheit sie selbst am Steuer gesessen und den Rums gebaut hatte. Sie hatte Lena danach gefragt, zweimal schon. Und gestern, als Merle da war, auch noch Merles Version angefragt. »Fängst du schon wieder damit an, Mama. Es nervt«, war Lenas klare Ansage gewesen. Trotzdem hatte sie auf Merles Antwort beharrt: »Nein! Eva saß doch die ganze Zeit am Steuer! Sie hat doch damit angegeben! Und ist volle Pulle in mich und Lena reingefahren. Direkt danach war dann Ende. Strom abgestellt, neue Runde beziehungsweise eben aussteigen.«

»Ich war es nicht.« Wieder sprach sie laut. »Aber passte es mir nicht gut in den Kram? Weil mir Evas Ehelichkeit so was von auf den Geist geht? Diese Selbstverständlichkeit, mit der sie ihren Mann für sich beansprucht. Seinen Status. Die Pferde – alles durch ihn! Er hat für Walhall zu sorgen, er darf nicht verschollen gehen. Ha! Es gibt kein Recht auf den anderen!« Den letzten Satz rief sie laut und musste plötzlich lachen. Späte Rebellionen! Jedenfalls hatte sie ja wohl Kurts Auto nicht außer Gefecht gesetzt. Und er selbst? Ob er es eingefädelt hatte? Zutrauen würde sie es ihm. Er war schon einer, der sich nicht zeigte und viel heimlich machte. Im Grunde war Kurt nichts als ein Möchtegernwotan. Ein Loge, der gern den Wotan spielte. Und Eva spielte auch nur die Fricka. In Wirklichkeit guckte sie bei Kurt längst nicht so genau hin wie Fricka bei Wotan. Hatte eine Nicht-Hinguck-Therapie gemacht von ein paar läppischen Stunden. Natürlich weiß sie von seinen Seitensprüngen! Das in Dresden mit ihr war doch kein Einzelfall – ausgeschlossen. Aber Eva vertuscht es sogar vor sich selbst. Macht was Psychisches draus. Was Psychisches, ha! »Kurt ist komisch«, hörte sie Evas Stimme. Er war überhaupt nicht komisch. Der langweilte sich einfach nur.

Annegret trank einen Schluck Wasser. Kurt wäre nicht der Mann, niemals, an den sie sich binden würde, selbst wenn er zu haben wäre. Weil er leider ein notorischer Betrüger war. Ein charmanter Pyromane auf höherer Ebene. Wer mit ihm zusammenlebte, musste sich hintergehen lassen wollen. Wie sollte man es sonst aushalten? So war Alfred nicht gewesen, dachte sie. Er war vielleicht nicht so brillant gewesen, aber klug und redlich. Was letztlich mehr zählte. Wie übrigens auch Thomas Diesterkamp. Der schon eher ein wahrer Wotan war.

»Ich versteh kein Wort, Mama.« Lena kam mit einem Buch hereingestürmt. »Erst mal: Was sind überhaupt Nornen?« »Nordische Schicksalsgöttinnen. Sie spinnen ihre Schicksalsfäden. Für jeden Einzelnen und für die ganze Welt.« »Ach so. Und wenn das Seil reißt?« »Das reißt doch nicht. Verwirrt sich nur. So hab ich es jedenfalls in Erinnerung. Weil Wotan gegen seine eigenen Normen gehandelt hat. Weil alles außer Rand und Band ist durch den geraubten Ring. Aber es kommt wieder in Ordnung, glaube ich.«

»Nein! Es reißt! Hier im Vorspiel! Hier!« Lena fuchtelte mit dem Buch herum und zitierte: »›Es riss! Es riss! Es riss! Zu Ende ewges Wissen. Der Welt melden Weise nichts mehr. Hinab! Hinab zur Mutter!‹ Wer ist denn überhaupt die Mutter?« »Erda. Bitte Lena, google dir das. Ich hab Kopfweh, ich kann dir auch nichts Genaueres sagen. Lass mich mal hier in Ruhe.« Lena zog ab.

Es riss also. Und plötzlich dachte Annegret: Ich geh definitiv nicht hin. In mir ist nichts gerissen. Im Gegenteil, ich fand es toll, wieder mal mit einem Mann im Bett zu sein. Ich nehme es einfach als Zeichen, dass ich doch noch einen Mann finde. Ein Vorspiel sozusagen. Wie die Nornen ein Vorspiel zu *Götterdämmerung* sind. Bei mir ist jetzt aber hoffentlich mal Schluss mit Dämmerung. Ich lasse das ganze verworrene Kurt-Gespinst jetzt los. Ich betrachte es als Traum, genau wie ich es aufgeschrieben habe. Als aufbauenden Traum: Hallo, es gibt mich wieder als Frau. Genau wie damals am Abend mit Theo. Offenbar hab ich solche Zeichen gebraucht. Mir haben die Nornen genickt. Sie lächelte wieder. Ich steh dazu. Ich hoffe, Kurt ist klug genug und lässt alles ruhen. Und jetzt ruf ich Eva an und erkundige mich nach ihr. Warum nicht? Ärztliche Fürsorge. Und ich mag sie ja auch. Die Freundschaft muss von mir aus nicht abreißen. Aber ich dünn es ein bisschen aus mit ihr. Fahr nicht mehr so oft raus nach Spandau. Weder zum Friedhof noch zu den Pferden. Sie kann ja auf mich zukommen. Überhaupt. Mal sehen, ob sie das überhaupt tut. Sich mal auf mich zubewegt. Nicht immer ich auf sie.

Sie wählte Evas Telefonnummer, und da sich keiner meldete, hinterließ sie eine leichte, zugewandte Gute-Besserungs-Botschaft auf dem Band. Eva solle sich doch mal melden, wenn sie Lust habe auf einen Plausch. So. Und nun werd ich mich an eine Internet-Partnervermittlung wenden. Raus aus dem Ring! Ein Siegfried wär mir allerding zu langweilig. Ein Loge zu unstet, ein Alberich zu gierig, viel schlimmer: humorlos! Ein Hagen? Zu finster. Zu neidisch. Also ein Wotan muss es schon sein! Ein Mann mit Visionen.

Ihr Handy klingelte: Kurt. Ob sie kurz zu sprechen sei, also sprechen könne. »Ich kann immer sprechen«, sagte Annegret etwas spitz, »im Gegensatz zu dir.« Kurt erklärte, er habe an Lena gedacht. Ob die im Zimmer sei. »Ach so. Nein.« In wenigen Worten erzählte Kurt dann mit dürrer Stimme, dass alles herausgekommen sei. Er habe am Montagabend Annegret einen Brief geschrieben und ihn aus Versehen in seine Unterlagenmappe für die Dienstagsvorlesung gelegt. In der Uni habe er gemerkt, dass er die Mappe vergessen hatte. Er habe die Vorlesung zwar so, aus dem Gedächtnis, halten können, aber habe ein ungutes Gefühl gehabt. Eigentlich gehe Eva nicht an seine Sachen, aber den PC benutzten sie gemeinsam. Und die Unterlagen hätten direkt daneben gelegen. Und da sie momentan in einer ungewöhnlichen Abmachung leben würden … er stockte … sei wohl alles etwas anders. Oder vielleicht habe er sich in Eva schon immer getäuscht, was wisse denn er. Pause. »Und?« fragte Annegret. Sie empfand gar nichts. Reagierte nur, genau wie in einem medizinischen Notfall. Zu Hause sei Eva mit dem Brief in der Hand auf ihn zugekommen. Zugehumpelt, müsse man sagen. Habe ihn zur Rede gestellt. Er pausierte wieder. »Und?«, Er habe dann erzählt, was war. Etwas ausgewählt natürlich. Habe das Tanzen betont, nicht das danach. Er habe ihr Annegrets Zettel gezeigt. Mit der Traumbemerkung. In der Hoffnung, Eva dadurch zu beruhigen. Sie habe den Zettel zerrissen, sich umgedreht und sei weggegangen. Gehumpelt. So stehe es jetzt. Ein Gespräch sei noch nicht möglich gewesen, trotz seiner Bemühungen. Aber wohl besser, Annegret wisse es.

Annegret stand stocksteif. Hätte sie doch nicht bei Eva angerufen! Lust auf einen Plausch! O Gott. »Ja, besser, ich weiß es«, sagte sie, »ja.« Ihr fiel nichts weiter ein zu sagen, und auch Kurt schwieg. »Alles herausgekommen« … Die dürren Worte hallten in ihr wie mechanisch nach, bis sie auf einmal aufwachte. »Was heißt hier herausgekommen? Bitte lösch meine Nummer«, sagte sie in plötzlich gefundener, sachlicher Arztmanier. »Die hast du denn wohl aus Evas Handy geholt. Dann bist du ja nicht besser als sie. Von mir hast du sie jedenfalls nicht bekommen. Also lösch sie. Und denk darüber nach, warum du den Brief hast liegen lassen. Warum hast du ihn ihr übrigens nicht gleich auf den Frühstücksteller gelegt?« Sie empfand eine kalte Wut. »Hör mal, Kurt. Es hätte alles einfach sein können. Für uns alle. Aber du musstest ja deine Fäden weiterspinnen. Was gab es denn so Dringendes zu schreiben? Und warum überhaupt? Weißt du was? Du wolltest dich von ihr entdecken lassen. Deiner Frau zeigen, was du noch für ein toller Hecht bist. Aber nun ab zu Mama. Mit deinem Muttermal. Mama ist böse, böse. Oder ab zu Erda. Wie du es sonst auch machst, oder?« Annegret sprach verächtlich. Das Telefon klingelte. Sie sah Evas Nummer auf dem Display. »Deine Frau ruft gerade bei mir an. Wie passend. Ich spreche jetzt mit ihr.« Annegret drückte das Gespräch mit Kurt weg und nahm den Hörer vom Festnetztelefon ab.

Eva sagte einfach: »Ich will nicht groß rumreden, Annegret. Komischerweise habe ich dir die Nacht erst gar nicht so übel genommen. Kurt ja. Aber dir nicht. Nicht so sehr jedenfalls. Schon übel. Aber irgendwann hätte ich mich wieder eingekriegt. Vielleicht. Aber dass du hier bei mir anrufst und mich so falsch fragst, ob ich Lust auf einen Plausch habe, das find ich schon dreist. Mehr als dreist. Es verletzt mich. Du nimmst mich nämlich nicht ernst. Und das ist ernst.« Annegret stammelte ein »Entschuldigung«, aber Eva ließ sie nicht zu Wort kommen: »Ich war erst hauptsächlich wütend auf Kurt. Aber wahrscheinlich sagt Thomas dazu, ich verschiebe meine Wut. Nach dem Bandspruch von dir hab ich dann gemerkt: Die Wut auf dich ist viel tiefer. Weil du das Freundschaftsband zerrissen hast. Also: Ich hab's mir überlegt: Du tust mir nicht gut, lass mich in Ruhe, ich will nicht mit dir reden, dich nicht wieder sehen. Wir sind geschiedene Freundinnen.« Annegret schwieg und hörte auf die Stille in der Leitung. Dann sagte sie: »Ich habe einfach mal nicht gedacht. Das Denken ausgeschaltet und gehandelt. Verletzen wollte ich dich eigentlich nicht. Es ist wohl alles durch den *Ring*-Besuch gekommen. Der hat Unterstes nach oben gebracht. Vielleicht kannst du mir das nicht glauben, aber so war es.« Verwundert hörte sie, wie Eva mit gepresster Stimme sagte: »Schon gut. Freu dich, dass du das kannst.« Sie hörte sich uralt an. Wenn ich jetzt nicht aufpasse, dachte Annegret, dann fühl ich mich ewig wie eine ertappte Tochter. Schwach, schlecht, schuldig. Bin ich aber nicht. Sie legte auf.

Aufgewühlt zog sie eine Jacke an und lief hinaus. Draußen fiel sie in ein schnelles Gehen. Sie brauchte Luft, und die Kälte tat gut. Es war alles glasklar: Eva hatte sie um ihre Freiheit beneidet. Und sie sie um die Ehe. Zwischen ihnen war gar keine Freundschaft gewesen. Sondern eine Sehnsucht, durch die andere zu bekommen, was man nicht hatte. Sie sah vor ihrem inneren Auge Eva auf Dragoner im Spandauer Parcourgeviert herumtraben, die Hand heben und ihr zuwinken. Es schmerzte, und ihr kamen Tränen. Es war eine Enttäuschung, die gleichzeitig weh- und guttat. Auf Kurt war sie wütend, doch im Grunde ihres Herzens fühlte sie sich mehr als alles andere befreit. Siegfrieds Hornmotiv kam ihr in den Sinn, sie sang es vor sich hin. Eine fröhliche, lebenslustige Melodie.

Schweigen

Herr M. kam eine Viertelstunde zu spät. Thomas hätte einen Patientenbericht weiterschreiben können, eigentlich war der dringend dran, aber er wollte lieber warten, sich auf Herrn M. einstellen. Die Verspätung würde sicher ein wichtiger Teil der Stunde werden. Einer schweren Stunde. Als es schließlich klingelte, ließ er den Ingenieur ein, der seinen Mantel umständlich an der Garderobe aufhängte, bevor er Thomas die Hand gab. Mit dem Handschlag schien für ihn die Stunde zu beginnen, kam es Thomas immer vor; der Mantel gehörte zur Außenwelt, die wie eine Hülle abgestreift wurde, obwohl sie Herrn M.s eigentliche Welt war, die Welt, in der er lebte und immer noch lebte, während sein Sohn abnahm und abnahm und sterben würde.

»Was war denn? Was hat Sie aufgehalten?«, fragte Thomas ganz gegen seine übliche Gewohnheit, den Patienten erst einmal Raum zu geben für Eigenes. »Aufgehalten«, antwortete Herr M. gedehnt und langsam. Eine ganze Weile schwieg er und sagte dann: »Die Tür ist jetzt auf für ihn.« »Woran merken Sie das?« »Er steht nicht mehr auf.« Wieder war es lange still. »Und das Mädchen?«, fragte Thomas. »Sie steht auch nicht mehr auf.« Thomas bat um Einzelheiten, damit er es besser verstehen könne. Er hoffte, betete!, dass Herr M. sprechen würde. Und Herr M. sprach. Erzählte ausgiebig, wie das Mädchen vorgestern zusammengebrochen sei. Sie und sein Sohn hätten in ihrem Zimmer gesessen, Herr M. draußen in einem Gästebereich. Er habe gelesen. Sein Sohn und er hatten besprochen, dass die beiden jungen Leute mehr für sich sein wollten. Sein Sohn hatte ihm sogar schlicht eröffnet, er habe sich verliebt und sei glücklich. Dass er es aber schön fände zu wissen, wenn sein Vater trotzdem in der Nähe sei. Wenn es ihm nichts ausmache. Thomas schluckte; er stellte sich vor, wie schwierig es für den Sohn gewesen sein musste, den Vater nicht zurückzuweisen, den traurigen Vater, der so litt, und war beeindruckt, wie gut Vater und Sohn das miteinander hingekriegt hatten. Denn Herr M. war seinerseits glücklich über diese Entwicklung und konnte sich nichts Schöneres vorstellen, als dort im Gästebereich zu sitzen und seinen Sohn mit dem Mädchen zusammen zu wissen. Die beiden verbrachten Tag und Nacht miteinander, meist auf ihrem Zimmer; hatten sich Kerzen hingestellt, hörten Musik, redeten, lagen beieinander. Nur wenn Medizinisches zu erledigen war – das Opiumpflaster wechseln, Tabletten einnehmen –, verließ sein Sohn das

Zimmer oder ging in seines zurück. Ja, und dann habe er einen Rums gehört und gleich darauf einen Ruf seines Sohnes. Er habe nach einer Schwester gerufen, sei hingerannt, und da lag sie. Hatte blutig und schaumig erbrochen, die Augen waren verdreht. Man habe sich um sie gekümmert, er und sein Sohn mussten hinaus. Später waren die Eltern des Mädchens gekommen und hatten seinem Sohn nicht die Tür aufgemacht, als er nach ihr schauen wollte. Da habe sein Sohn sich ins Bett gelegt und zu dem Vater gesagt: »Ich stehe nicht wieder auf.« Und so liege er seither.

»Und das Mädchen?«, fragte Thomas. Er hatte sein Schreibbord weggelegt. Was sollte er hier mitschreiben? Herr M. sagte, er habe gefragt, ob man die beiden nicht in einem Zimmer schlafen lassen könne. Liegen lassen. Er schwieg. »Sie meinen, sterben lassen?« »Ja.« »Und? Geht das nicht?«, fragte Thomas. »Doch, die Hospizleitung hat wohl nichts dagegen, aber die Eltern des Mädchens wollen es nicht. Die ganze Zeit waren sie immer nur kurz da«, brach es bitter aus ihm heraus. »Und nun sind sie da und die ganze Zeit um sie. Obwohl mein Sohn mir gesagt hat, sie wäre lieber bei ihm. Sie hat so Schlimmes erzählt über ihr Zuhause. Sie durfte nicht so leben, wie sie wollte«, schrie er, »und jetzt darf sie nicht sterben, wie sie will!« Er ballte die Faust und schlug auf die Lehne seines Sessels, wieder und wieder. »Als wir zu dritt waren, er, das Mädchen und ich, da war es fast wie früher: Seine Mutter, ich, er, nur andere Rollen, aber doch ganz ähnlich! Es war schön! Schön! Verstehen Sie!!?!« Er brüllte verzweifelt.

Thomas stand auf und legte ihm seinen Arm um die Schultern. Das hatte er noch nie bei einem Patienten getan.

Aber jetzt tat er es. Herr M. schnurrte zusammen, krümmte sich und weinte. »Haben Sie mit der Hospizleitung gesprochen?«, fragte Thomas plötzlich. »Mit der Leitung? Nein.« »Bitte tun Sie das. Gehen Sie jetzt gleich, und tun Sie das. Schildern Sie die Lage. Die Leitung soll zwischen Ihnen, den Eltern, dem Mädchen und Ihrem Sohn vermitteln. Sie soll helfen, das Beste für das Mädchen, das nicht mehr aufstehen kann, und Ihren Sohn, der nicht mehr aufstehen will, herauszufinden. Das werden die auch tun. Das ist deren Aufgabe. Sie müssen sie nur darum bitten und die Dringlichkeit erklären. Von der Liebe der beiden erzählen. Sie haben keine Zeit zu verlieren.« Herr M. atmete schwer und sagte dann: »Ja, das ist gut. Ich will alles tun. Für meinen Sohn. Für die beiden. Ja. Ich versuche es. Danke. Ein guter Tipp.« Er stand auf und wollte gehen. »Kommen Sie Donnerstag um diese Zeit noch einmal vorbei«, sagte Thomas, »und erzählen Sie mir, wie es steht. Ich warte auf Sie. Wenn es nicht geht, schicken Sie mir eine SMS.« Herr M. guckte ihn kurz an und nickte. Thomas schrieb ihm seine Handynummer auf, und Herr M. verließ die Praxis.

Zu Hause hatte Ulrike für Thomas das Abendessen warm gestellt. Sie war dabei, Nico ins Bett zu bringen. Thomas aß und schaute in die Zeitung. Diese ganzen Aufregungen in der Welt berührten ihn nicht. Seine Gedanken kreisten um das Mädchen. Erst hatte sie es in ihrer Familie offenbar schlecht gehabt, und nun erlebte sie eine Liebe, eine kostbare, kurz bemessene, wahrscheinlich unermesslich tiefe Liebe, und dann wurde sie ihr weggenommen. Und die Eltern in ihrer Seelenblindheit merkten es gar nicht. »Sie wissen nicht, was sie tun«, murmelte er. Er ließ die Zeitung sinken und legte den Kopf auf die Tischplatte. Als Ulrike kam, wollte er ihr davon erzählen, um sich zu erleichtern, aber er mochte sie nicht damit belasten. Und schwieg.

Papa haut

Ulrike trat in die Küche, wo Thomas reglos saß, den Kopf in die Hände gestützt. Sie wusste nicht recht, wie beginnen. Nico hatte ihr gesagt: »Papa haut manchmal.« Sie hatte es gar nicht glauben wollen. Aber sie beobachtete, wie das Hauen mehr und mehr Einzug hielt in Nicos Spiele. Er haute seinen Bären. Er spielte Schule und begann als Lehrer seine Kuscheltierschüler zu hauen. Er hatte sich eine Pistole aus einer Illustrierten ausgeschnitten, auf Pappe geklebt und benutzte sie als Waffe. Ulrike war gegen Spielzeugwaffen. Sie war entsetzt.

In Gedanken versunken räumte sie den Tisch ab und fragte Thomas mehr nebenbei, wie sein Tag gewesen sei. Er antwortete einsilbig. Wahrscheinlich war er noch mit einer Sitzung beschäftigt. Heute war außerdem wieder Dienstag. Thomas hatte wegen des Dienstagspatienten seine Arbeit in der Institutskommission niedergelegt, um hinterher frei zu haben und Herrn M. eventuell im Hospiz aufzusuchen. Ulrike war beeindruckt, wie ernst Thomas seine Arbeit nahm. So ein intensives Eingehen auf den Einzelnen wäre in der Schule oft auch notwendig, aber es war schlechterdings unmöglich. Und wohl auch gar nicht so erwünscht. Siehe Sermon. Heute passte es ihr allerdings nicht, dass Thomas so mit dem Patienten beschäftigt war. Wie konnte sie das mit Nico geschickt ansprechen? Es drückte sie doch sehr.

Im Wohnzimmer griff Thomas nach seinem Buch und begann zu lesen. Ulrike zog eine Klausur heran, korrigierte ein bisschen und legte schließlich leise Musik auf. Und dann kam es doch blöd heraus: »Sag mal, Thomas, war da neulich was? An dem Abend, wo du Nico den Bernstein geschenkt hast? Er hat mir erzählt, du schlägst ihn. Hättest ihn geschlagen.« Geschlagen – Ulrike erschrak vor dem Wort, obwohl sie es selbst benutzt hatte. Hätte sie es nicht anders ausdrücken können? Es klang übertrieben. Wie misshandelt. Thomas ließ das Buch sinken. »Du glaubst Nico, wenn er sagt, ich schlage ihn?« »Nein, das heißt, ja, also ich frage dich ja!«, sagte sie und bereute bereits, dass sie es angesprochen hatte.

»Wir hatten eine … eine Auseinandersetzung. Ich hab ihn schon etwas rau angepackt. Stimmt. Nachdem wir vorher fröhlich gespielt hatten, er sogar mit dem Bobby-Car nach draußen durfte« – Ulrike zog erstaunt die Augenbrauen hoch – »und er etwas zerrissen hatte. Ein Foto von dir nämlich. Ja, es stimmt, da hab ich ihm 'ne Kopfnuss gegeben. Aber ich pflege Nico nicht zu schlagen. Und entschuldigt hab ich mich auch, und ich glaube, er hat es verstanden und angenommen.«

Etwas betreten und verwirrt, aber in erster Linie beruhigt, lächelte Ulrike zu Thomas hinüber: »Ach so. Neuerdings schlägt Nico nämlich alle seine Tiere, und wenn ich ihn frage, was das soll, sagt er immer, Papa haut auch.« Thomas schwieg. »Von mir aus ist damit alles geklärt, Thomas. Tut mir leid, war wohl ein blöder Zeitpunkt, dir heute damit zu kommen.« Nach einer Weile fragte sie: »Was denn für ein

Foto?« »Von dir früher. Ich hab es wieder zusammengeklebt und eingesteckt.« »Zeig mal. Ich weiß gar nicht, welches.« Thomas holte es hervor. »Du bist da noch fast ein Mädchen.« Als er es aussprach, packte ihn der Schmerz um das Mädchen aus der Klinik. Er schob Ulrike das Bild hin: »Ich geh schon mal ins Bett. Bin hundemüde heute. Entschuldige; weißt du, mich beschäftigt der Sohn von Herrn M. Er darf nicht mehr zu seiner Freundin, bei der es zu Ende geht. Und irgendwie relativiert das Sterben der jungen Leute so viel für mich. Papa haut. Du liebe Güte. Ich bin kein Papa, der haut. Da gibt's ganz andere Papas. Bestimmt nimmt langsam das Gerangel unter den Jungs in der Kita zu, und dem muss Nico sich ja stellen; außerdem weiß er ganz genau, dass du sehr ängstlich bist beim Thema Aggressivität – na, da holt er sich sozusagen Rückendeckung bei mir mit seinem »Papa haut auch«. Find ich ganz gut sogar! Nur ich kann mich heute einfach nicht weiter damit beschäftigen, o.k.?« Er nahm sein Buch und verschwand.

So sah er es! Wahrscheinlich hatte Thomas recht. Es ergab wirklich Sinn. Wieso bin ich nicht selber darauf gekommen? Und hab es ihm vielleicht sogar zugetraut? Beschämt und gleichzeitig erleichtert schaute Ulrike auf das geklebte Foto. So also trägt er mich mit sich herum. Als mädchenhafte junge Frau, dachte sie. Und Nico erkennt mich so nicht. Und ich? Mag ich mich? Erkenne ich mich? Sie schaute sich das Foto genau an. Eine junge Frau lächelte schüchtern in die Linse. Hinter ihr ein See. Ihr erster Freund hatte es aufgenommen. Ob es das war, was Thomas an ihr liebte? Das Schüchterne, Stille? Dass sie selten nachsetzte? Aggressivität scheute? Da hatte er ja recht. 'n bisschen mehr Biss bei ihr wäre schon gut, dachte sie. Mehr Mut. Aber eigentlich mag ich mich so, wie er mich mit sich herumträgt.

Im Widderwagen

Eva: Das ist also dein »Handeln«. Das Auto manipulieren und mit der Freundin deiner Frau ins Bett gehen. Während deine Frau zu Hause im Bett liegt. Dass dein Bauchhandeln mit fast sechzig noch so triebgesteuert ist. Erstaunlich. Oder vielleicht gerade wegen der sechzig. Pflanzen bilden ja auch Nottriebe aus.

Kurt: Ich hab das Auto nicht manipuliert.

Eva: Vergiss nicht: Bevor du dich auf deinen C4-Thron gesetzt hast, warst du Kfz-Mechaniker. Vor langer, langer Zeit.

Kurt: Ein sinnvoller Beruf. Nicht ohne Geistiges.

Eva: Das Geistige lag bei dir damals wohl mehr in der Flasche!

Kurt: Jedenfalls könnte ich dir deinen Widderwagen zusammenschrauben. Wenn er mal bricht.

Eva: Widderwagen?

Kurt: In der *Walküre* kommt Fricka im Widderwagen herangerauscht, als sie Wotan die Standpauke hält.

Eva: Die *Walküre* mit den verliebten Wälsungen ist längst vorbei. Außer bei dir offenbar. Wir erleben die *Götterdämmerung*. Dazu braucht es die Semperoper nicht.

Kurt: Du kommst am Sonntag nicht mit?

Eva: Ich habe nicht vor, dich und Annegret zu stören. Und außerdem tut mir das Sitzen zu weh.

Kurt: Eva. Nun mach mal einen Punkt. Da gibt es nichts zu stören. Weil es nichts mehr gibt. Und auch nichts Wirkliches gegeben hat.

Eva: Ich mache weder Punkt noch Komma noch Strich. Wir sind hier nicht bei der Syntaxanalyse. Sondern bei Arithmetik, wo man eins und eins zusammenzählt. Du schenkst mir einen *Rheingold*-Schmuck, um mich ruhigzustellen, deine Geliebte lädt mich zu altersunangemessenen Vergnügungen ein, und siehe da: Es stößt mir was zu. Ein passender Unfall. Was für ein Zufall! Während ich im Scooter rumse, murkst du am Auto rum, ihr bleibt liegen, und dann bleibt ihr auch gleich ganz liegen. Die Traumtänzer vom Wotan-Baum, zu dem die Nornen nicken. Ja, ich hab deinen Brief genau gelesen. Und ihren Zettel auch. Du hast alles herumliegen lassen, da hab ich dann mal genauer hingeguckt. So frickamäßig genau. Nicht so evamäßig wischiwaschi wie sonst. Ihr habt das Gefühl höherer Zustimmung zu einem erotischen Vollvergnügen, während im heimischen Bett der Loge-Funke ja nicht mehr so gut überspringt, oder? Von der morsch gewordenen Wotan-Eiche ganz zu schweigen. Oder Esche oder was es für ein Baum war.

Kurt: Eva!

Eva: Seit der Totaloperation ist es doch etwas kühler geworden, oder? Du siehst mich als versehrte Frau.

Kurt: Noli me tangere – ging das nicht sehr von dir aus? So eindimensional kann man die Sache nicht betrachten. Dass nur ich mich zurückgezogen hätte ist nicht wahr.

Eva: Doch. Ich hätte nur Zuspruch gebraucht. Geduld. Nornennicken. Und du hast es in seltenen Momenten doch schon zugegeben: Seit der OP erinnere ich dich an deine kranke Mutter. Das ist natürlich nicht so prickelnd. Aber dass du je so etwas gesagt hast, hast du sicher vergessen. Das waren dann »senior moments«. Ach, du würdest dir noch den Kopf aus der Schlinge reden.

Kurt: Schlinge? Droht mir die Todesstrafe?

Eva: Ich sag's ja. Du fragst zurück, statt zu antworten. Du beziehst nicht klar Stellung. Und wenn, dann hast du es im nächsten Moment ganz anders gemeint.

Kurt: Übrigens ist es eine Unverschämtheit, Annegret zu unterstellen, sie habe dich nach Welaland gelockt, um dich lahmzulegen. Du bist verletzt, das verstehe ich ja. Aber du übertreibst!

Eva: Verteidige sie noch. Die Schlange, die mir nach der Liebesnacht mit meinem Mann gute Besserung wünscht.

Kurt: Ich verteidige sie, wo es passt. Wie ich auch dich verteidigen würde.

Eva: Gegen wen musst du mich denn verteidigen?

Kurt: Das hab ich nur als theoretischen Fall erwähnt.

Eva: Aha. Theoretischen Fall. Dies ist aber ein praktischer Fall. Fall? Ein Absturz ist das. Ach, Kurt, ich mag nicht mehr. Ich weiß, dass ich ungerecht bin. Du schreibst, dass ich die Frau bin, mit der du lebst und die du liebst. Das habe ich wohl gelesen. Aber wie? Was ist das für eine Liebe? Was für ein Leben? Ich soll dir Sicherheit und einen Rahmen geben, nicht? Planungssicherheit. Dafür belohnst du mich. Damit du »handeln« kannst, aber anderswo. Als ich Annegrets Zettel gelesen habe, konnte ich mir genau vorstellen, wie es für sie war. Sie wollte es beenden danach. In ihrer Lebenssituation bist du nichts als ein Übergangsabenteuer auf dem Weg zu einem anderen, ernsthaften Partner. Aber dich, dich verstehe ich nicht. Warum musstest du mich so verletzen? Warum konntest du es nicht für dich behalten? Mich schonen? Uns schonen? Unser Leben, wie es ist? Ich komme damit klar, dass ich dir nicht alles bieten kann. Aber warum musstest du mich so treffen? Nun bin ich euch beide los. Und irgendwie auch mich selbst.

Kurt: Das mit Annegret war ein Ausrutscher, Herrgott. Ein Zufall. Ja, sicher hat die Schlussszene von *Siegfried* hineingespielt. Wo Brünnhilde zur Frau wird, er zum Mann. Das ist schon … das war schon … Es hat Sehnsüchte geweckt in mir. Ja. Das streite ich nicht ab. Aber wärst du dabei gewesen, dann wäre nichts passiert! Gar nichts! Annegret war und ist nicht meine Geliebte. Es gab kein anderes Treffen vorher. Und wird auch keines mehr geben. Genausogut wie du fragst, so kann auch ich fragen: Warum musstest du stolpern? Dein Sturz ist genauso schicksalhaft wie mein Fall.

Eva: Siehst du? Wieder eine Gegenfrage. Ich bin übrigens nicht gestolpert. Das habe ich dir nur gesagt, weil mir die Wahrheit zu peinlich war. Und die Wahrheit ist: Ich wollte es den jungen Leuten zeigen, zu denen ich komischerweise auch Annegret rechne, obwohl die nicht einmal zehn Jahre jünger ist. Bin extra hart gefahren. Ich meine, ich hab doch noch keinen einzigen Reitunfall gehabt! Bin noch nie gestürzt! Mit dem Autoscooter, ich weiß auch nicht, was da über mich gekommen ist. Annegret hat ihre Tochter. Dieses quirlige Leben! Wahrscheinlich kann ich schlecht alt werden. Ich hinterlasse nichts. Ich bin nichts. Und ohne dich bin ich schon gar nichts. Ich kam mir so blöd vor in all der Jugend da. Irgendwann liege ich im Altersheim und muss froh sein, wenn mich Olaf mal besucht. Alle halbe Jahr.

Kurt: Aber ich – ich wäre doch auch in dem Altersheim, Eva.

Eva: Du bist dann schon längst bei einer anderen. Jüngeren. Die dich dann pflegt. Und je mehr ich dich festhalten will und dir aus dem Widderwagen Szenen mache, desto früher gehst du. Wie Wotan. Der wird zum depressiven Wanderer, will von der Welt und seiner Fricka nichts mehr wissen nach dem Verlust von Brünnhilde und rennt dann zu Erda. Es ist eins zu eins wie bei uns. Und ich hab auch noch selbst Schuld. So wie ich auch an dem Scheißbandscheibenvorfall selber schuld bin. Ich bin auch schuld daran, dass du mich kaum noch anrührst. Ich bin hart geworden. Mit meinen Widderhörnern.

Kurt: Dann steig doch aus. Aus dem Widderwagen.

Eva: Ich kann nicht. Wie denn? Und außerdem – warum? Du bist mit dem Wagner-Projekt ausgestiegen aus dem gemeinsamen Wagen; diese leere Kiste ist das Einzige, was mir noch bleibt.

Kurt: Wenn du es so siehst – dann bleibt einfach alles, wie es war. Aber das willst du doch, oder?

Eva: Kannst du auch mal was Fassbares sagen?

Kurt: Was ist denn daran unfassbar? Ich fahre weiter mit dir. Ich steige mal aus, dann wieder ein und bin wieder da. Und so fahren wir weiter und immer weiter.

*

*

Götterspeise

Am Montag Abend kam Annegret spät von der Praxis und traf Lena in der Küche an. »Ich hab für dich Götterspeise gemacht, Mama! Zum Trost, weil's dir gestern so schlecht ging und du nicht mitkonntest in die *Götterdämmerung*!« »Ja, wie war es denn überhaupt? Ich hab schon geschlafen, als ihr kamt.« »Kurt hat uns ja mitgenommen in seinem Auto, aber ehrlich gesagt fährt er ziemlich schneckig. Da hat's gedauert. Eva ist immer noch lahmgelegt, hat er erzählt. Zu blöd. Sie war so lustig auf der Hinfahrt nach Welaland.« »Waren denn alle anderen da? Von denen ich dir erzählt hab?« »Nee. Nur Kurt. Eine kriegt ein Baby, der andere muss eine Arbeit fertig machen. Kurt hat deren Karten verkauft. Zum Schleuderpreis! An so Studenten, die waren vielleicht drauf, die...« »Und Diesterkamps?« »Warte mal, die aus Halle? Die waren da, aber nur den ersten Akt. Sie sind nett. Bei denen ist was Blödes passiert: Der Mann hat 'ne SMS gekriegt, von einem Patienten wohl, und wollte dann unbedingt nach Hause fahren. Kurt wollte die Frau von ihm überreden, dass sie bleibt. Er würde sie nach Hause bringen, und ihr Mann hat ihr auch zugeredet, aber sie wollte nicht. Die sieht übrigens sehr schön aus, so einen edlen blassen Teint, hatte so ein schmales Etuikleid aus Samt an, dazu hohe Pumps, sehr schick, Mama.« »Aha. Na, wie schade für beide. Ja, und die Oper? Hast du denn dieses Wagner-Horn rausgehört? Von dem ihr in der Schule gesprochen habt?« »Manchmal. Ich war noch so müde von der Party am Samstag, ehrlich. Bin immer mal weggedöst. Das mit den Nornen am Anfang war gruselig, so alte Frauen, die alle Schicksale in der Hand haben und mit den Köpfen wackeln, grauslich.« »Nickten oder wackelten?« »Tja. Beides. Warum?« »Nur so.« »Ein paar Leitmotive hab ich erkannt. Nach Einzelheiten frag lieber Merle. Die hat alles genau mitgekriegt und sich auf der Rückfahrt mit Kurt richtig gebildet unterhalten. Ich sage dir, ich hab gestaunt. Für mich geht da alles zu sehr durcheinander, und eigentlich hab ich gar nichts verstanden. Aber die Musik ist cool, und wenn ich mal in so 'nem Orchester als Trompeter spiele, kannst du immerzu umsonst rein.«

Annegret lächelte, knipste den PC an und schaute sich die Partnerannoncen an.

Des Seiles Fäden / Find ich nicht mehr

»Thomas, bitte lass mich fahren.« Thomas nickte, ging um das Auto herum und ließ sich auf den Beifahrersitz fallen. Ulrike fuhr los. Sie kannte den Weg inzwischen gut, jetzt war kein Verkehr, die anderen Besucher saßen ja alle noch in der Oper. Ulrike fühlte sich gefestigt. Sie hatte im Elbschlösschen den Moment abgepasst, als Kurt zur Toilette ging, war ihm die Treppe hinuntergefolgt und hatte ihn unten schnell und unverblümt gefragt: »Bist du krank? Ist das der Grund für das Testament? Bitte sags mir, ich halte die Ungewissheit nicht länger aus.« Kurt hatte sie angeschaut und mit fester Stimme »Nein« gesagt. Er sei pudelmunter. »Versprichst du mir, dass du mir sagst, wenn du je erkrankst? Ich meine ernsthaft?« Kurt hatte genickt, sich zu ihr heruntergebeugt und sie auf die Stirn geküsst. Ihr war ein Stein vom Herzen gefallen, und sie entschloss sich in dem Moment, ihm zu glauben, auch wenn sie immer weniger verstand, was er mit dem Testament wollte. Vielleicht war es schlicht so, wie er gesagt hatte! Fertig. Im Spiegelbild auf der Toilette war das Mädchen von damals noch gerade erkennbar, dachte sie, aber sie war doch jetzt eine Frau geworden. Die verstanden hatte, dass Kurt viel Wind um irgendetwas machte, das nichts mit ihr zu tun hatte. Sie zwinkerte sich zu. Von Frau zu Frau. Er war ein geheimnisvoller Macher, aber sie würde seinem Feuerzauber nie mehr erliegen.

Als Thomas nach dem ersten Akt gehen wollte, stimmte sie sofort zu. Es kam ihr entgegen, denn das *Ring*-Projekt war für sie beendet. Alles war gut, und das mit dem Dienstagspatienten ging jetzt vor. Sie schaute zu Thomas hinüber. Er lehnte seinen Kopf zurück und sah müde aus. »Willst du zu ihm gehen?«, fragte sie unsicher. »Nein«, sagte Thomas. »Ich möchte nur Ruhe. Kein buntes Operntreiben. In Ruhe neben dir sitzen. Nichts hören, nichts sehen. Am liebsten würde ich morgen mit Nico und dir in den Zoo gehen oder zu Mercedes. Ihm zusehen, wie er mit den Autos da fährt. Aber vielleicht gut, dass ich gleich früh arbeite. Dass die anderen Patienten kommen.« »Alles, was dich ablenkt, ist gut.« Dass Thomas das Schicksal seines Patienten so naheging! Es kam ihr dann doch zu nahe vor. Dass sie sich um ihren ehemaligen Geliebten gesorgt hatte, das war doch eher verständlich.

Sie beschloss, sich vorzuwagen: »Warum geht es dir eigentlich so nahe?« Thomas schwieg lange. »Es gibt immer wieder einen Patienten, der einem nahegeht. Sehr nahe. Herr M. erlebt das, was ich am meisten fürchte.« »Aber Thomas, mir und Nico geht es blendend! Wir sind quietschgesund.« »Ja, das war bei dem auch so.« »Man kann aber nicht leben, wenn man solche Angst vor dem Tod hat«, argumentierte Ulrike. »Ich hab keine Angst vor dem Tod«, sagte Thomas. »Und Herr M. auch nicht. Aber dass er erleben muss, dass die, die er liebt, sterben …« »Ja, das ist furchtbar. Aber sieh dir Annegret an. Sie hat es auch verkraftet. Und wie lebendig und strahlend ist sie doch!« »Ja. Sie war jahrelang bei einem Jungianer. Ich weiß es zufällig.« »Und Herr M. ist bei dir. Du begleitest ihn weiter, so lange, bis er langsam wieder ans Leben glaubt.« »Ulrike, meine Güte, sei nicht so vernünftig! Das nervt! Ich weiß das alles. Soll ich dir was sagen? Ich habe gar nichts dagegen, dass es mir nahegeht. Warum darf einem um Gottes willen das Leid eines anderen nicht nahegehen? So dass man nach dem ersten Akt aus 'ner Oper will? Was ist denn so schlimm daran? Dass du immer so schnell in Sorge um mich bist, schrecklich!«

Verdammt, dachte Ulrike und biss sich auf die Lippen; er hat leider recht. Ich bin zu vernünftig. Ich neige zum Sorgen, statt zum Fühlen. Das ist überhaupt mein Problem. Ich kann gar nicht so fühlen wie er! Selten. Mit Kurt damals, ja. Da war ich ganz Gefühl. Aber Thomas ist seinen Gefühlen immer nah, ja, er ist denen sogar immer treu. Meistens. Dadurch weiß man, woran man ist mit ihm. Eigentlich was ganz Besonderes, wurde ihr klar. »Du hast recht. Ich bin glücklich, dass du so bist, Thomas«, sagte sie. »Außerdem ist der erste Akt in *Götterdämmerung* der beste. Eigentlich reicht sogar das Vorspiel mit den Nornen, nicht?« »Danke. Ja, heute reichte es.« »Wir müssen nicht anschauen, wie alles zusammenkracht und brennt und sich zerstört. Vielleicht findest du es unpassend, wenn ich jetzt davon anfange: Aber zu den Osterfestspielen im nächsten Jahr dirigiert Barenboim *Tristan*. In Berlin. Was meinst du? Ich nehme mit der Oper etwas Gefühlsnachhilfe, und dich halte ich fest, wenn du wegfließt.« Thomas legte seine Hand auf ihre. Ulrike lächelte.

So schnell vorbei

Dass alles so schnell anders sein konnte. Dirk Blasius wunderte sich über sich selbst. Er war plötzlich in ein anderes Leben befördert worden und kannte sich kaum selbst wieder. Er hatte das ganze Wochenende intensiv an der Literaturliste gearbeitet. Er und nicht Brigitte hatte bei Schwemmers angerufen und die letzte Oper abgesagt, denn er hatte keine Zeit gehabt hinzufahren, und Brigitte sollte viel liegen. Eva lag wegen ihres Bandscheibenvorfalls auch, war sofort am Apparat gewesen und hatte ihn gleich auf den Fortgang der IVF-Schwangerschaft angesprochen. Das war ihm ein bisschen unangenehm gewesen, aber er fühlte sich auch gebauchpinselt. Man wurde ernst genommen mit dieser Sache. Es gefiel ihm, als potenzieller Vater Beachtung zu finden. »Ich halt die Daumen, dass alles klappt«, hatte Eva gesagt. Nett eigentlich. Hatte unbefangen geklungen, konnte natürlich auch Heuchelei gewesen sein. Wer weiß, wie sie über IVF dachte. Ob sie es Schwemmers erzählt hatte? Bestimmt. Man erfuhr ja nie die Wahrheit darüber, was andere Leute wirklich über einen dachten. Schwemmers hatte es jedenfalls übernommen, die *Götterdämmerung*-Karten weiterzuverkaufen.

Dirk seufzte und öffnete die Datei, die seine von Brigitte lektorierte Habilarbeit enthielt. Verändert, verbessert und verfeinert. Ein Wahnsinn, was sie daraus gemacht hatte! Er berauschte sich an den sauber geordneten Absätzen, den eleganten und doch sachlichen Formulierungen. Sie hatte Wort gehalten. Bevor ihr am letzten Mittwoch die beiden befruchteten Eier eingesetzt worden waren, hatte sie ihre Bearbeitung abgeschlossen. Trotz der Szene, die er ihr am Montagmorgen gemacht hatte. Vielleicht hatte sie sie sogar schon vorher fertig gehabt und ihn nur hingehalten. Konnte auch sein. Wie auch immer. Er ärgerte sich inzwischen, dass er so ausgerastet war. Wahrscheinlich hatte er aufbegehren müssen, dass er so eingepasst funktionieren sollte. Na, nun war ja eigentlich doch alles gut, dachte er. Wieso redet sie immer noch nicht mit mir? Sie hatte kaum reagiert, als er ihr von der Interimsprofessur berichtet hatte. Seit der Befruchtung durch Zwieback lag sie einsilbig auf dem Sofa, war krankgeschrieben und wartete auf die alles entscheidende Blutabnahme, an der man ablas, ob ihr Körper das Glaskind angenommen hatte. Hatte sich mit dicken Romanen eingedeckt, trank viel Tee und ging abends früh ins Bett. Dirk schaute aufs Datum. Eine Woche noch, dann wusste man Bescheid.

Übertrieben, dieses Schweigen, dachte Dirk und schaute ratlos in seinem Arbeitsraum umher. Aber was soll ich denn noch tun, damit es aufhört? Wenn ich jetzt irgendetwas falsch mache, regt sie sich wieder auf, verliert vielleicht das Kind, und ich bin schuld. Ich trau mich gar nichts mehr und streng mich nur noch an. Seit der Dekanatsgeschichte erschien es ihm wichtig, dass alles klappte. Schwemmers hatte sich für ihn eingesetzt. Warum? Dass Kurt ihn mochte und ihn ohne Hintergedanken protegierte, konnte er sich nicht vorstellen. Kurt war mit der deutschen Klassik verheiratet, er hatte mit Dirks Thema und auch seiner Denkweise rein gar nichts am Hut. Und er musste doch merken, wie Dirk darauf wartete, dass er sich bald vom Acker machte – warum also? Sollte er sich bei ihm bedanken? Andererseits konnte Kurt nicht wissen, dass er über seine Fürsprache informiert war. Wollte er ihn stabilisieren? Wozu?

»Es hängt alles von Ihnen ab«, hatte Dombrowski gesagt, »von Ihrer Beliebtheit.« Das Wort schmerzte. Denn Liebenswürdigkeit war genau das, was er nicht besaß. Offenbar zählte sie jedoch mehr als Fachkompetenz. Er brauchte den Ring. Dirk drehte gedankenverloren an seinem Ehering. Bei Wagner bekamen die Rheintöchter am Ende das Gold zurück. Alles war wie am Anfang, nur waren alle tot. Alle Ringraffer weggerafft. Alles konnte von vorne beginnen. Auf einem anderen Bewusstseinsstand. Ich kann doch auch noch mal anfangen, dachte er plötzlich und verspürte einen Kloß im Hals vor Rührung und Dankbarkeit. Vielleicht wollte Schwemmers mir wirklich etwas abgeben von seinem reinen Gold. Erst hatte er darauf herumtrampeln wollen – Ich brauch deine Protektion nicht! Dich nicht, nichts von dir! –, und jetzt war er gerührt. Verdammt. Er switchte wieder zur Literaturliste. Er hatte sich angestrengt, war gut vorangekommen. Noch zwei Tage. Dann alles gründlich anschauen, ob er auch keinen Namen falsch geschrieben hatte. Das kam gar nicht gut. Vielleicht konnte er Brigitte dazu bewegen, an ihrem Laptop doch noch mal Schlusskorrektur zu lesen. Im Liegen. Das ging doch, verflixt. Dann wäre er früher als Mitte Februar fertig.

Wieder schaute er auf den Ehering. Das ist der einzige Ring, den ich habe und den ich brauche, dachte er plötzlich, packte seine Sachen zusammen und fuhr nach Hause. Auf der Clayallee waren selbst jetzt im Januar Blumenstände aufgebaut. Dirk stoppte und kaufte drei dicke Chrysanthemen. Er kam sich blöde vor, als er den in Zeitungspapier eingewickelten Strauß in der Hand hielt. Vielleicht wären zartere und buntere Blumen angebrachter? Aber nun hatte er sie mal. Es waren eigentlich mehr so Männerblumen. Was für Schwemmers. Die würde er aber jetzt Brigitte mitbringen. Das hatte er zum letzten Mal – ja wann getan?

Mit den Blumen in der Hand ging er die schmale, verschneite Straße entlang. Es dämmerte schon. Aber die Tage werden wieder länger! Es wird überhaupt alles besser, dachte er. Ungewohnt leise verstaute er Mantel und Schuhe, wickelte die Blumen aus dem Papier, warf es schnell seitlich in die Küche und betrat das Wohnzimmer. Das Sofa war leer. »Brigitte?« Von oben kam ein Geräusch. Dirk stieg langsam die Treppe hinauf. Von dem kleinen Flur aus oben schaute er direkt ins offene Badezimmer hinein. Brigitte hatte die Tür aufgelassen und saß auf dem Klo. Ihr Gesicht war kreidebleich. »Was ist?«, fragte Dirk. Er ließ die Blumen sinken. »Ich habe eine Blutung. Eine starke Blutung. Der Krankenwagen kommt gleich.« »Was … bedeutet das?« »Das bedeutet, dass alles vorbei ist. Zwiefack macht 'ne Ausschabung.« »Und dann? Können wir es noch mal versuchen?« »Wir?« Das Wort hing in der Luft. Brigitte legte sich eine Binde in die Unterhose und stand auf. »Ich trenne mich von dir. Ich versuche gar nichts noch mal. Nichts. Ich verlasse dich. Ich verlasse dieses Haus. Ich will nicht mehr.«

»Brigitte, bitte, komm, ich fahr dich hin, ich bestell den Krankenwagen ab, komm, du bist jetzt mitgenommen, ich …« Brigitte schob Dirk zur Seite und ging die Treppe hinunter. Sie nahm eine bereits gepackte Tasche, zog ihren Mantel an und trat hinaus. Vor dem Haus stand der Krankenwagen.

Epilog

Eva: Ich hab den Kamin angemacht.

Kurt: Ich komme gleich dazu, will noch eben Mails checken. Stell dir vor, die haben den Lehrstuhl immer noch nicht ausgeschrieben.

Eva: Deinen?

Kurt: Sehr witzig. Willst du mich wirklich den ganzen Tag zu Hause haben? Nein, nein, meinen schreiben sie erst in dem Semester aus, in dem ich fünfundsechzig werde. Ich meine den anderen, auf dem Blasius die ganze Zeit den Interim gemacht hat. Ich glaube, die wollen den wegfallen lassen. Können sie aber nicht. Es sind so viele Studenten, der Doppeljahrgang, aus der Schulumstellung auf zwölf Jahre.

Eva: Ja, ich weiß. Lena ist auch davon betroffen. Sie macht nur noch zwölf und muss ganz schön ackern. Sie würde am liebsten direkt auf die Musikhochschule. Da halte ich natürlich dagegen.

Kurt: Lena?

Eva: Ja, Lena. Wir mailen manchmal.

Kurt: Nanu.

Eva: Du kümmerst dich um Nico, und ich hör ab und an mal was von Lena. Es könnten unsere Enkel sein.

Kurt: Möchtest du ein Glas Rotwein?

Eva: Gern.

Kurt: Ich plane etwas, das ich mit dir besprechen möchte. Passt ja jetzt ganz gut, oder?

Eva: Es kommt drauf an, was es ist. Jedenfalls planst du wieder.

Kurt: Ja.

Eva: Heute vor einem Jahr sind wir in *Rheingold* gefahren. Wollen wir anstoßen? Auf uns. Walhall ist eingekracht, aber wir sind noch zusammen.

Kurt: Ach Eva. Gut, Prost. Trinken wir darauf. Also …

Eva: Ich hab deswegen heut den Goldschmuck angelegt. Den du mir damals geschenkt hast.

Kurt: Das hab ich schon gesehen. Ehrlich gesagt, hab ich es gleich gesehen. Ich war nur unsicher, was es bedeutet, und hab erst mal abgewartet.

Eva: Du bist manchmal feige.

Kurt: Oft.

Eva: Warum eigentlich?

Kurt: Als ich mir aus der Weltesche Yggdrasil meinen Speer geschnitzt und die heiligen Runen reingeritzt habe, musste ich den verletzten Baum ja versöhnen. Da hab ich ihm ein Opfer gebracht. Mein eines Auge. Und weil ich Angst habe, das andere auch noch zu verlieren, darum bin ich feige. Oder vorsichtig.

Eva: Vorsichtig.

Kurt: Ich halte mich gern bedeckt. Du dagegen hast drei Augen. Du bist die Sehende, und ich der sich Verbergende. Und zusammen sind wir ein Ganzes. Prost.

Eva: Und kannst du es auch mal ohne Mythologie ausdrücken?

Kurt: Wenn es unbedingt sein muss. Also ganz schnell, nur für dich: Ich bin feige, weil ich Angst habe, fallengelassen zu werden, wenn ich bin wie ich bin. Genau wie Blasius. Und was passiert? Der ist wie er ist, und wird fallen gelassen.

Eva: Aber doch nur, weil er so schrecklich ist.

Kurt: Und wenn ich auch schrecklich wäre? Jeder ist alles, ich schwörs dir.

Eva: Ich glaube, du philosophierst zu viel mit Thomas herum. Du bist schon ganz jungianisch.

Kurt: Er ist Kleinianer.

Eva: Auf jeden Fall ist er gut. Er hat für Brigitte Blasius nach der Psychiatrie eine prima Therapeutin gefunden. Brigitte ist wieder in ihrer Bibliothek, hat die Scheidung eingereicht und eine neue Frisur. Die Blasios gibt es nicht mehr.

Kurt: Woher weißt du denn das alles?

Eva: Ich hab eben drei Augen. Von Brigitte. Seit unserem damaligen *Siegfried*-IVF-Gespräch habe ich den Draht zu ihr nicht abreißen lassen. Das Seil. Sie kommt öfter mit nach Spandau raus, wenn ich reite. Es ist sehr angenehm mit ihr. Anders als Annegret kann sie würdigen, wenn man sich um sie kümmert.

Kurt: Anders als Dirk auch. Dem ich ja letztes Jahr unter die Arme gegriffen hab, dass er die Interimsstelle kriegt, die jetzt an die Allensdorf geht.

Eva: Er hat die Vertretung nicht mehr?

Kurt: Die haben sie ihm weggenommen. Stell dir vor: Er hat das Gerücht gestreut, Dombrowski sei pädophil und hole sich Strichjungen. Er hat wohl die paranoide Idee entwickelt, Dombrowski hintertreibe die Stellenausschreibung, weil er ihm den Lehrstuhl nicht gönnt. In seiner Not hat er sich dann zu solchen Behauptungen hinreißen lassen. Dombrowski hat dafür gesorgt, dass sein Vertrag nicht verlängert wird, und eine Verleumdungsklage angestrengt. Egal, wie es ausgeht: Dirk ist jetzt schon ruiniert. Ohne Arbeit, ohne Frau, ohne alles.

Eva: Pädophil? Ist Dirk übergeschnappt? Oder ist Dombrowski das zuzutrauen?

Kurt: Ich traue jedem alles zu. Nico soll übrigens nächstes Wochenende erstmals bei uns übernachten. Die Oma liegt im Krankenhaus, und Thomas und Ulrike gehen hier in die Lindenoper.

Eva: Ach ja? Nett. Ich freu mich auf Nico. Wir könnten ihm Halma beibringen. Was sehen sie denn?

Kurt: Tristan und Isolde. »Die Handlung«.

Eva: Ja, ja. Ehrlich gesagt, begreife ich diesen merkwürdigen Untertitel immer noch nicht. Muss ja vielleicht auch nicht sein. Wenn mir aber eines klar geworden ist, dann dies: Wagner liegt mir nicht.

Kurt: Tristan und Isolde ist das Ergreifendste, was es gibt. Aber in meinem Alter geh ich da nun nicht mehr hin. Es ist einfach zu gefährlich.

Eva: Schön, dass du das so klar siehst. Sag mal, du hast doch Ulrike damals über so ein Projekt kennengelernt, Schüler in die Uni oder so ähnlich. Kurz danach bist du abgetaucht. Nun, nach der Annegret-Geschichte zähle ich mit meinen drei Augen eins und eins zusammen: Gibs zu – mit Ulrike hast du auch was gehabt. Eine »Handlung«. Und jetzt kümmerst du dich um ihren Sohn. Deren Sohn, möchte ich doch hoffen. Aber immerhin hat er ja Thomas' Rundkopf. Nun sagen mir meine drei Augen aber auch, dass Ulrike glücklich ist mit ihrem Thomas. Das sieht man förmlich. Von ihr droht also keine Gefahr. Und daher will ich dir zusichern, dass ich nicht in den Widderwagen steige, wenn du mir endlich die Wahrheit darüber sagst, was wirklich damals war. Es wäre einfach schön für mich, wenn du einmal Flagge zeigst. Gib's zu, dass du damals ein idealisierter Vater-Mann für sie warst und dass dir das gefallen hat und ihr eine Affäre hattet. Mit Annegret war es etwas anderes. Aber Gott sei Dank ist das Annegret-Kapitel vorbei. Und eine neue Ärztin haben wir auch gefunden. Eine Affäre mit Ulrike damals – das würde ich dir nicht übelnehmen. Während die Annegret-Geschichte immer noch schmerzt.

Kurt: Und warum mailst du dann mit Lena? Und hältst die Wunde offen?

Eva: Mein drittes Auge möchte einfach gerne wissen, wie es bei Annegret weitergeht. Es schmerzt zwar, aber ich kann davon nicht lassen! Und durch Lena erfahre ich auch so allerlei! Annegret hat einen neuen Partner. Lena hasst ihn. Einen Physiker. Tangotänzer. Sieht gut aus, sie hat mir ein Bild von den beiden gemailt. Aber jetzt hast du es wieder geschafft, dass ich erzähle und dir mein Inneres eröffne, wo du doch dran bist. Und übrigens – bevor du etwas sagst – ich habe dein Testament gelesen. Die Wohnung für Nico. Wahrscheinlich für dessen spätere Eskapaden. Du hast die seltsame Angewohnheit, mir deine wichtigen geheimen Schriften vor die Nase zu halten. Also?

Kurt: Mit Ulrike hatte ich nichts. Ja, sie war wohl in mich verschossen damals. Kann sein. Will ich nicht ausschließen. So eine Tochter-Vater-Anhimmelei, ganz wie du sagst. Ging von ihr aus.

Eva: Und Nico vermachst du eine Wohnung, weil du ihn einfach so magst. Das soll ich glauben?

Kurt: Ja. Es ist ganz einfach. Wir haben keine Kinder. Und ich habe keinen kleinen Bruder mehr. Meine Schuld. Jedenfalls – ich steh allein da.

Eva: Du fühlst dich schuldig, bist es aber nicht. Du konntest ihn nicht retten. Du warst doch selbst ein Kind! Komisch, dass das immer bleibt. Jetzt lebst du schon zig Jahre damit. Warum hältst du daran fest?

Kurt: Warum spionierst du Annegret hinterher? Warum tut man seltsame Dinge? Warum muss man alles immer ganz genau wissen? Warum darf es keine spontane Tat geben? O.k., ich hör auf mit den Gegenfragen. Also: Ich möchte einem Jungen etwas schenken. Dem Kind eines Paares, an das ich glaube. Das mir etwas bedeutet. Dessen Vater nicht so ist wie ich. Sondern redlich. Integer. Der von innen her brennt. Sein Junge wird mit diesem geschenkten Freiraum etwas anfangen. Auf jeden Fall anderes, als ich es konnte. Nämlich nicht so viel. Ich hab hier und da ein Feuerchen entfacht, das mich beleuchten sollte. Wärmen. Ich selbst – ich brenne nämlich nicht. Muss mich immer an irgendetwas entzünden – und dann fällt es in sich zusammen. Hinterlässt nur Asche. Nichts Lebendiges. Der *Ring* hat mir meine Grenzen gezeigt. Dir doch auch, oder nicht? Aber ich kann etwas weitergeben. Das kann ich, und das tu ich. Was gibt es für einen kreativen Menschen Schöneres als einen leeren Raum? Und Nico wird so ein Mensch sein. Davon bin ich überzeugt. Anders als ich. Und nun Schluss damit. Hier sitzen wir am Kamin und wollen es schön haben. Haben es schön. Also was hältst du von folgender Idee?

Eva: Kurt, weinst du? Und ich? Wo komme ich in alledem vor? Wir? Was sind wir? O.k., ich fang nicht wieder davon an. Idee? Was für eine Idee? Ach, ich habe deine Projekte gründlich satt, Kurt. Das drückt mir alles nur aufs Herz!

Kurt: Was drückt denn am meisten, Eva?

Eva: Wie du dich siehst. Ich verstehe dich nicht. Du bist doch der Wanderer in allen Gestalten. Alle bewundern dich! Deine Bücher!

Kurt: Über die Kunst der anderen.

Eva: Du regst alle an, erlebst alles Mögliche und Unmögliche, ist das nichts? Entfachst kleine Feuerchen – meinetwegen. Besser als keine Feuerchen, wie bei mir. Ich, ich bleibe immer dieselbe, bin immer Fricka.

Kurt: Dann sind wir eben zusammen ein Ganzes. Ich der Herumschweifende, du die Bleibende. Und fertig. Ist doch gut! Pass auf, dich als immer Gleiche wird mein neues Projekt erfreuen. Dir Vielfalt in die Einheit bringen. Merkst du schon? Goethe. Goethe ist was für ältere, begrenzte Menschen, die zurückschauen. Nur Junge und Alte verstehen Goethe. Wagner ist für die dazwischen. Also: Ich habe mir die DVD von Peter Steins damaliger *Faust*-Inszenierung besorgt. Es ist die einzige ungekürzte Aufführung, wo wirklich der gesamte Text gesprochen wird. Nur Worte, Eva, keine Musik. Klare Worte. Sicher, einmal wird kurz der *König in Thule* gesungen. Der doch langsam auch passt, oder? Sechsunddreißig Stunden lang nichts als Worte. Pausen, wie man sie will und braucht. Um zwischendurch zu essen. Sich auszuruhen. Oder auch nicht. Im Wachen wie im Schlafen: das Projekt Dauer-*Faust*. Nun sag, wen wollen wir dabeihaben?